Einaudi Tascabili. Letteratura
213

Dello stesso autore nel catalogo Einaudi

*Verso Paola*
*Il figlio dell'Impero*
*Separazioni*

Francesca Sanvitale
Madre e figlia

Einaudi

© 1980 e 1994 Giulio Einaudi editore s. p. a., Torino

Prima edizione «Supercoralli» 1980

ISBN 88-06-13477-9

# Madre e figlia

I.

Non so perché come luogo fermo del cuore ho inventato questo portone aperto, le colonne laterali corinzie nere dai secoli, l'arco barocco, la bassa cancellata interna. Nell'arco ho dipinto in grigio vasi e piante. Mia madre è luminosa in questa penombra. Cammina nel fondo dell'androne verso la strada, supera l'arco, si ferma, torna minuscola nel cortile, viene avanti. Ogni uscita è un segno, la parte di un monologo che mi dispiace far conoscere, e via via che scrivo proprio a mia madre che viene avanti chiedo scusa; ma non è lei che si vuole difendere, infatti si ferma sorpresa e non capisce la mia preoccupazione; sono io, come ho sempre fatto, che la difendo. In questo momento la difendo dalla folla asserragliata al di là della strada, che l'aspetta con i bastoni alzati, le vanghe, i coltelli e che le vuole dimostrare dileggio e disprezzo. Solo le mie spalle e le mie braccia aperte li trattengono dal fare giustizia della sua superficialità e della passata ricchezza, dal rovesciarsi dentro al portone, devastare il palazzo, travolgerla e schiacciarla, impedirle di essere se stessa e la mia gioia segreta quando l'immagino a Vienna che balla nel salone degli specchi il valzer di Lehar.

Esce vestita di pizzo. Le scarpe di capretto chiaro dai tacchi aguzzi chiudono con una fibbia il piede magro. La bella gamba snella pare una réclame, il feltro marron copre un occhio, la pelliccia di petit gris stringe le ginocchia. È in lutto, vestita da povera, l'orlo della sottana penzola. La pelliccia finta che le ho comperato schiaccia le spalle gracili perché, vecchia, è diventata assai piccola. Ritorna nel vestito di raso albicocca, appoggia indietro le spalle nude lisce e snelle, la collana di perle scende fino alla vita. Sotto il golfino da vecchia la cicatrice bianca attraversa il busto al posto della mammella. La ferita è aperta, larga come una fossa, e io guardo dentro mentre le tengo una mano, come in una voragine, e lei fissa i miei occhi mentre pinze e garza frugano sangue e siero. La sua mano nella mia è calda e sento caldo anche il suo sangue. Si appoggia con dolcissimo gesto alla spalliera di una panchina nel bosco tenendo le nocche delle dita alla tempia. Oh, vorrei proprio che tu capissi quanto è leggiadra nel modo di tenere accavallati i piedi, nel modo di reclinare la testa, di indossare il vestito di lana morbida di gran prezzo, di guardare civetta mio padre che la fotografa. Il suo occhio destro è paralizzato, aperto come un faro nero, ma lo tiene fisso contro le cose, non rinuncia neppure al buio. Il suo peso è diventato cosí lieve che ho paura di sbiadire l'immagine fino a perderla.

Stendo le braccia, le mani e chiudo gli occhi. Mi dico che sono giustificata dal desiderio. Amo il suo corpo anche vecchio, anche morto, anche decomposto. Solo il corpo di mia madre è per me un corpo d'amore. Il mio pianto è per la sua vita sottile, per il suo piccolo seno, per le gambe snelle, per il passo danzante. La circondo d'immagini per evocarla e attirarla con sogni, novelle, fiabe viennesi, valzer in cui lei volteggia a ritroso nel tempo; in cui lei, principessa regale, primeggia e punisce come in un'operetta. Gioco con lei perché a lei piaceva ridere e giocare. Al diavolo la povertà, il dolore e la morte. Ballo vicino a lei gettando indietro la testa, chiudendo gli occhi, concentrandomi nella gioia dell'attimo, che non è né prima né dopo... la vedo e godo dei suoi gioielli che brillano. Mia madre è degna di offensive ricchezze, di capricci da etéra, di diamanti da Lola Montez. Io l'ho mantenuta come uno stupido marito, come un offensivo e cupo ragioniere, contando gli spiccioli nel palmo, stendendo biglietti da diecimila, stringendo labbra aride e sdegnose, lesinando e gridando, sbattendo porte, alzando la testa come se la sua vita dipendesse dal mio potere. Adesso, se potessi render viva la ragazza che è stata, sarei pronta a rubare, a lavorare come una schiava, a fare qualunque cosa di me per renderla una imperiale signora. Persino i gioielli di gran prezzo, che mi ripugnano, li desidero con avidità se li immagino sul suo corpo, al suo collo, ai suoi polsi, alle sue dita, ai suoi lobi. Passo in rassegna ciò che non farei, a quale limite potrei fermarmi, quando mi fosse cosí restituita, ma limiti non ne trovo, neppure il delitto.

Succede che alcune volte, mentre cammino per la strada, vedo il suo passo, lo fermo con un impressionante tremito nelle vene: è lei. Fisso la vetrina di un negozio, blocco quelle gambe che camminano: non è lei, sono io che ripropongo ma ostacolo nella falsità la sua vera apparizione. Sono solo io.

Hai mai visto una città di provincia nei primi anni del secolo? Io no. L'immagino: un insieme di stradine selciate fitte di gente, pozzanghere e fango, bambini con marinare e cappelli di paglia, carrozze traballanti, cavalli al passo due a due, carabinieri agli angoli, gentiluomini che si scappellano, popolani curvi e devoti, carretti stracarichi trascinati da vecchi, signore che sostengono fruscianti sottane; ombrellini; cappelli in nubi di velette e fiori. Il rumore delle ruote di legno delle carrozze chiuse, con tendine abbassate; delle carrozze aperte con le belle ingioiellate dirimpetto ai cavalieri. Il reggimento dei cavalleggeri con il capitano che comanda tutti gli altri sul cavallo bianco. In piazza applaudono la banda.

Risorgimento e Napoleone, austriaci e francesi, garibaldini e piemontesi, Milano e Roma, Parma e Vicenza, cannoni rotolanti, reclute, reduci cenciosi e feriti, bianche divise austriache retrodatate di un secolo vengono da spezzoni di film. La mia piccola città è pigiata di tutte le comparse romantiche di un secolo.

Le persone che io vedo, che io tocco e con le quali parlo sono morte, a cominciare dalla contessina Marianna. Sono fantasmi. Il vero che fu e il falso si mescolano nelle mie mani. Infatti non riesco a costringere con facilità la contessina Marianna nel 1901. Mi sta di fronte, con cipiglio da bambina viziata: sta piantata sulle gambe calzate di bianco, porta stivaletti alti, tiene le mani sui fianchi e la testa inclinata da un lato; ha per ora guance rotonde, occhi a spillo e bocca forte e grossa. Già adolescente cambiò e diventò di viso lungo, ovale. È una sfacciata a fissarmi cosí, proterva e capricciosa. Non è neppure vestita per andare a spasso, ha un grembiulino di cambrí con pochi pizzi in fondo alla sottana. Scappa di corsa, monta su una carrozza, saluta con la mano, scuote la treccia castana, mi fa capire che su quella carrozza corre verso le sottane di sua nonna, i piccanti vestiti Impero e gli ufficiali austriaci, Vienna addirittura prima che il capitano còrso interrompesse il regolare battito della storia. Ride e svolta in una stradina buia; nonostante il brevissimo tempo che è stata con me, provo il freddo sgomento di perderla.

Vorrei farti questo racconto a occhi chiusi, raggomitolata fra le trasparenti presenze che amo e con le quali vivo, nello sfondo fatto di paccottiglia ottocentesca. Anche perché fino alla prima guerra mondiale per me non fa differenza: i cannoni, le trincee in cui vedo mio padre ragazzo, il fango delle retrovie hanno diviso il tempo: ciò che viene dopo è vero, ciò che è avvenuto prima è favola.

Investita dal mio pensiero di guerra, la contessina Marianna si è messa le mani davanti alla faccia e piange. Il suo grembiulino è sgualcito, la treccia sussulta, ha gli occhi pieni di paura. Non mi vede piú. Si ritira dalla realtà che le ho dato. La guerra è ancora di là da venire eppure scappa rapida in un gorgo di vento. Io la rincorro per strade notturne e silenziose con rimorso e affanno, in un incubo. La guerra che la cerca per ucciderla sono io. Non riesco a parlare, sento però il tonfo del mio cuore. Le chiedo scusa da lontano, senza voce...

Con uno strattone si squarcia il sipario sul giardino del suo palazzo: saltella in sentieri di ghiaia, coglie le margherite e insegue le farfalle come la vispa Teresa. Corre nel grano maturo dei campi che circondano la villa di campagna, fa le capriole, sta sull'aia con i contadini. Gioca a chiapparella tra i gelsi. I cavalli nitriscono nelle stalle. Pigia l'uva nei tini. S'acquatta nei covoni e i fratelli non la trovano piú. Sguscia nella villa. Canta. Corre e grida da far andar via il cervello. Piagnucola. Sale sulle ginocchia del conte Padre, accosta la testolina alla spalla di lui e si lascia dondolare tra le braccia che la stringono con tenera commozione d'amore.

Non riesco a guardarli senza invidia e lacrime. Lui non sente il mio sguardo increato. Lei non avverte un'ala leggera sulla guancia paffuta. Mi avvicino al letto di morte del conte Padre, bacio la fronte alta. La contessina Marianna, con le guance incavate da cinque notti insonni, piange. È sottomessa adesso, è grande. Si piega con abbandono remissivo; appoggia il viso alla barba grigia e morbida, chiude gli occhi e si addormenta vicino al gelo per scaldare con il suo il corpo del padre. In lontananza sento il brontolio del tuono e vedo saettare i lampi, pare avvicinarsi il putiferio del mondo e arrestarsi qui: ha quasi trent'anni e a me pare adolescente e inerme come tutte le donne senza criterio e un po' stupide.

— La morte di mio padre fu il dolore piú grande della mia vita. Dopo sono stata ammalata per tanto tempo. Non mangiavo niente, non dormivo e piangevo. La contadina mi portava dalla campagna le uova da bere.
— E poi?
— Poi a poco a poco mi passò.
— E il nonno, com'era?
— Il nonno era un gran signore, era amato e rispettato da tutti. Il nonno era sempre distratto perché studiava e nella sua testa pensava ai poeti e alla poesia. Quando componeva

si capiva subito perché non vedeva piú nessuno, nemmeno me o la contessa Madre.
— Racconta di quando eri piccola.
— Ero l'unica femmina nata dopo sette maschi. Mio padre aveva desiderato tanto una bambina. Quando la contessa Madre partorí, la levatrice andò di corsa a dirglielo e lui dalla gioia si mise a singhiozzare. Uscí, vestito cosí com'era, e a tutti quelli che incontrava diceva: «È una bambina! Ha gli occhi color della nocciola e la bocca come una fragola!» «Signor Conte, come la chiamerà?» «La chiamerò con i due nomi piú belli, quelli della madre e della nonna di Gesú!» Mi viziava, me le dava tutte vinte e io ne approfittavo. I sette fratelli erano gelosi e mi facevano i dispetti. Io correvo dal conte Padre. Lui mi prendeva sulle ginocchia, mi consolava, poi sgridava i fratelli e diceva severamente: «Lasciate stare Mariannina, guai a voi se le torcete un capello!» I fratelli protestavano: «Marianna le ha tutte vinte e a noi toccano i castighi: questo non è giusto!» Solo io avevo il permesso di entrare nello studio quando leggeva. Sgattaiolavo dentro in punta di piedi. Girava la testa, tirava giú gli occhiali, mi stringeva vicino e mi accarezzava i capelli. «Racconta Marianna...» «Chiedimi quello che vuoi, Mariannina...» Mi baciava sulle palpebre e mi sussurrava mille parole dolci e per scherzo mi diceva di non rivelare mai a nessuno i nostri segreti...

La piazza è nata intorno al palazzo: la facciata è liscia, musicale, s'incurva come un'onda dove si apre il portone. Intorno al vuoto inarcato verso la scalinata, riccioli di pietra s'intrecciano, persi come bave sulla liscia superficie, si ritrovano a nastro intorno alle finestre, quasi finte, perché la finezza dei rilievi non permette di pensare al buio volume delle stanze ma solo al mezzo vuoto di una quinta. Con Marianna entriamo rompendo la curva rococò che incornicia i fianchi. La bellezza quasi soffiata di questa architettura da piccola città in me diventa dolore per una cosa inesprimibile quindi perduta.

La bambina Marianna sale composta gli scalini di marmo della scalinata a pinza; cosí bene come Greta Garbo, Rossella O'Hara. Tiene la schiena arcuata indietro. Con questa dignità sproporzionata si va a morire, si sale al rogo, si entra in clausura. Invece Marianna va a ballare nel salone della Quiete e della Tempesta.

È notte fonda. Lontano sento un tocco di campana. Anche cori, urli, una risata rinchiusi nella notte. Un altro rintocco. Gli orchestrali hanno gli archetti alzati, le mani del direttore d'orchestra sono in procinto di abbassarsi. I camerieri tengono un dito sul tappo delle bottiglie di champagne. I nobili, gli ufficiali, le dame, fanciulle in tulle bianco, i giovanotti, sono tutti fermi, muovono con piccoli scatti le teste sorridenti, girano in qua e in là gli occhi di cristallo in un marchingegno animato per i sollazzi dell'Imperatore. La pendola segue la campana al dodicesimo colpo, scoppiano voci, tappi e battimani, le mani guantate alzano le coppe, si brinda quindi si balla, il conte Padre si china sulla gota rosea della sua sposa.

Comincia il nuovo secolo nel palazzo di Marianna, ma Marianna è sparita. Mi guardo intorno. Senza Marianna non esisto: lei sola mi vede, gli altri non potranno mai riconoscermi. Alle note del valzer dell'Imperatore il conte Padre e la contessa Madre aprono le danze. Ballano i sette fratelli di Marianna. Sfioro il conte Padre e mi pare che i suoi occhi rimpiangano di non poter essere con me come il mio sguardo che lo segue è pieno di desiderio di essere al di là del rigido vetro che ci divide.

Con una lieve tensione perché ho paura che si spezzi l'incanto, appoggio le mani sui colori dell'affresco e le braccia si allungano fino a sfiorare le impalpabili nuvole, a carezzare il cielo azzurrino. Allargo mani da ciclope per difendere la Quiete incantata. Sul profondo lago di acque immobili si specchia il castello immerso in un pulviscolo di luce, fuori dalle mura. Due gelsi a destra alzano snodati fusti a forcel-

la e mescolano foglioline trasparenti sulle trasparenze dell'aria. Le capre brucano davanti al pastore chino sul suo bastone e a sinistra fitte ramificazioni di alberi maestosi allungano la loro frescura sulle stalle, l'abbeveratoio, il cavallo al galoppo, le mucche che bevono. Dietro al castello c'è una montagna come fosse un puro pensiero. Il tempo si ferma in un punto di tensione tra due opposti, in una concentrazione di mirabile quiete...
Ho fretta. Il conte Padre mi fissa e io giro gli occhi sulla serva Agar che corre, incinta, verso la sua punizione. Macigni di pietra livida stanno dietro le sue spalle, nuvoloni incombenti e densi di minaccia la inseguono e l'angelo vestito di vento fa segno, la guida verso la punizione. Agar smarrita è tesa verso di lui, con lo sguardo riverso in alto, non ha fiducia che nel suo nemico che è Dio. I valzer diventano smorzati e striduli, deformati da archetti distratti, da squarci di timpani non previsti, in sordina. Vedo la Tempesta che sta nella parete opposta alla Quiete. Il mondo si ribalterà, tutto l'affresco urla di vento. Il carro sulla strada del bosco è schiantato. I bovi hanno piegato le ginocchia. Il contadino è rotolato in terra e stringe la testa sotto le braccia per non essere trascinato via. Sul carro informi figure si dibattono senza volti nei mantelli, come fagotti; illuminati dalla luce dei lampi che illumina alle loro spalle il borgo e il castello che non si potranno mai piú raggiungere.

Gli anni volarono via in un mulinello di stagioni. Il secolo avanzò verso la sua prima guerra, ma di questo Mariannina non si accorgeva. Dentro al vecchio edificio del collegio la sua vita diventò prevista come in un racconto: il dolore della separazione e della prigionia, poi le suore, le preghiere, i canti, il girotondo, mosca cieca. I bisbiglii del dormitorio, le amiche, le confidenze e le risatelle, i castighi, il buio. Le vere lacrime dell'amore perduto cadevano sulle lettere del conte Padre, dall'anima del quale, con un fendente, era stata divisa.

«Mia adorata Mariannina,

la primavera è arrivata. Ieri il sole è apparso sorridente e mi ha ricordato il tuo sorriso. Avessi visto le foglioline appena nate, verdi verdi, com'erano tremanti di rugiada! I mandorli sono già fioriti e quando mi affaccio alla finestra e guardo il nostro giardino mi pare di vedere il tuo visino che si avvicina alle miosotis, e la tua piccola mano che esita ad accarezzare la rosa per paura di pungersi. Ti penso piú di prima perché so che tra pochi mesi correrai tra le mie braccia. Oggi, prima di dedicarmi ai miei studi, ho inventato per te questo giardino che è il piú bello che ci sia perché è fatto con tutti i fiori e con tutte le piante del mondo. Chiudi gli occhi, Mariannina, e dammi la mano: andiamo insieme in questo parco incantato!

Ecco: hai toccato la Mimosa sensitiva! Non ti sei accorta che le foglie si sono ritratte, piene di paura? Infatti sono come te: leggere e sensibili. Ogni cosa può far loro del male. Vedi? Ora si chiudono, tremano, ma se allontani la mano si riaprono e si stendono. Quanta mimosa, quanti rami stracarichi d'oro e che bisogna sollevare mentre camminiamo. Lo sai dove siamo? In India! Guarda: a sinistra c'è un mastodontico cespuglio di Gardenie; noci moscate, garofano aromatico, il Tamarindo! Ah, Mariannina, quanti profumi! Non sai da che parte girare il naso e ridi tutta contenta. Sei rimasta a bocca aperta davanti alla pianta del Sagú, al tronco del Teack, alle Palme lunghe lunghe e flessuose o grosse e basse, al Cocco. Quasi il sole non si vede per la vegetazione e noi dentro l'ombra profumata ci teniamo stretti per non perderci. Non aver paura, però: io non ho messo tigri e serpenti, solo uccelli variopinti e canterini. Attenta! Non è incredibile quell'albero laggiú? Si chiama l'Albero che Piange perché l'umidità che esce dalle sue innumerevoli foglie diventa acqua e produce questa pioggia che sembra fitte lacrime. Ma non diventare melanconica; ti giuro che l'albero non è triste anche se piange. Adesso stai attenta perché ti porto davanti a una delle meraviglie del mondo: è un albero grandioso che ho messo al centro del nostro angolo indiano. Strizza forte forte gli occhi e cerca di immaginarlo: si chiama Fico delle Pagode ed è fatto come un gigantesco ombrello, come una grande cupola. Dai suoi rami altissimi scendono filiformi radici che appena penetrano nella terra s'ingrossano e diventano colonne giro giro al tronco centrale. Viene chiamato Ficus Religiosa perché gli indiani costruiscono le loro cappelle intorno a questo tronco. È molto bello pregare Dio per tutto ciò che ci ha dato dentro alle navate di una chiesa costruita dalla natura. E all'improvviso: oh, che meraviglia! oh, che incanto! In una vasta radura splende il sole. Tu lasci la mia mano e corri sulla finissima ghiaia verso la casina a pagoda con il tetto a scaglie d'oro. È un regalo per te. Tu apri la porticina con una chiave microscopica ed entri. Finalmente la mia Mariannina, che non vuole stivaletti e calze, salta a piedi nudi e si sdraia in terra su un materassino di tutti i colori e serve la cioccolata alle sue bambole in minuscole tazze preziose, dipinte a mano per lei. Sta seduta in terra davanti a un tavolo basso intarsiato di madreperla.

Siamo in Cina, te lo saresti aspettato? E fuori dalla casina che cosa c'è? Anche qui colori e profumi: guarda, guarda le magnolie vellutate che muoiono se si toccano, difese da grandissime foglie. E le camelie? Spalanca gli occhi: settecento varietà se le conti, nello spazio intorno alla radura. Nel fondo corri verso gli Aucuba, il Kerisa dai fiori gialli che paiono rose, l'olivo odoroso, l'elegante palma flabelliforme. Il diospiro Kaki ha fiori bianchi e le bacche rosso ciliegia, buonissime, e il Nespolo è pieno di frutti. Alzati in punta di piedi e stacca le nespole, riempiti le tasche del grembiulino e vai a mangiarle nella tua casetta. Mariannina, dammi ancora la mano e dimmi che cosa vuoi trovare nel tuo parco fatato. Vuoi l'Africa? Sí? Svolta l'angolo e dietro al Gico Bilobo eccoti l'Albero del Pane! Siamo in Africa.

Lontano rullano i tamburi di richiamo e un negretto che ha la tua età viene vicino a noi e ti porge la mano. Tu ti rivolgi a me con una domanda negli occhi ma io ti rispondo subito perché ho capito la tua perplessità. Mariannina mia come puoi essere incerta se il colore della pelle è diverso dal tuo? Non vedi i suoi occhi che sono vivi e dolci come i tuoi? Non vedi che se si fa male piange e singhiozza come te e corre dal suo papà e dalla sua mamma per ottenere protezione e baci? No, Mariannina mia, non credere mai a tutto ciò che gli uomini hanno inventato per vivere divisi. È uguale a te, è tuo fratello e ride, canta, corre e soffre come te e anche lui vuole abitare in un parco incantato. Anche suo padre inventa per lui sogni e fiabe e sua madre lo veglia quando è malato e grosse lacrime cadono dalle sue guance quando la febbre è alta e i suoi denti battono. Deve essere molto brutto, sai, essere un bambino o una bambina diversi dagli altri e trattati con crudeltà.

Il negretto ci fa segno di entrare nella sua capanna. Vicino alla capanna non ci sono che cinque alberi di cocco. Andiamo. La stanza è linda, pulita. Il negretto ci fa sedere sulle stuoie, ci offre il suo cibo. Una bevanda che ci disseta, molte pietanze di sapori diversi in un vasellame nero, un vino buonissimo. Infine fa un bel disegno e te lo regala. Ebbene Marianna, lo immagineresti che tutto questo, anche il vasellame, viene dalle piante di cocco e che con queste cinque amiche il negretto potrebbe vivere nel deserto e di lí scrivere persino delle lettere?

Sei diventata impaziente, mi tiri per la giacca, hai nostalgia del tuo vero giardino. Vieni. Tutta allegra corri verso il rosmarino, la nepitella, i fior di pisello e di patata, stacchi un iris e te lo metti nei capelli. Come sei carina, mia primavera! Coglierò per te mazzi di ranuncoli e robinie, campanule, anemoni. Domani torneremo nei vialetti cinesi e perlustreremo anche i laghi dove si aprono i fior di loto. Poi ti condurrò nel Madagascar, nel Messico, in Turchia e ovunque vorrai. Come un buon guardiano il grande tiglio che ti piace tanto apre il suo ombrello profumato sulla panchina. Prima giochi un pochino a chiapparella con i fili del salice, poi ti siedi e fai la ninna nanna alla tua bambola che è stanca di tutto questo viaggio. Non hai idea che meravigliose stranezze potremo mettere nel nostro giardino. Lo sai che in

Egitto ci sono gli alberi con i quali si fa la carta e si chiamano Papiri? Lo sai che c'è l'albero della Canfora e quello della Tapioka? Non ridere sai, perché se no ti conduco dalle piante velenose e dalle carnivore che ti mangiano in un boccone. Scherzo Marianna, non fare il broncio! La natura è buona se tu la ami e la rispetti: è come gli esseri umani. Quante piante metteremo nel nostro giardino fatato, quanti fiori, quanti profumi, quanti sapori!

Io lo so che cosa gira adesso nella tua testolina. Come fa il papà a sapere tutte queste cose? È davvero cosí sapiente? Io rido sotto i baffi e chiudo il libro che ho davanti a me e che sarà tuo appena verrai: ha una copertina in oro, rosso e nero, e dentro c'è il racconto di tutte le piante del mondo e tantissime figure che fanno sognare. Continueremo il nostro gioco insieme e nel nostro parco incantato metteremo tutto, tutto ciò che vorrà la mia piccola principessa. Ora ti stringo forte a me. La tua stanza è pronta, il giardino ti aspetta. Vieni, mia amata poesia!»


La contessina Marianna morí a età avanzatissima dopo molto peregrinare in tante città. La sua bara fu portata nella tomba di famiglia. In questa occasione si trovarono insieme alcuni parenti di secondo e di terzo grado e, dei sette fratelli, il primogenito. Quanti anni erano passati da quando il palazzo era stato abbandonato e con il palazzo la città! Tre volte aveva cambiato padrone ed ora, restaurato, splendeva come nella prima notte del secolo. La figlia della contessina entrò con gli altri parenti nel salone, dopo aver calato la bara della madre all'interno della vecchia tomba, e si fermò alla Quiete, ad Agar e l'angelo, alla Tempesta. I suoi occhi erano naturalmente arrossati per il dolore ma il suo cuore nel percorrere le pareti dipinte si colmò di allegria. Vicino a lei il piú vecchio fratello di Marianna, che veniva da lontano, si guardò intorno con soddisfazione senile.

– Noi ballavamo in questo salone che non si può arredare piú. Marianna era leggera come una piuma.

Ridacchiò in modo chioccio, prese la nipote per la vita e con baldanza imprevista, canterellando insieme a lei il valzer dell'Imperatore, fece il giro del salone. Quindi, zio e nipote, simili a due ubriachi, scoppiarono in una sonora risata. I parenti applaudirono. Si stabilí un'atmosfera di soddisfazione reciproca e di euforia. Sorseggiarono con gusto una cioccolata calda servita in simpatiche tazze antiche su una tovaglia di lino candido e fecero onore a un piatto di biscotti casalinghi. Venivano da lontano e al cimitero avevano preso freddo. Si abbracciarono con effusione e in tarda mattinata ripresero la strada del ritorno.

Il 13 agosto, giorno in cui compí vent'anni, la contessina Marianna attraversò lo stradone di terra battuta che conduceva alla villa di campagna e vide il suo cagnolino schiacciato e imbrattato di sangue. Si fermò di colpo e il suo saettante sorriso si raggelò. Due lacrime caddero dalle ciglia sul bastardo Tommy morto ammazzato. Si chinò su di lui: il pelo bianco e nocciola era macchiato di sangue, le zampe ciondolavano rotte, gli occhi erano vitrei e terrorizzati. Lo prese in braccio, lo strinse vicino al cuore, lo accarezzò. Singhiozzava piena di disperazione infantile, quasi fosse crollato il mondo.

Il giorno dopo, come niente fosse, sorrise e pensò ad altro ma di quando in quando gli occhi sbiadivano in una distrazione strana e le mani s'intrecciavano in grembo. Qualche cosa stava cambiando.

L'estate maturò in autunno, si fece il vino e Marianna partecipò alla vendemmia con un largo cappello di paglia: sollevava i grappoli e rovesciava indietro la testa per mangiare i chicchi senza staccarli con le mani. Si sarebbe detto, come infatti era, che nella sua vita non fosse successo niente di grave. Tornarono tutti in città. Con il permesso del conte Padre e soddisfazione della contessa Madre, Marianna si fidanzò a un nobile ricco, bellissimo, giovane, alto e bruno che chiese la sua mano. Questa era la felicità? Sí, questa.

Marianna innamorata si mise a pensare al corredo e alle nozze.

Pochi mesi prima di morire la signora Marianna raccontò la storia amara del suo fidanzamento. L'aveva sempre tenuta nascosta. All'improvviso, per associazione imprevista, la metteva in relazione alla morte del cagnolino Tommy e a quella di suo padre.

Che cosa poteva essere il tempo passato per la signora Marianna cosí vecchia? Avvenimenti che tornavano a galla da banchi di nubi, intrecciati non dall'ordine della vita ma dai meandri della memoria e della verità. Era entrata in quella zona fatata in cui si sciolgono gli enigmi e dal nulla, che è l'insieme delle azioni compiute, emerge ciò che è essenziale. Anch'io adesso sento indissolubili i tre episodi, legati sullo sfondo del tempo greve di morte, da un senso che la signora Marianna non cercò: nello spazio di otto anni, come in un cielo, formano la costellazione che guida lei, personalmente, verso un destino; indicano la strada di un cupo viaggio e annunciano una sinistra natività.

Al tempo in cui la signora Marianna parlava, il fidanzato nobile e sconosciuto era morto di vecchiaia. Lei stessa cominciò cosí:

– Oggi sono due anni che è morto il povero Fritz.
– Chi era mamma?
– Eh, tu non l'hai conosciuto. Fritz era un uomo che mi ha voluto molto bene.
– Era innamorato di te?
– Eravamo fidanzati ufficialmente.
– E perché vi siete lasciati?
– È una storia lunga. Devi sapere che Fritz quando si fidanzò con me aveva una relazione con una signora sposata piú vecchia di lui che abitava in una città vicina alla nostra. Me lo confessò subito, perché era molto leale, ma aggiunse che non se la sentiva di lasciarla cosí, da un giorno all'altro. «Mariannina, abbi fede in me. Non ho cuore di farle troppo

male. Ti prometto che quando ci sposeremo non ci sarà piú un'ombra tra noi». Intanto il tempo passava e noi pensavamo solo alle nozze. Com'era innamorato! «Non potrei sposare un'altra donna!» ripeteva sempre. «Non mi stanco di guardarti. Ti amo quando cammini, quando parli, quando ridi. Tengo a te piú della mia vita». Insomma, per farla breve, le nozze si avvicinavano e lui decise di troncare la relazione. Andò a trovare la signora per l'ultima volta e chiaro e tondo dichiarò che non l'avrebbe vista mai piú. La signora si mise a urlare: «Io non ti avrò ma nemmeno lei ti avrà!» e appena lui uscí dalla sua casa, prese una pistola e si sparò al cuore. Dopo pochi giorni di agonia morí. Ci fu uno scandalo. Fritz cambiò. Un'ombra stava su di lui giorno e notte e noi non ci comportavamo piú come prima. Alla fine ebbe la forza di dirmi: «Il rimorso è piú forte di tutto, anche della vita. Io non ti posso sposare. Dobbiamo lasciarci. Ma per convincerti che il mio amore durerà fino alla morte ti giuro davanti a Dio che nessun'altra donna sarà mia moglie». Non si sposò mai ed è vissuto sempre da solo. Povero Fritz.

— Perché non hai protestato? Perché non ti sei ribellata e non l'hai convinto?

— Ho pianto giorni e notti. Mi sono disperata. L'ho supplicato. Il conte Padre e la contessa Madre sono andati a casa sua, lo hanno pregato a mani giunte perché temevano che perdessi la ragione, ma lui è stato irremovibile. Ripeteva a tutti come un sonnambulo: lasciatemi con il mio rimorso e la sua ombra, non capite che sono responsabile della sua fine?

— E dopo?

— Dopo venne la guerra, il nonno morí. Furono venduti il palazzo, le terre, la villa di campagna. Noi ce ne andammo dalla nostra città. Insomma tutto cambiò.

Una tempesta si levò sulla pianura. Polvere grigia a nuvole roteava sui campi intorno ai gelsi e sullo stradone. Le imposte sbatacchiavano. I cani correvano a testa bassa e si fermavano per guaire o ululare in modo che faceva paura. Un fruscio sempre piú forte scuoteva i tigli e gli ontani. Su, al primo piano, nel salotto della contessa Madre, un figlio stava alla finestra a braccia conserte girato verso la campagna e fissava i cani dei contadini, i mulinelli di polvere e di vento. La contessa Madre leggeva e la contessina Marianna teneva gli occhi fissi davanti a sé. Le succedeva abbastanza spesso di starsene con questa espressione vicino alla madre che nel tremolio accentuato delle guance e nel tamburellare delle dita affilate sul tavolino manifestava invece una carica di preoccupazione. La pendola suonò diciotto colpi e il crepuscolo arrivò. La contessa Madre chiese al figlio:

– Dove sono gli altri ragazzi? Sta per venire un temporale.

– A cavallo intorno alla villa. Se li vuoi vedere arrivano al galoppo per l'androne nel giardino.

– Ho detto tante volte di non entrare nel giardino al galoppo. È pericoloso per i cavalli.

La contessina Marianna, che seguiva un pensiero, ebbe un gesto di rimpianto:

– Ho lasciato il fazzoletto di pizzo nel trumeau della mia camera. Che peccato, era un ricordo del papà!

Il fratello si girò sorridendo e disse con eccessiva allegria:

– L'asta è finita. A quest'ora addio trumeau e fazzolettino di pizzo!

I fischi del vento, i colpi delle imposte diventarono forti. La contessa Madre si alzò e si diresse con decisione verso le altre stanze. Intanto i contadini e le contadine correvano nei campi e sull'aia intorno alle stalle per portare al riparo il bestiame e la roba.

– Chiudiamo, su, chiudiamo, – esortò la contessa Madre.

La contessina rimase a sedere a braccia conserte fino a che, dopo pochi minuti, piombò sulla casa e sulla campagna il buio del cielo annerito di nubi.

Nella notte tra i fischi del vento e lo scrosciare dell'acqua si udí il galoppo di un cavallo. Sembrava che volasse sui campi e sullo stradone, avvicinandosi alla villa, un fantasma vendicatore che veniva dal mondo. Un leggero ansito, passi cauti, tintinnò un vetro. La finestra si aprí. In camera della contessina Marianna rotolò un sasso a cui era legata una lettera. «Fuggiamo Marianna, io sono pazzo di te. Devi essere mia». L'ufficiale, avvolto nel mantello grigioverde e illuminato dalla luna che faceva luccicare gli stivali, stava con il viso alzato, metà niveo e metà nero. S'intravedevano i baffi corti, la cornea lucida, il naso diritto da cammeo. Era alto e snello. Il suo cavallo, legato a un albero, biancheggiava contro i campi. Marianna si dimenticò di tutto trascinata dal suo impeto. Scese nel giardino, lui la strinse sotto la mantella con terribile passione.

La contessina scappò con l'ufficiale già sposato. Lo amò alla follia perché era bello, perché era il suo amante, perché era l'uomo che avrebbe dovuto pensare a lei, perché doveva dimenticare un altro, senza saperlo, vendicarsi di Fritz. Seguí il reggimento fino a quando rimase incinta. Da questo momento il disagio e il terrore presero possesso di loro. Lei si nascose e fuggí: lo scandalo inseguiva il suo amante e la gelosia della moglie, la colpa e il destino inseguivano lei stessa. Il loro peccato di mese in mese ingigantiva. Cominciò a supplicare la Madonna di un miracolo che non sapeva qual era. Il suo ventre gonfiava. In chiesa, all'ora dei vespri, s'inginocchiava e pregava mormorando ave marie e pater nostri. Le labbra erano ispessite dalla gravidanza.

La bambina fu battezzata in gran segreto, con il nome di Sonia, in una chiesa buia e periferica dell'anonima città. Le candele per grazia ricevuta illuminavano una santa di cera dentro alla bacheca di vetro. Un sagrestano gobbo accatastava sedie di paglia, strascicava i piedi e dietro a lui lo scaccino sputava e tossiva. Il cigolio della porta laterale imbottita di pelle nera faceva balenare vendette e agguati crudeli, infanticidi rapidissimi e sanguinosi. Visi volpini di donne genuflesse ai banchi che osservavano di sottecchi, spiavano. Dietro a una colonna quadrilobata la bambina Sonia fu battezzata nel buio come in un rito di magia nera. La sua testolina fu immersa a forza nell'acqua gelida alla luce delle lontane candele guizzanti, il prete stringeva la nuca molle con mani legnose, un chierichetto rapato dondolava con distrazione un cero gocciolante. Anche il pianto della bambina che si ripeté nell'eco delle alte navate, destò nei quattro stretti intorno al fonte battesimale impazienza e rabbia come se si fosse levato l'urlo di un torturato in mezzo a una piazza. L'ufficiale si guardò intorno con inquietudine. Poco dopo baciò distrattamente la contessina Marianna che ninnava tra le braccia la pupa sorridente. Per un secondo fissò la figlia che girava con lentezza graziosa la testolina pelata di qua e di là, e ripartí. L'amore per la contessina Marianna finí in lui quando incontrò i propri occhi in quelli della piccola Sonia.

– Ti prego, racconta, com'è andata che sono venuta al mondo?
– È andata che sei nata in clinica alle dieci del mattino. Era giovedí ed era giorno di festa. Nel mese piú bello dell'anno, che è maggio.
– E allora? Che cosa diceva la suora?
– Te l'ho detto mille volte.
– Dài, dimmelo ancora, dimmelo ancora!
– Questa suorina, che era tanto allegra e buona, ti voleva un gran bene. Era sempre lei ad andare a prenderti al nido. Apriva la porta della mia stanza e diceva: «Ecco la mia stella mattutina!» Ti chiamava cosí perché eri nata di mattino. Poi si fermava a guardarti mentre poppavi, si metteva a mani giunte e pregava: «Padre, figliuolo e Spirito Santo, pare proprio un Bambin Gesú!»
– E tu?
– Io? Che cosa vuoi che dicessi? Era proprio vero. Sembravi un Bambin Gesú, di quelli delle statue. Ma una ragione c'era. Infatti, mentre aspettavo che tu nascessi, andavo sempre a inginocchiarmi davanti alle Madonne e guardavo

il loro nasino, la loro bocca, le facce dei Bambin Gesú e pregavo cosí: «Santa Madonna, fa' che assomigli al Bambin Gesú e a te; Gesú mio, ti prego, falle un bel nasino e ti prego anche i riccioli come avevi tu quando eri piccolo!» Per i ricci non mi ha accontentato. Sei nata pelata come un melone!

– E la suora che cosa diceva quando raccontavi queste cose?

– La suora rideva e si divertiva un mondo. Poi ti prendeva in braccio, ti baciava e ti faceva ballare. Figurati se l'avesse vista la madre superiora! Alla fine mi minacciava con il dito e finiva: «Però non si deve chiedere alla Madonna solo la bellezza, è peccato!»

Rispondevo: – Vedrà suora che la stella mattutina sarà buonissima: non assomiglia a Gesú?

Lei ti buttava un bacio e con un sospiro se ne andava. Ah, come eri bella, ma bella, ma cosí bella che tutti si fermavano a guardarti. Eri proprio la copia del Bambino Gesú.

In pochi anni, sei circa, la signora Marianna diventò bigotta. Per un'ora e anche piú, nei crepuscoli d'inverno, di primavera e d'estate conduceva la piccola Sonia a pregare con lei. Sonia fissava i grani che passavano tra le dita screpolate della madre e le candele.

– Quanto c'è ancora?
– Zitta, prega anche tu.

I tremolanti cerchi di luce diventavano fiammeggianti, si spargpagliavano in mille punti, coprivano il nero arcuato del fondo, gli ex voto d'argento, il crocifisso. La luce era inghiottita a sua volta dal buio che emergeva in forma di orso peloso che dilatava il torace immane. Le labbra della madre si muovevano senza voce, dal suo petto uscivano fondi sospiri, gli occhi sbiaditi si appoggiavano per tutto il tempo al viso di Gesú.

Una sera folate di vento portarono onde di buio che s'intromisero nei triangoli fiammeggianti delle candele. Lingue nere lottavano con la luce e il Cristo martoriato si torse sulla croce, i suoi tendini apparivano in rilievo sulle braccia, i chiodi grondarono stille di sangue, il sangue colò dalla fronte, dal costato, dalle mani e dai piedi. Il corpo giallo e verdognolo luccicò di sudore e di agonia. I capelli serpentini si appiccicarono al bellissimo viso stravolto, le pupille rivoltate in dentro lasciarono a vista il bianco della cornea. Sonia si era immersa in questa agonia. Un formicolio cominciò a brulicare nei piedi, nelle mani, nella fronte e nel collo. Sentí che si avvicinava al cuore. Si ribellò e insieme fu sopraffatta da un dolore acerbo.

– No, no! Mamma, no! Non possono farlo soffrire cosí! Mamma, mamma! Perché l'hanno torturato? Perché è morto per noi? Perché? Perché?

Scoppiò in singhiozzi che s'inseguirono in guaiti e in urli. Con le mani tremanti si attaccò alla sottana della madre, affondò la testa nel suo grembo. Scostata a forza, si gettò in terra e si divincolò come un verme. Accorse il sagrestano.

– Non capisco, – disse la signora Marianna e rimase senza gesti a considerare la figlia. Sonia si calmò e si sedette di nuovo nel banco davanti al crocifisso sanguinante. Tenne gli occhi bassi, quasi chiusi. Poi il sagrestano, che amava i bambini, le accarezzò la testa, la prese per mano e l'accompagnò alla porta della chiesa.

Fuori le cose piú allegre erano il sapore del freddo e la città.


Nell'inverno del 1934 Milano era bellissima, avviluppata in una coltre di nebbia bianca. I tram scampanellavano alle curve e alle fermate e ce n'erano alcuni con i vagoni tenuti insieme da soffietti di gomma telata. In parte silenziosa, in parte fervida. Un alto riflesso di luce inondava la Galleria e il Duomo: lo scorcio dei pinnacoli incorniciati di neve, lo sfavillio verde e rosso della Rinascente, l'accendersi repentino sul primo buio del gigantesco «Motta», réclame divinizzata che proteggeva la piazza, uova di Pasqua in gara di prestigio e predominio, panettoni in gradazione come le note dell'ottava. Ricchezza, modestia e povertà stavano nelle strade senza tensioni e senza contatti. La vecchia era accoccolata al freddo fuori dalla chiesa, le dita livide dell'uomo e del bambino si allungavano verso le caldaroste, l'ambulante cinese offriva cravatte. Sonia stendeva la mano per fare la carità: cinque centesimi con il Re, il decino con l'ape in rilievo.

Via Iomelli era quasi sempre vuota. La signora Marianna e Sonia passavano di corsa. Avevano un'aria fine e distinta, i loro abiti erano lisi. Sorridevano. In un fumetto avrebbero detto «buon giorno», «buon giorno». Oppure: «Sí», «certo», «sí», con un eccesso di allegria. Avevano l'aria di essere spinte avanti dal vento, con un indice di densità nella materia piú leggero della norma. I loro vestiti ondeggiavano, il loro passo non faceva rumore, i loro corpi erano senza volume. Passavano sulla strada e sulla città quasi ombre.

Prima di abitare il modesto appartamento ammobiliato di via Iomelli con il soffitto di travi umide, avevano vissuto un inverno in un motoso paese vicino a un lago, un'estate caldissima in un casermone di periferia e in altri posti. Non avevano accumulato nessun bagaglio, pentole, coperte, lenzuoli. Facevano su la valigia, percorrevano a piedi o in tram il tratto di strada tra una casa e l'altra e senza interruzioni andavano avanti a vivere.

Questo succedeva perché stavano nascoste e scappavano. Erano delinquenti, braccate dalla legge e dalla vendetta. Le inseguiva una donna con la rivoltella che voleva ammazzare la bambina. Da una città sconosciuta la donna riusciva sempre a scoprire il loro nuovo indirizzo. Il bell'ufficiale le avvisava e prima che lei le raggiungesse, svelte, se ne andavano in un'altra casa.

– Proprio me? – mormorava la bambina seduta di fronte alla madre in cucina.

– Proprio te perché sei bella e buona e lei non può avere figli. È gelosa, cattiva e pazza. Ma noi scappiamo e non ci prenderà.

– Chi è? – mormorava la bambina.
– Un giorno, quando sarai grande, te lo dirò.
La bambina chiudeva la testa tra le braccia. In quelle stanze c'era buio e freddo. La signora Marianna non spazzava, non cucinava, non stirava e non lavorava a maglia. Fissava la polvere sui mobili, il terriccio negli angoli, la vasca da bagno ingrigita. Stava seduta al tavolo della cucina per ore e ore, di fronte alla figlia. Veniva sera e lei non accendeva la luce, bloccata nella sua immobilità. Aspettava il postino, ferma all'angolo della strada, insensibile al freddo e al vento, e aspettava il bell'ufficiale suo amante che arrivava ogni tanto e ripartiva. Il treno si allungava fuori dall'alto semicerchio di ferro della stazione e lui veniva inghiottito da uomini e donne del tutto sconosciuti. Erano sconosciuti la sua casa, i suoi vestiti, gli oggetti, le abitudini quotidiane, le sue parole.

Quando Sonia camminava vicino a lui, gli occhi impauriti correvano su lungo la divisa fino al volto freddo e silenzioso, e ritornavano all'unico oggetto che le era permesso di amare. In un tremito intenso la sua mano accarezzava furtivamente gli stivali, sentiva i segni del cuoio e scivolava sul nero brillante fino all'orlo che serrava il pantalone grigio-verde troncato sotto il ginocchio da uno sbuffo laterale. In un lampo della fantasia, o in un sogno, aveva immaginato che uno stivale lucido le premesse le costole del petto tanto da sentirle scricchiolare, schiacciandole il cuore con forza fino a un brivido oscuro di colpa per quello spasimo che la riportava alla realtà.

– No! – disse un giorno con fermezza il bell'ufficiale, a un graduato che lo aveva fermato e fissava Sonia con un sorrisetto sottile, – questa bambina non è con me! non la conosco –. Sonia fece un passo indietro sul marciapiede.

– Strano, – disse l'amico, – avrei giurato che ti somigliasse. Da lontano ho pensato che tu avessi una figlia e mi sono avvicinato perché mi volevo congratulare.

Il bell'ufficiale si voltò verso Sonia che era immobile accanto a lui: – Perché continui a guardarci? Vai via!

Sonia corse dietro l'angolo della strada e si appoggiò al muro tenendosi il cuore con due mani. Dopo pochi minuti arrivò il padre. Si tormentava un baffo ed era nervosissimo. La prese per mano e ricominciarono la passeggiata.

– L'ho messo a posto, brutto intrigante! Guarda chi vado a incontrare!

Sonia soffocava di dolore senza piangere perché non capiva che cos'era successo.

– Era un tuo amico? – balbettò.

– Macché, – la interruppe il padre con impazienza.


Sonia guarda e riguarda le fotografie: il padre porge uno zuccherino a Tito, il suo cavallo bianco; issato in groppa, salta puntandosi sulle staffe barriere e siepi; il padre e il cavallo si guardano negli occhi; avvicina il viso al muso che si alza per nitrire di gioia.


Il padre scrive alla signora Marianna: «non mi posso muovere per via di Woolf», «a chi lascio Woolf?», «Woolf non mangia quando sta solo». Sonia guarda la fotografia: lui cammina con il suo sguardo distratto, posato avanti, duro; il cane Woolf lo segue un passo indietro, tiene gli occhi verso gli stivali. Sonia fissa lo sguardo atono di Woolf e pensa: tu stai sempre con lui e lui ti accarezza, ti dà da mangiare, ti prepara la cuccia e tu dormi con lui, ti porta a passeggio e non rinuncia mai a te, ti batte perché ti vuole vicino e tutto suo.

Un giorno gridò in faccia al bell'ufficiale: – Vuoi vedere che la vinco io? – Mostrò i denti per mordere. Il padre alzò la mano aperta e l'abbatté con tutta la forza sulla sua schiena. La schiacciò in un angolo con un urlo: – La vinci tu?

Lei si piegò tremante sulle gambe strette e a fiotti un liquido caldo come sangue le bagnò le cosce, le ginocchia e i calzini. Pesticciò una pozza della sua orina. Si accovacciò sopra. Il padre la trascinò fuori recalcitrante e bagnata. Strisciò appesa al braccio e si rotolò in terra come un animale.

La chioma gessata, il morso d'oro, il muso puntato al girotondo: alle giostre Sonia si arrampica sul cavallo bianco e insieme partono ondulando dietro a una musica di organino e di valzer. In sogni coloratissimi arriva con la criniera al vento, contro un cielo azzurro. Galoppa verso di lei per strade deserte, spianate coperte d'erba. È rapinante come il sonno, un gigantesco messaggero che la travolge felice nella morte.

– Tienla ferma. Ecco. Un attimo solo!
In un'aria opalescente da neve, sulla terrazza di una casa, la signora Marianna regge per le braccia Sonia che stringe gli occhi e apre la bocca in un pianto disperato. Il vestito sale per le gambe che scalciano. Click! Il padre scatta la foto. Click! Un'altra.
– Non la voglio, – urla Sonia. – Ho paura. Non voglio la fotografia. Basta, basta... ti prego, mamma, basta... vi supplico...

Il circo sfila in grandi carri per via Porpora, fa un giro dimostrativo, taglia la città fino a piazza del Duomo, mostra la magica bellezza che nasconde insidiosi pericoli, la bravura dei giocolieri, clowns, cavallerizze, domatori, la baraonda stralunata e variopinta che trascina con sè. Nelle gabbie messe sui carri i leoni ruggiscono, la tigre mostra le zanne. Davanti a loro gli elefanti alzano lentamente le proboscidi verso i tram fermi, pieni di minuscoli uomini e donne che si sporgono per vedere. Sui larghi dorsi grigi sono posate come libellule le ballerine in tutú che agitano lo scettro e volteggiano, si riposano graziosamente recline. La pantera va su e giú a pendolo tra le sbarre. La tigre dalla bocca di fuoco e dai denti giganti fissa occhi gialli e accesi sui passanti imbambolati. Le mamme prendono in braccio i bambini, piroettano Arlecchini e Pulcinella, Pierrot e Colombine davanti ai cavalli con criniere lunghissime e code intrecciate di nastri.

In questi anni era successo un incantamento: il mondo era rimpicciolito e stava di fronte come un teatrino animato, simile alle recite dei burattini di Podrecca o al «Tè danzante dei bambini», per il giovedí grasso. Cavalieri antichi, principi, principesse, fate e maghi, regine e giullari, contadinelle e Robin Hood, dopo un cerimoniale d'inviti, tenendosi per mano e atteggiando le faccette sudate, che colavano rossetto e bistro, a smorfie adulte di presunzione per il loro rango, volteggiavano caracollando, pestando code e coriandoli, in valzer e fox trot, seguiti da occhi compiacenti, aizzati da un'orchestrina dove gareggiavano violini melensi. Tutto era coloratissimo, venato di ombre melanconiche, dalla traccia di qualche lacrima.

Un intero paese era diventato un formicolante Lilliput: nubi di cotone idrofilo, fiori di delicate ostie dipinte, povertà disegnata, divertimento rosa, morte senza grida. La vernice d'Alambicchi trasformava tutti i giorni Stellina, Marmittone, Bonaventura, Arcibaldo e Petronilla, Bibí e Bibò in silhouettes semoventi.

La tigre, in dimensioni naturali, si era trasferita nel fondo del corridoio buio, occhi fosforescenti sulla preda. Arrivava nei sogni e chinava la testa sul corpo di Sonia. Lei sentiva il fiato caldo, la grande bocca aperta e restava immobile, il cuore scoppiava. La voce bisbigliante della madre sussurrava alle spalle: «Bisogna restare fermi se si incontra un animale feroce. Non si deve correre. Ti devi sdraiare, chiudere gli occhi e fingerti morta, non battere neppure le palpebre. Ferma Sonia o la tigre ti divorerà...»

Ci fu una breve guerra lontana. Su una cartina dell'Abissinia si fissarono bandiere tricolori di carta per ogni posizione conquistata e si avanzava sempre, con rapidità entusiasmante: 6 ottobre 1935 lo spillo penetra su Adua, il 16 su Axum, il 9 novembre tocca a Macallé. Con un salto si passa al 1936, le bandierine prima della primavera segnano il Tembien, l'Amba Alagi, il lago Ascianghi. Una guerra senza cadaveri fatta di fotografie e descrizioni, quasi un film: dune, tucul, negretti, donne con il seno scoperto, ascari, pantaloncini cachi, dum dum che scoppiano in corpi ignoti, altopiani e gazzelle; dietro, il coro commovente e ininterrotto delle canzoni rimasto nelle strade e nelle case, che penetrò dentro alle orecchie come nello stampo di una pianola.

Cino e Franco erano due amici, uno piú grande e coraggioso, uno piú piccolo e pauroso, che giravano il mondo. Un giorno, tra le tante avventure che li vedevano protagonisti nell'Africa nera o al Polo, tra uomini giganti e tra ragni enormi e velenosi o formiche rosse voraci, accadde loro la piú straordinaria delle avventure. Conobbero uno scienziato che aveva scoperto un liquido che rimpiccioliva le persone. E, diventando uomini piccolissimi, era possibile esplorare mondi mai conosciuti. Cino e Franco, per ragioni che non ricordo, scelsero l'inesplorato, misterioso mondo del «ventino». Che cosa conteneva al suo interno la minuscola moneta di nichel? Quali esseri infinitesimali l'abitavano, da quali foreste, montagne, abissi era formato questo pianeta? Com'era la composizione della materia, il legame tra le molecole?

Cosí, tenendosi per mano, furono rimpiccioliti o si rimpicciolirono a misura di ventino e vi precipitarono dentro con un gran salto e mille capriole che li sprofondarono di colpo in questo pianeta. Cominciò il loro epico, emozionante viaggio, degno dei piú grandi esploratori e scienziati.

Che meraviglie si schiudevano davanti ai loro passi e ai loro occhi! Colori violenti e strani nella vegetazione selvaggia e insidiosa, forme mai viste, tundre di verderame! Alberi rapaci, foglie di grandezza spropositata, monti invalicabili, caverne senza fondo, voragini e acque di colori inusitati, rosse, viola, nere; intricate foreste di liane semoventi e carnivore! A Cino e Franco, sempre piú addentro in questo pianeta, accadevano avventure su avventure e, come si era supposto, incontravano mostri mai immaginati, popolazioni con vestiti di strane fogge, proiettate nel futuro civilizzatissimo o retrocesse verso l'alba della storia; città, buoni e cattivi in guerre fratricide, pericoli ad ogni passo. Fino a che, inseguiti come nei sogni da una morte quasi certa, riuscivano con l'aiuto di una fanciulla bellissima a ritrovare la strada della salvezza, la sterminata catena delle montagne altopiano, che era la donna raffigurata in rilievo sulla superficie della monetina, e con una paurosa caduta erano catapultati nel baratro dell'aria, si ritrovavano sul tavolo dello scienziato e riprendevano le dimensioni naturali.

La sera prima la signora Marianna aveva mostrato segni di inquietudine. In questi casi «si incantava», diceva di sé. Lo sguardo rimaneva fisso in un punto e non riusciva a distoglierlo. Ma immobile, quindi quieta, non era. La bocca si serrava e si apriva, nelle mani posate una sull'altra passava una scossa, le dita si stringevano, il pollice premeva sull'altro lasciando un'impronta bianca senza sangue. Il muto alfabeto morse spandeva messaggi e generava apprensione. L'ombra era scesa, la signora Marianna stava ferma, non accendeva la luce. Poi balzò in piedi, scacciò il gatto dalla finestra della cucina che dava sul giardino con una furia fuor di luogo. Gli occhi misteriosi l'avevano risvegliata.

– Vai via, bestiaccia, via via!

Aveva chiuso i vetri con fragore, affidando al gatto randagio e affamato i segni di un evento incombente.

La casa di via Porpora era composta di un piano. Al piano terra abitavano la signora Marianna e Sonia, al primo piano i padroni e la signorina Iris, subaffittuaria.

Nella notte tutto fu tranquillo. Il gatto non miagolò. La mattina risultò uguale alle altre. Sonia beveva il latte con la cioccolata quando scoppiò un trambusto di nuovo genere, gente per le scale, autoambulanza, infermieri, barella. La si-

gnora Marianna corse su... Sonia salí la prima rampa di scale. Dall'alto la fermò lo sguardo minaccioso della madre.
– Sta' giú e aspettami.
Per la prima volta la casa era piena di rumori insoliti, di un'agitazione senz'ordine. Sonia superò la seconda rampa. La mamma stava sulla soglia di una stanza. Aveva le mani giunte e pregava. La stanza piccolissima era piena di gente. Due infermieri in camice bianco, una donna, un uomo, la madre e sul letto era stesa la signorina Iris ad occhi chiusi, tutta nuda: un corpo lungo, magro, viscido, ingrossato solo al punto dei fianchi. I due infermieri la presero per le gambe e per le braccia e in un momento il corpo diventò un arco di carne, la testa si gettò all'indietro, una lunga coda di capelli nerissimi attorcigliati toccava terra. In mezzo a questo corpo viscido e livido spiccava la macchia nera del pube.
Sonia non aveva mai visto il corpo di una donna. Fissò gli occhi nel groviglio scuro e credette per abbacinamento di intuire piú che vedere un formicolio di vermi e insetti che sollevavano il pelo fitto, lo rendevano vivo. La signora Marianna si voltò e si accorse della figlia.
– Ho detto di andare giú!
Sonia distolse a fatica lo sguardo, però fu attratta di nuovo dalla macchia nera e se non fosse stato per un gelo che sentiva nelle spalle e per il tremito che la scuoteva e la bloccava, un impulso violento l'avrebbe spinta a immergere la mano nel pelo fitto, a stringerlo. La signora Marianna indicò la scala, con il braccio teso, lei rimase.
Depositarono la signorina Iris sulla barella. Tutto il corpo sparí dentro a un lenzuolo che coprí anche la testa. Spuntavano i piedi magri con le unghie scarlatte. La signora Marianna prese per un braccio Sonia e la trascinò via, la spinse avanti per le scale.
– Giú, ho detto. Ubbidisci, giú.
Sonia pensò che aveva disturbato uno spettacolo che la madre voleva essere sola a gustare; che aveva commesso un inqualificabile peccato sorprendendo il segreto della nudità,

la macchia verminosa del pube. Rimase raggomitolata in cucina, come il gatto. La signora Marianna accompagnò la barella fino all'autoambulanza. Tornò.

– Speriamo che la salvino.

Prese il cappello, lo calzò bene in testa, tenendo le mani alzate, appuntò lo spillone e senza aggiungere altro disse alla figlia: – Usciamo.

Invece la signorina Iris, creola trasferitasi in Italia per amore e dal suo amore abbandonata, era morta: si era suicidata con il laudano, veleno di moda a quei tempi.

Ci sono case che è meglio fuggire perché trasudano incubi e attirano dolori. Di tale incantamento ci si rende conto dopo averlo vissuto, a ripensarci. Lí per lí, avvolti in un'invisibile tela di ragno, si va avanti senza sapere e senza avere la forza di immaginare che altrove la vita è diversa. Un'ombra silenziosa avvolgeva la signora Marianna e Sonia nella casa di via Porpora e sapeva di magia. «Silenziosa» perché la sensazione di chi entrava in quella casa era che non esistessero oggetti e quelli che si vedevano fossero per disposizione di una cattiva fata fissi al loro posto, inservibili, resi finti. La loro solitudine era completa e cosí nulla di quello che vive in una casa aveva occasione di essere nominato ad alta voce e inoltre la signora Marianna giorno per giorno perdeva l'uso di tante parole.

Per esempio: non c'erano «la pentola», «il bricco», «il tegame», «il coperchio», «la padella», «la teiera», «la caffettiera», «il bollitore», «lo staccio» e cosí via. Tutti gli oggetti che conteneva la cucina, restavano fissi in un'irreale presenza dipinta e, quasi scolpito, sul fornello a gas, idea di tutti gli altri oggetti perduti e unico nominato, «il pentolino», che diventava «metto su il pentolino per fare la minestrina», «tiriamo fuori il pentolino per bollire il latte», «ti faccio un uovo nel pentolino». «Il pentolino» stava lí con il manico tremolante e i bordi inesatti storpiati dalle molte lavature. Girando con lo sguardo dalla cucina nel corridoio

fino alla camera da letto, anche gli altri oggetti, dal momento che non erano nominati, apparivano senza funzioni.
– Stai sotto che fa freddo, – diceva la signora Marianna a Sonia e nella parola «sotto» sparivano la coperta di lana, i lenzuoli, il cuscino, la trapunta, la stanza stessa.

Due volte alla settimana una «signorina» veniva a dare lezioni a Sonia che, poiché doveva vivere nascosta, non andava a scuola. Davanti alla bambina realissimi e amati perché lei stessa li nominava e li scopriva, prendevano forma, unici nella casa, «quaderno», «matite», «penna», «inchiostro», «piumino», «gomma da cancellare», «quadretti», «righe». Le parole sorgevano dal buio dell'inchiostro incise, scritte «male» o «bene», concrete e affascinanti: «vaso», «pianta», «fiore», «gambo», «ramo», «tronco», «radice», «foglia», «bocciuolo», «pistilli»... L'unico inconveniente era che si formava un mondo in bianco e nero, non aveva colori se non quelli da inventare con la matita e confrontarli semmai ai giardinetti e per le strade. Ma una verifica sulla realtà non succedeva mai. «Il fiore» non diventò campanula, orchidea, gardenia e cosí via. Si stabilizzò in una specie di chiaro e semplice dualismo («rosa» e «garofano») e in fondo rimase sempre «il fiore» contro «la foglia» e «l'albero».

La signora Marianna nominava spesso la parola «lettera».

– Non è ancora arrivata la lettera del papà.
– Oggi è arrivata una lettera.
– Devo scrivere tre lettere.
– Scrivi la lettera al papà.

A intervalli di mesi arrivava una lettera diversa. L'indirizzo sulla busta e il testo erano scritti in una calligrafia simile a quella di Sonia, sghemba, con qualche errore e, sul foglio, qualche macchia d'inchiostro. La lettera veniva letta ad alta voce. Cominciava «cara signora contessina», e in poche righe, che di sicuro avevano richiesto fatica, si chiedeva della sua salute e di quella di Sonia «che sarà sempre piú grande», si parlava di un momento futuro in cui «spero di avere la gioia di rivederla», di acciacchi che peggioravano, si alludeva in modo confuso «ai dolori» e ai «sacrifici» della «contessina».

La lettera veniva dalla città della signora Marianna ed era della «sua sartina». – Poverina, lei mi vuole ancora bene, – diceva la signora Marianna piegando il foglio in quattro e chiudendolo in un cassetto. Questa fissa memoria, questo affetto senza funzioni le sembrava dovuto e non si commuoveva alle frasi che a Sonia sembravano di una favola:

«Qui non sono piú i tempi di una volta. Si ricorda com'era bella la nostra città?... si ricorda di me qualche volta che le volevo tanto bene?... vorrei conoscere la bambina prima di morire... lavoro poco perché i miei occhi peggiorano...»

Un giorno arrivò un pacchetto e sopra al pacchetto il solito indirizzo sghembo. Però il pacchetto era per Sonia, il primo della sua vita. Lo aprí quasi strappandolo per l'emozione e saltò fuori un vestito di seta celeste; intorno al collo e in fondo alle maniche foglioline rosa ritagliate e applicate con un lavoro minuzioso di pazienza e all'interno delle foglie venature in celeste. Sembrava uscito da un disegno di Sonia non dalle mani di una sarta.

«Mi sono permessa di pensare alla sua Sonia perché mi è rimasto uno scampolo di una cliente che aveva fatto un vestito da sera. Spero che le misure vadano bene...»

– Poverina, – mormorò la signora Marianna palpando il vestito e sollevandolo contro luce. Non era un vocabolo che esprimeva pietà. Esprimeva una pena complicata per l'intrigo degli avvenimenti che coinvolge persone diverse, legate da messaggi d'amore senza sfondo.

Sonia, quando si metteva il vestito di seta, vedeva davanti a sé la faccia di una buona vecchia con i capelli grigi stretti in una crocchia, gli occhi velati senza pupilla, le mani gonfie e rattrappite sull'ago, che ricamava foglie di stoffa. Una fata buona ma terrificante come un'apparizione di cenere.

– Ti faceva i vestiti, mamma, quando eri giovane?
– Lei, poverina, mi faceva quelli meno importanti. Spe-

rava sempre di poter cucire per me un vestito da sera, ma io non mi fidavo. Ora mi ricordo che una volta però mi ha fatto un bel tailleur per andare a pattinare sul ghiaccio. Giacca, sottana, manicotto di pelo...

Stretta nella giacchetta abbottonata dal collo alla vita, con la lunga gonna sciolta che batte sulle caviglie, alla moda del 1908, e un bavero tondo, una toque e un manicotto di castoro, la contessina Marianna, a diciotto anni, sta volando in cerchi concentrici, in otto disegnati sul laghetto gelato. È agile e rapida come un fuscello nel vento, va e viene diagonale al suolo, elastica nelle curve s'inclina e si solleva con una spinta del busto. È una farfalla, è un disegno, è una ballerina del Bolscioi, s'inarca come la Ruskaja, si dà slancio e volteggia; salta; piroetta su se stessa. È degna del primo premio, infatti, nella gara provinciale di pattinaggio artistico. In coppia con il piú alto dei sette fratelli, la immagino che tiene le mani incrociate con quelle di lui e inscrivono sul ghiaccio, con naturalezza elegante e armonia, i volteggi del valzer...

È a cavallo, monta all'amazzone; sta diritta sulla schiena e si dondola mollemente sul passo del trotto; poi diventa scattante al primo galoppo. In testa, sui capelli lucidi e lisci gettati indietro in due morbide bande, e del colore delle castagne, ha una bombetta. La sottana nera si drappeggia sul corpo del sauro e lei tiene in mano un frustino. Guada un fiumicello insieme agli altri cavalieri, batte con la mano guantata sulla criniera. Ride. L'acqua schizza sotto gli zoccoli, i cani latrano tutti insieme, la volpe guizza via, il corno suona...

Erano due donne sole. I pochi messaggi che arrivavano fino a loro non potevano fare ritorno. Fuori si stendeva la città. Quando uscivano passavano dal gelo al tiepido di una stalla, che fosse caldo o freddo. Una folata di forza arrivava dalla strada sul portoncino, pari al vortice di una festa strepitosa. Nella città, per questa ragione, nessuna delle due pensava a una cosa o all'altra ma venivano prese dal movimento, dai visi, dai vestiti, dai colori, dalle luci. Spesso mangiavano a una trattoria di operai sporchi di calcina o di nero. I piatti che arrivavano erano di un rilievo che faceva paura: «la cotoletta alla milanese», «il minestrone», «le patate fritte», «la pasta al sugo». I sapori passavano in second'ordine di fronte all'ebbrezza che procuravano gli odori, il caldo che emanavano i cibi, il fumo, le forme. «Dorata» era la cotoletta; «fumante», il minestrone; «croccanti», le patatine.

Odori e calore anche nei negozi. Dal fornaio il pane era «fresco e caldo»; in una pasticceria di corso Buenos Aires le ciambelle «si scioglievano in bocca»; dal salumiere ingigantivano «il felino» e il «taleggio», la ricotta veniva definita «un mascarpone», il mascarpone «una crema». La cucina buia assorbiva nel suo incantato silenzio tanta vivezza. Tornavano ad essere ombre dipinte e innominate quali erano gli oggetti intorno. Qui Sonia imparò a vedere le tigri nei sogni. Qui si ammalò di alte febbri. Qui la signora Marianna dette inizio alla serie delle sue incomprensibili azioni.

E i sette fratelli? Da anni e anni erano sparsi per la terra, lontani uno dall'altro.

Dario stava sempre a letto. Ho in mente un quadro di Derain che ricorda l'aria sospesa, la luce tremula della stanza; ricorda la finestra aperta sul giardinetto benché non ci fossero la collina, la neve, i cipressi, la croce. Eppure la stanza che si intuisce alle spalle del pittore è indentica a questa e Dario potrebbe esserci, anzi è il suo sguardo che ha inventato il quadro. Mi piacerebbe allargare la prospettiva, retrocedere verso la porta e aggiungere al quadro di Derain l'esatta sezione della stanza con Dario nel letto di fianco alla finestra, sollevato da tanti cuscini sui quali il suo viso è un bassorilievo di ceramica bianca e celeste per via degli occhi, delle labbra esangui e quasi violette, del grigiore venato d'azzurro delle occhiaie fonde, delle sfumature giallognole intorno al naso e sulla fronte, proprie della ceramica invecchiata; e cosí erano di ceramica le mani quasi azzurrine e le unghie sotto alle quali pulsava, e solo lí, un sangue scuro e annacquato.

Sul comodino tra il letto e la finestra c'erano sempre gli stessi oggetti: una campanella d'ottone che non usò mai, un bicchiere pieno d'acqua sul quale batteva spesso un raggio che sembrava la impolverasse e la rendesse inservibile, boccette di medicinali, due tre fazzoletti attorcigliati e spiegazzati che il bambino si portava alla bocca per nascondere i colpi di una tosse soffocata e sibilante.

Quando tossiva si accartocciava come un mollusco bianco trapassato da una scheggia di legno, serrava nello sforzo testa e gambe, si distendeva di nuovo sui cuscini e pareva felice benché esausto, a occhi chiusi, con le labbra distese in un sorriso rivolto a Sonia. La luce pallida che entrava dalla finestra aperta era la luce della città e della primavera, distillata e resa incantevole da un silenzio placido. Non si vedeva il giardinetto spelacchiato e senza fiori, solo la debole fioritura del pero, i rami radi che salivano con un disegno di trama orientale. La mano che aveva aperto la finestra, la chiudeva piú tardi quando il fresco portava via il tepore del sole, ma la casa, quando Sonia saliva, sembrava disabitata. Sparsi sulle coperte c'erano matite e fogli. Dario disegnava mentre era solo e mentre Sonia era con lui.

La signora Marianna aveva insistito perché Sonia si avventurasse al piano di sopra senza paura, e passasse davanti a quella che era stata la stanza della signorina Iris. Si sapeva da tempo che i padroni avevano un bambino di dieci anni di nome Dario che non si vedeva mai perché era ammalato. Sonia fu invitata ad andare tutte le mattine a trovare il bambino.

Un patto ci fu, ma perché la signora Marianna lo propose o lo accettò? Per buon cuore e pietà cristiana? per succube debolezza verso i padroni da cui temeva lo sfratto? Oppure perché nella sua testa si andava formando un disegno sui doveri di Sonia? Ma che rischio correva la piccola infermiera a contatto con una malattia cosí grave?

Sonia aveva otto anni. Sulla parete dietro al tavolo di cucina la carta dell'Africa Orientale era tempestata di bandierine appuntate con lo spillo e Addis Abeba liberata. Il giorno prima tra confusione e canti, la voce del Duce tuonò: era il 5 maggio 1936. Nella città il formicolio pieno di fervore, proprio di Milano, si era esaltato in un giro ottimistico di sguardi, in uno sgambare deciso degli uomini, in un brusio sonoro nelle botteghe. Le donne allineate davanti al banco del macellaio o davanti ai vasi di caramelle e di cioccolatini dal droghiere, tempestavano le loro richieste con toni di prosopopea bambinesca. Tutti avevano voglia di godere le cose che non costano: sole, alberi, vetrine, marciapiedi, piazze, chiese, pane croccante, mortadella e ricotta. L'euforia era la pastetta legante che annunciava il prossimo Impero.

Sonia fu contenta di vedere un altro bambino. Saliva la prima rampa, con fierezza aggiungeva la seconda. Era convinta di avere un potere di cui gli altri esseri umani erano privi: lei volava. Volava raso terra, però il principio era quello dal momento che saliva le scale di corsa senza toccare i gradini. Era convinta di riuscire a volare senza sforzo e aveva capito che se lo avesse rivelato il suo potere si sarebbe dissolto. In quel tempo aveva anche l'impressione, legata a «quaderni penne matite quadretti righe» e non solo a quelli bensí a «negozi, trattoria, cinema, strade, piazze, chiese», di imparare con rapidità sempre crescente tutte le parole che esistevano: duecento parole, trecento parole, mille, duemila: aggiungeva di continuo parole nella testa che si riempiva di oggetti nuovi, relazioni tra oggetti e fatti. Su una mappa quasi vuota, legando segmenti a segmenti, punti a punti, veniva a stabilire e riconoscere un disegno sempre piú ramificato con nuovi segmenti aperti e nuovi punti da raggiungere e che una volta raggiunti si riaprivano verso la parte della mappa ancora da riempire, di cui non si vedevano i profili. Volava e nella sua testa si profilava a velocità vertiginosa il disegno del mondo.

Entrava in punta di piedi nella stanza di Dario e si sedeva in fondo al letto. Aveva promesso alla mamma che non avrebbe mai toccato il bambino e non si sarebbe mai avvicinata un passo di piú. – Io ti lascio andare, – aveva detto la signora Marianna, – però guarda che è contagioso e tu mi devi ubbidire –. Sonia ubbidí e d'altra parte Dario sapeva che non ci si doveva accostare a lui.

Da Dario il tempo si fermava. Il signore dell'universo sollevava la bacchetta e non l'abbassava ma per un maligno contrapposto della magia questo tempo sospeso senza fatti passava alla svelta, finiva subito. Il silenzio non diventava parole. I gesti non diventavano gioco. Eppure i minuti e le ore erano intensi, zeppi di qualche cosa di enorme che scappava perché era solo sentito e non espresso. Loro venivano strappati uno dall'altro, da quella bella luce che li legava, prima ancora che avessero cominciato a riconoscersi, prima che un solo brandello di ciò di cui erano pieni si trasformasse in realtà. L'amore era un sentimento irriconoscibile che i due bambini subivano e li schiacciava.

Un giorno Dario disse: – Ti regalo un disegno, ma sul foglio lo perderai. Dammi il tuo quaderno cosí ti resterà per sempre.

Sonia andò a prendere il quaderno e Dario cominciò.

– Faccio un paesaggio con la neve.

Tracciò segni svelti sui quadretti e si vide una chiesa con il tetto rosso coperto di punti bianchi, la collina piena di abeti carichi di fiocchi, i cespugli fioriti e annebbiati dal candore. Sonia seguiva i movimenti delle dita fini raccolte intorno alla matita e si sentiva percorrere da onde che non sapeva decifrare. L'amore per Dario, il suo viso, il suo letto, le sue mani, i suoi disegni andava al di là del proprio corpo e la stessa stanza ne era inondata. Lei stessa si sentiva esangue perché il sangue voleva correre via verso Dario e il mondo.

– Lo sai che morirò presto?
– No, io non lo so, e poi non è vero.
– Morirò presto. Ti devi ricordare di me.

Firmò il disegno con molta cura, «Dario», ben chiaro e visibile. Le lacrime riempirono gli occhi di Sonia. Le trattenne con uno sforzo e non sgorgarono.

– Chi te lo ha detto?
– Nessuno. Però lo so –. Dario parlando di un fatto cosí grave sorrise, sorrise anche lei.

Dario disegnava e Sonia seduta ai suoi piedi seguiva la sua mano. Sotto le matite che Dario era abituato a cambiare e a scegliere velocemente, fioriva il gracile pero che lui non vedeva, una popolazione di donne uomini e bambini affollava le strade della città, le case variopinte aprivano persiane verdi, le chiese alzavano, in mezzo a cieli azzurri stellati blu gravidi di nubi grigie, campanili con campane che rollavano aperte a squadra. Poi, spesso, scendeva su tutto la neve. Il bianco di fiocchi e fiocchi copriva il colore dei fiori, campagne, case, colline, strade fino ad annebbiare il quadro in un pulviscolo uguale a quello che vorticava nelle palle di vetro.

Una palla di vetro era anche nella stanza sul comodino vicino al bicchiere. Dentro alla palla c'era un fiore di perline colorate. Capovolgendola sarebbe scesa la neve, ed è probabile che proprio capovolgendo quella palla fosse venuta a Dario la passione di coprire i suoi disegni di bianco. Una palla di vetro mi pare oggi la stanza dove stavano Dario, il letto e la bambina. Nessuno veniva a vedere che cosa facevano: né la mamma di Dario né la signora Marianna. Tra gli adulti doveva esserci una voluta reticenza.

Un giorno la signora Marianna, con un certo imbarazzo, annunciò:

– Oggi non puoi salire da Dario perché sta poco bene e non deve stancarsi.

La mattinata passò dentro a un'inquietudine lunghissima.

Il giorno dopo la signora Marianna ripeté: – Anche oggi, sai, non puoi andare da Dario e sarà meglio neanche domani.

Il quarto giorno portò fuori la figlia di mattina. Si sedettero su una panca ai giardinetti. I bambini piú grandi erano a scuola. Faceva un caldo già estivo. La signora Marianna teneva le mani in grembo e guardava avanti in un punto, Sonia la imitò. Fissavano le aiuole verdi, in mezzo alle quali si alzavano cespugli mastodontici, unite da serpentelli di ghiaia dove stavano accucciati i bambini piú piccoli con le palette e il secchiello.

– Perché non corri? – insisteva la signora Marianna, quasi irritata. – Corri che ti fa bene, c'è un bel sole.

Sonia prese il cerchio e tenendo gli occhi fissi alla ruota cercò di non farlo cadere, girava intorno sempre allo stesso cespuglio. L'inquietudine diventò affanno, malattia. Aveva le guance rosse e sentiva il cuore battere in gola. La madre lasciò che si sedesse vicino a lei, si rassegnò alla sua presenza. Davanti, i bambini e le bambine vuotavano e riempivano di sassi i secchielli, Sonia vedeva le mutandine bianche tirate sulle cosce traballanti.

Alle sei andarono al mese mariano. Cantarono a voce spiegata protese verso la Vergine, madre di Dio e loro. Al rosario la signora Marianna si sedette diritta sulla schiena. I grani passavano tra le dita mentre le labbra si muovevano e venivano fuori suoni da nenia funebre. I finestroni finto gotico buttavano nella chiesa candida una luce colorata da fiera. Si stava tra quelle pareti immersi in uno sciroppo, all'interno di una caramella.

Il mattino dopo la signora Marianna con tono evasivo cominciò:

– Sonia ti devo dire una cosa –. Rimasero a guardarsi senza batter ciglio. L'aiuto, l'intuizione sperata non venne. – Dario, – concluse, – è volato in cielo.

Sonia sentí il viso bagnarsi di lacrime. La lunga inquietudine di quei giorni montò in una morsa che bloccò la parola e il respiro. Alla fine riuscí a urlare – Dario, Dario... – Scappò su per le scale, aprí la porta.

Dentro alla stanza nella solita pallida luce e nel tepore di maggio che entrava dalla finestra aperta c'era il letto sfatto con il materasso arrotolato. Spariti i quaderni, i fogli, le matite, la campanella d'ottone, le boccette. Era rimasta sul comodino la palla di vetro con il fiore di perline colorate. Per fiducia nelle parole della madre corse alla finestra, guardò fuori nel punto dell'orizzonte dove si stendeva la città e Dario poteva essere ritrovato, ma le lacrime coprivano di un fitto velo case cielo albero fiorito.

Ci vollero molti giorni prima che si calmasse. La sera stessa le venne un gran febbrone che il medico definí «febbre di crescita». La signora Marianna stava seduta accanto al letto e aspettava con lo stesso sguardo che prendeva in cucina, al tramonto, quando si scordava di accendere le luci. Si escludeva dal brutto spettacolo della sofferenza della bambina. La trattava con la sufficiente pazienza di una buona madre che assiste al dispiacere per un cattivo voto a scuola.

Il cuore aveva preso una vita propria, agonizzava e lei lo vedeva staccato da sé alla pari di un uccellino ferito che si fissa mentre sbatte le ali contro il palmo della mano. Ripeteva «come un uccellino ferito», senza capire cosa mai stesse dicendo. Si dimenticò delle scale, non le salí piú. Qualche anno piú tardi, quando cominciò a creare i ricordi, fece coincidere quel tempo con la perdita del potere di volare. Si convinse che proprio allora la mappa del mondo che si andava coprendo di punti e segmenti era rimasta bloccata. Punti e segmenti già tracciati impallidivano e sparivano anno per anno: era sicura che crescendo dimenticava con una rapidità che generava angoscia e paura. L'esplosione luminosa avvenuta allora dentro di sé era andata perduta.

Credeva alla tigre nel corridoio, ai miracoli di santa Rita, alla trasformazione delle bambole in bambini veri. Una volta la mamma le confidò che gli oggetti camminano sotto terra. Sonia scavò febbrilmente in fondo al giardino pieno di erbacce e sotterrò un ventino. Dentro alla terra ficcò un pezzetto di legno come segnale. Tutti i giorni controllava il pezzetto di legno. La sua speranza era che questo cammino segnalasse sotto, tra i vermi l'umido e l'acqua, una vita misteriosa di cui la fuga del ventino sarebbe stata una riprova.

Il ventino era sempre al suo posto? Aveva camminato? In questo caso, quale percorso aveva fatto e quale attrazione sconosciuta lo attirava? Lasciò passare una settimana. Piovve. Raspando con impazienza ricominciò a scavare e non trovò piú niente. Il ventino non c'era piú, né al suo posto né per un buon raggio intorno. Il viaggio era cominciato, in giú negli abissi pieni di terra, tra le radici buie fino alle fiamme dell'inferno. Scavò, scavò; del ventino nessuna traccia.

Quando Sonia dormiva e l'ombra triste e povera della stanza spingeva nel mondo dei sogni, la signora Marianna piano piano apriva l'anta dell'armadio che cigolava come la porta di una segreta, e lasciava che il bell'ufficiale del 1920 si materializzasse per lei, tale e quale. Un lume debole, schermato, azzurrino, dal suo letto mandava verso l'armadio un alone da vecchio tabarin, tanghi e lenti appassionati affioravano in un lontanissimo sottofondo dietro alla giacca di panno nero, strettissima in vita, con due file divergenti verso le spalle di alamari, il colletto di astrakan, pronta ma inusabile, di «alta parata», da anni «non regolamentare» e rimasta a lei per caso, come il vestito di un ladro in fuga.

La signora Marianna, con gli occhi pieni di lacrime, allunga la mano fino ad accarezzare la giacca, avvicina il viso alla stoffa dove un leggero profumo la sprofonda in un vortice di musica, di baci furtivi sulle terrazze buie d'estate. Se è cosí vivo il desiderio e l'amore per lui e cosí vuoto il mondo per la sua assenza, forse nel futuro quell'ectoplasma che lei chiama ogni sera può diventare vero e restituirsi in carne e ossa fremente di passione, risvegliato dal sortilegio che l'ha allontanato da lei come se gli anni dell'amore si fossero cancellati.

La signora Marianna abbassava le palpebre sulle lacrime

e chinava la testa mentre le sue mani meccanicamente aprivano la lunga scatola di cartone in cui erano piegate con cura tre cravatte di seta. Conosceva di quelle cravatte i punti ingialliti, i segni del tempo, eppure tutte le volte che la sua mano ne sollevava un lembo, a roselline o a ghirigori liberty o a righe sottili, il cuore batteva forte forte e la stanza spariva in una Roma solare e aperta su una campagna vastissima, in una Trieste di bora, in un mare viareggino che luccicava volubile fino all'orizzonte. Rosa, verde e blu pastello: ne avvicinava una al viso con un brivido di voluttà e sentiva la superficie impalpabile come se fosse una pelle, aspirava il profumo ormai vago della sua colonia di marca. Da quel profumo sorgeva la mano virile e forte che porgeva vere violette, nascoste frettolosamente nel cassetto; e che la traeva a sé, stringendola appassionatamente sul cuore. «Per sempre, Mariannina, per sempre mia...»

Quasi tutti i pomeriggi presero ad andare al cinema. Sceglievano a casaccio. Avevano le loro passioni.

Un nuovo film di Shirley Temple! Entravano nel cinema che c'era il sole, uscivano che era notte: luci accese, negozi con le serrande abbassate. Correvano verso casa tenendosi per mano, felici di aver commesso un'infrazione di cui valeva la pena. Shirley per quattro ore ballava e cantava per loro, muovendo i riccioloni legati da un gran fiocco di taffetà, cambiando di continuo vestiti: a fiori, a gale, arricciature, da giorno e da sera, grembiuli a quadretti e sottanelle di velluto nero, cappotti con colletti di ermellino e di coniglio, manicotti e borsette, e sotto spuntavano le gambe grassocce da bambina ben nutrita e in cima il sorriso birichino e le caratteristiche fossette che l'avevano resa cosí simpatica. Muoveva con agilità travolgente, e in continuazione, i piedi rotondi e corti, quasi zoccoli di un cavallino pony, battendo il tip tap con scarpe di vernice su pavimenti, scale, pianoforti, tavoli, palcoscenici, navi.

A Shirley ne succedevano di cotte e di crude e lei risolveva le sue e le altrui patetiche o comiche avventure di modo che alla fine c'era una generale, esplosiva festa di suoni e di canti dove Shirley ballava e cantava con marinai, canterini, ballerine, attrici e via via, tanto da rimanere alleggeriti e allegri per giorni interi. Mamma e figlia l'ammiravano insieme. Era un fenomeno vivente creato per il loro piacere.

Successe che anche su Shirley si appuntò la malvagità umana: lo scoprirono guardando le copertine delle riviste a un'edicola. Sotto il corpo rotondo della protagonista in un bel vestitino con le maniche a sboffo e il colletto di picchè bianco, il faccino tutto fossette e boccoli ormai inconfondibile, si leggeva a lettere cubitali una scritta allarmante: «Shirley Temple è una nana?»

Rimasero sbalordite.

– Una nana? – la signora Marianna girò lo sguardo pieno di domande verso Sonia.

Sonia di rimando fece eco: – Una nana?

La signora Marianna si riprese, tirò di lungo e borbottò: – Guarda se si devono dire queste cose di una bambina. Il mondo è proprio cattivo!

– Non è una nana? – insistette Sonia.

– Ma che nana! Si vede lontano un miglio. La gente è invidiosa.

L'incidente non ebbe la forza di mutare il corso del loro entusiasmo.

Stava per cambiarlo un sogno cinematografico di Shirley. Nel film la bambina Shirley aveva un caro papà che adorava: lui ballava e cantava con lei tutti i giorni, le preparava grandi scodelle di caffè e latte, squadernava tovaglioli candidi, la pettinava e la spazzolava, era insomma un papà tata e mamma, e non si sa perché facesse tutto questo da solo e con tale entusiasmo. Bontà di cuore, allegria, vedovanza, bel carattere, amore per la sua bambina. Un bel momento Shirley si addormentava e sognava: il padre era diventato vecchio vecchio, aveva i capelli bianchi, gli occhiali sul naso, stava curvo, trascinava i piedi in grosse pantofole, balbettava già toccato dalla paralisi che gli storceva la bocca. Era cosí vecchio che non poteva fare niente da solo. Shirley invece era rimasta la stessa bambina di sempre alle prese con il da fare, e molto di piú, che di solito sbrigava il padre. Lo metteva su un alto seggiolone, gli legava il tovagliolo intorno al collo e ballando e cantando, come faceva il suo papà, gli serviva una tazzona di caffè e latte. Cucchiaio dopo cucchiaio lo incoraggiava, lo imboccava, asciugava un rivoletto di latte che scendeva da un angolo della bocca. Da sotto gli occhiali il vecchio inviava sguardi di riconoscenza alla sua bambina, apriva la bocca a stento e ingollava il caffè e latte. L'attore, truccato molto male da vecchio paralitico, e quasi per ridere, seduto sul seggiolone gigante, appariva gonfio come un fantoccio. Shirley per un trucco cinematografico era diventata piú piccola della sua bambola e il vezzoso agitarsi davanti all'enorme tazza, ballando il tip tap e cantando una sciocca nenia, la faceva apparire una nana deforme.

Insomma, c'era stato un errore nella confezione del sogno e la nauseabonda fantasia che stava dietro agli orpelli incantatori era salita a galla. Invece di fare «piangere e ridere», Shirley e il padre «facevano vomitare». L'ebete sul seggiolone, con il tovagliolo legato dietro alla nuca perché non si sbrodolasse, era un vecchio umiliato da un ritorno improprio alla culla come se niente fosse accaduto e la vita fosse stata uno scherzo. Di contro c'era un'infanzia miniaturizzata adulta e idiota. Shirley, quindi, era veramente una schifosa nana?

La signora Marianna si decise perché il cielo era promettente e persino nel giardino sconnesso c'erano le tracce di una fioritura: cespugli pieni di fiori gialli, violette, erba, trifoglio. Scelse per Sonia vestito, calzini, giacchetto e spiegò che dalle suore era bene presentarsi con le braccia coperte. Osservò il risultato con occhi critici e adoranti, che volevano dire: ti ho fatto la piú bella e la migliore perciò devi essere pronta a qualunque sacrificio.

Sul tram la signora Marianna rimase silenziosa. I suoi occhi sbiaditi si fissarono sui noti sipari che scorrevano: corso Buenos Aires con la sua aria di China Town, Porta Venezia amata per lo slargo di verde in salita che promette i giardini pubblici, i cigni, il laghetto; corso Venezia e i palazzi sui quali si arrotolano pesanti volute di marmo poroso, trattenute da enormi e sinuose statue che reggono balconi solitari, proteggono vite perfette. Qualche governante in blu esce dai portoni, diventa disegno insieme ai bambini composti in gruppo intorno alla carrozzina.

– Non parlare se non ti interrogano.
– Stai composta.
– Lascia che parli io.

Davanti a un portone scurissimo la signora Marianna si impettí come sulla tolda di una nave. È la stessa di sempre eppure la sua compostezza ha qualche cosa di teso, la sua serietà qualche cosa di legnoso. Porta il solito vestito. Mi accorgo che il completo a giacca di maglia rosso scuro, attillato, di buon taglio, mostra ai polsi, alle tasche e alle asole una trama scolorita; che la lana ai gomiti è lucida e che nel caldo della primavera è pesante, ci vuole impassibilità per sopportarlo. D'inverno, però, il vestito a giacca di maglia è leggero, ci vuole una salute di ferro a indossarlo quando nevica. Il cappello a tesa larga, nero, di paglia, con il fiore beige di garza appuntato a destra, è troppo netto sul viso, un tratto di penna perpendicolare alla fronte; la faccia viene fuori magrissima, severa: labbra pallide, naso affilato, occhi infossati: hanno un velo che a guardarlo bene non è distrazione ma malinconia, fatica, sforzo. In una fotografia che porta quasi la stessa data tiene in mano i lunghi guanti di stoffa che svelta, quel giorno, con abilità e nervosismo si calzò bene prima di tirare la campanella al lato del portone che sembrava sbarrato da secoli.

– È qui, – disse con leggero affanno. Lisciò i capelli di Sonia, le lanciò un'occhiata globale e rivolse lo sguardo verso lo spioncino. Due occhi incrociarono i suoi. – Vorrei parlare con la madre superiora –. Pronunciando la formula strinse per riflesso il polso della figlia.

Entrarono. La luce si spense in un buio di pozzo che si schiarí subito perché fili di luce tremolavano verso il pavimento da alti scuri semichiusi. Il fresco era innaturale, un'acqua misteriosa bisbigliava dietro il legno che foderava le pareti. I rumori della strada, la gente, l'affettuosa primavera, i colori rimasero esclusi. Benché si vedesse solo legno e due cassapanche nere alle pareti, imperavano autorità e ricchezza, solide e solitarie.

In una sala rettangolare, una scura boiserie ricordava la cantoria dell'altar maggiore del Duomo e come lí il legno formava una panca lucida lungo la parete, lontano dal tavolo ovale, dalle sedie imbottite di raso rosso. La boiserie e la panca erano piene di riccioli e vortici, foglie s'inseguivano in tralci verso l'alto e verso il basso, a terra spuntavano zampe unghiate di animali feroci, leoni, lupi. Nell'aria, quasi incenso, c'era odor di polvere.

Rimasero silenziose tenendosi per mano. L'ambiente parlava di pericoli e di trappole. Al di sopra del legno fissarono tre ritratti noti: in mezzo Pio XI benediceva una invisibile folla inginocchiata, a destra il Re su fondo rosa antico mostrava un petto pieno di medaglie e grossi baffi, a sinistra il Duce con la divisa da Maresciallo d'Italia sporgeva la mascella virile da un fondo grigio. Sopra i tre quadri in cornici dorate, c'era un crocifisso nero. L'altare a piramide offriva, passando dall'accettazione delle pene al dolore adorante, il regno dei cieli.

Senza provocare cigolii, la madre superiora entrò accompagnata da un'altra suora. Avanzò verso il centro della stanza in trionfo: grossa, diritta, la testa puntata a leva verso le visitatrici. L'altra la seguiva un po' curva, magrolina, pallida, dietro le ciglia lunghe che velavano occhiaie miserande non si vedevano pupille. Stava lí, accecata come un cardellino. Tutte e due nascondevano le mani sotto l'ampio soggolo inamidato. La superiora studiò la signora Marianna con occhi sapienti. Apriva appena le iridi grigie dietro ai mezzi occhiali. Lo sguardo scovò subito i punti logori della giacca, valutò la magrezza sospetta del viso, il rattoppo mal fatto sulle punte dei guanti che rivelava sciattezza e povertà. Non cercò di metterla a suo agio. La signora Marianna impallidí, si levò i guanti con modi impacciati.

– Ero venuta a iscrivere mia figlia alla quarta elementare... – Sentí il bisogno di aggiungere: – Noi vorremmo che frequentasse questo istituto, madre...

Gli occhi grigi si soffermarono senza battiti sulla bambina e tornarono alla signora Marianna. – Dove ha frequentato la terza elementare?

– Ecco, – la signora Marianna s'inceppò – non è mai stata a scuola. Ha studiato in casa. Sonia deve fare l'esame come privatista.

Con ostentazione la madre superiora rimase immobile. L'altra sollevò appena le lunghe ciglia. La voce della signora Marianna s'incrinò, bugie e verità affiorarono insieme in modo confuso e tronco:

– Non volevamo mescolarla ad altri bambini... sa reverenda madre... le scuole comunali, oggigiorno... i cattivi esempi... eppoi, c'è che, c'è che... – La signora Marianna guardò la figlia e la madre superiora. Anche la madre superiora osservò Sonia, come se fosse un oggetto.

– Come si chiama? – chiese.

– Sonia.

– E poi?

– Sonia, – disse la signora Marianna con un fil di voce, – porta il mio cognome.

Il bavero inamidato tremò. Le guance della madre superiora si arrossarono e le labbra si strinsero e sparirono. Ci fu un silenzio nel quale cadde la sua voce severa: – Sonia allontanati e siediti là –. Una mano sbucò dal soggolo e il braccio si allungò verso la panca vicino al muro. La bambina andò a sedersi immersa in una punizione senza senso. La madre parlava sempre piú piano mentre la madre superiora aveva un tono alto e tagliente. Era stata offesa.

– Come mai porta il suo cognome?
La signora Marianna rispose bisbigliando.
– Il padre dov'è?
Si avvertí un guizzo di energia: – La bambina non c'entra! – Si ricadde nella confessione.
Ci fu un altro inizio severo, anzi piú sonoro degli altri:
– Il nostro istituto...
Alla fine arrivò uno sguardo verso la bambina seduta: pieno di orrore e di disprezzo, di freddezza, come se lei si fosse trasformata in un insetto velenoso e repellente.
La signora Marianna si precipitò con una forma di concitazione verso Sonia, tese la mano, disse: – Andiamo, andiamo via –. Dal fondo della sala fece un cenno di testa verso le due suore, riverente.
– Buon giorno madre, saluta Sonia.
– Buon giorno madre.
La superiora rimase immobile. Dietro di lei l'altra teneva gli occhi sigillati.
Nella strada i loro occhi si riempirono di chiazze nere. Quando Sonia distinse le prime figure si accorse che la madre correva senza sapere dove stava andando, la trascinava e le stringeva la mano: un impeto di indignazione e di rabbia, magari verso di lei. La signora Marianna si fermò di botto e ritornò in sé. Si rivolse a Sonia e concluse:
– Ci sono tante scuole a Milano, cara mia. Se non fosse stato per il papà, non ci sarei venuta –. Cambiò atteggiamento. Si aggiustò il cappello, si rimise i guanti calzandoli bene. Si divagò a una vetrina:
– Guarda quel modello, Sonia, che taglio...
Tornarono a casa. La signora Marianna era stanca, immersa nel torpore da tramonto. Presero il tram. Le cariatidi color biscotto scivolarono via, passarono i muti amati palazzi, pasticcerie negozi e bar. Dal trionfale e arioso corso Venezia l'imbuto si restringeva verso una città sempre piú fitta dove gli uomini e le donne per camminare si schiacciavano vicino ai muri, perdevano il volume che conservavano al

centro. Nel fondo dell'imbuto c'era via Porpora, le due stanze e il giardinetto buio.

Il bell'ufficiale, fatto l'Impero, fu promosso maggiore. Lo guida la legge dell'esercito nei suoi ranghi superiori; la legge dell'esercito è la legge della monarchia; la legge della monarchia è identica a quella dello Stato. Non è pensabile che la legge interna al regime fascista e al suo capo, il Duce, sia diversa o in opposizione a quella del Re e dell'esercito. La vita privata dunque è una congerie di fatti, sentimenti, impulsi, che passa attraverso il filtro che regola le leggi dell'esercito, della carriera militare, il vademecum non scritto ma inciso nel profondo di tutti gli ufficiali del Re. Inchinandosi al sovrano, ci si inchina in ugual modo e senza fatica alcuna al codice morale e formale che dallo Stato è fissato.

Se il Maggiore convivesse con una donna che non è la moglie il suo onore sarebbe tinto di ombre equivoche. Se riconoscesse pubblicamente una figlia illegittima, diventerebbe indegno rappresentante dell'onore del Re. Ogni amore non legittimo è un «peccato mortale» perché la legge della Chiesa e la legge del Re non possono contraddirsi. Cosí il cognome del bell'ufficiale è avvolto nell'incertezza, si decide di non comunicarlo alla bambina per timore che venga propalato e che scatti la trappola.

Intanto il mondo cambiava. Guerre e sangue distruggevano e rivoltavano costumi speranze e leggi. Ma il bell'ufficiale, raffreddato nel suo amore fino all'indifferenza, al disprezzo e all'abbandono, preferí non modificare i termini severi del patto anacronistico, renderli invece piú rigorosi.

Eppure, fin da quel tempo lontano, la lenta discesa del bell'ufficiale è cominciata. Non è vero che lo Stato si identifica con il Re e il suo esercito, ma bensí con il Duce e gli alti gradi fascisti. Pressante intorno a lui si alza la barriera indistinta di una folla anonima, grigia, che si moltiplica e lo stringe nell'esemplare devozione al Duce. L'esercito che lo protegge è statico e lui non sa di essere altrettanto immobile, sconosciuto, forse deriso. Nella società che sobbolle venera e serve un emblema e non un'istituzione. Nel frastuono intorno, nel bisbiglío, nell'ondeggiare sussurrante del grande spettacolo, egli si alza a sproposito. La sua devozione ha una mira, però il punto che fa convergere gli sguardi, il palco illuminato è un altro, e gli avvenimenti avanzano mentre porta il suo reggimento alle alte manovre, mentre il suo attendente striglia il cavallo Tito e tutte le mattine la tromba squilla l'adunata. Si prepara a una guerra ideale, giusta e lontana, e già i legionari sono partiti per l'Africa, l'Africa è conquistata, sono tornati, l'Impero si proclama. Lo Stato maggiore sembra fermo, immobilizzato come nei sogni, e alcune volte il bell'ufficiale sente un'umiliante inquietudine nel constatare che il suo stipendio si abbassa di importanza, che le sue terre mal curate producono sempre meno. È teso a nascondere una donna e una bambina e non si accorge che piú avanti la sua strada è già sbarrata, è già previsto il burrone. Galoppa, galoppa...

La mano elegante e virile del Maggiore passa dalla tasca alla fronte, nel gesto consueto, e brilla, come l'amuleto sull'idolo da adorare, l'anello d'oro su cui è inciso lo stemma. Si alza con uno scatto e per la mossa sempre uguale che solleva la giacca stretta in vita dal cinturone, la mano affonda nella tasca dei pantaloni e appare e si apre con un lampo di luce il portasigarette d'argento, con le iniziali in oro nell'angolo a destra. Dietro a una stanghetta si vedono le «Tre stelle» con il bocchino dorato. La mano con l'anello ne sfila una, la batte sopra la superficie lucida, la mette tra le labbra, sotto il baffo corto, con una specie di rimbalzo fiammeggiante, come quando il sole gioca su un metallo, dall'anello al portasigarette al bocchino tra le labbra (oro, oro, oro).

Cinema Impero con varietà. Salire un'ampia scalinata prima di accedere all'Impero verso De Sica, Elsa Merlini, Scipione l'Africano e il varietà.

Entrava al cinema Impero per mano al padre. E proprio lí Sonia suppose che esistesse un complotto e che al di là di una barriera una realtà le si teneva nascosta. La barriera era il palcoscenico, le luci proiettate sugli occhi degli spettatori. Il formicolio dentro il suo corpo, a cui non corrispondeva mai una rivelazione, il fumo denso, le risate degli uomini, la tenevano all'erta. Davanti a lei mezza platea era piena di soldati, un muro grigioverde e puzzolente. Bambini rarissimi, poche donne. Era un privilegio e lei tentava di comprenderlo, piena di attenzione, desiderio, rabbia. Assaporava una gioia malvagia, come se dovesse accontentarsi di osservare un banchetto dove lacchè e maggiordomi servivano pietanze ignote e non destinate a lei. Le cosce rosa e incipriate delle ballerine che si alzavano, traballanti e molli, avevano una stonata oscena sgradevolezza che la faceva sconfinare nella gioia. Lo sballottio dei grossi seni tra i lustrini, l'ondeggiare dei fianchi, degli ombelichi nudi, i lamentevoli acuti titillanti e le risate sopratono che slargavano bocche fiammeggianti e unte, le comunicavano un tremito che poteva essere voglia di ridere o di piangere, come il solletico può diventare una tortura. Intanto il bell'ufficiale suo padre, chiudendo con uno scatto il portasigarette e battendo una Tre Stelle sulla superficie d'argento, scoppiava a ridere lisciandosi i baffi.

L'ascensore era la cosa piú bella dell'albergo Hesperia Corona: una scatola di vetri preziosi, circondati da cornici in ottone lucidissimo con pomelli lavorati e incisi. Dentro, i riflessi dei velluti rossi che ricoprivano i sedili; fuori, la gabbia intrecciata di volute e foglie d'acanto, di punte aguzze e ghirigori di ferro in parte dorato. Vi si entrava con la gioia pacata che dà il privilegio, e si stava lí dentro sospesi, in mostra come bambole pregiatissime in negozi di altre città: Vienna o Parigi, Berlino, Baden Baden; vecchia Europa. Il lift pigiava il bottone e con un leggero sussulto la scatola di vetro si muoveva per far sognare le bambole, dentro alle volute e ai ghirigori, passando da un piano all'altro, con un ritmo uguale a quello che si userà per andare in paradiso.

Si scende: la larga passatoia rossa indica dove far scivolare la scarpina di raso, verso le porte allineate. Dietro alle porte, dalle quali pende la chiave, attaccata a una nappa di velluto, abitano esseri felici. In basso si entra nel regno dei pochi da una vetrata multicolore che vieta agli sguardi il mondo del bello riflesso in tutti gli angoli come una luce: sulle marsine impeccabili degli addetti al bureau, sulle candide giacche dei camerieri, sull'aria celeste del giardino dove una montagnola erbosa è stata creata dal nulla per poter osservare il gioco delle bocce. E nel giardino si penetra da alte vetrate di salotti: poltrone e poltroncine rosso scuro e verde pallido, tappeti e specchi, quadri di panorami mai visti, con alberoni che prendono metà della superficie mentre l'altra metà è distribuita tra gruppetti di donne al lavatoio, chi nuda chi vestita, putti con le ali, pastorelli con pecore, castelli in lontananza, nuvoloni.

La signora Marianna e Sonia si stabilirono all'Hesperia Corona per una inattesa generosità del Maggiore. Erano di nuovo in fuga? Erano in cerca di una definitiva sistemazione? Comunque fu la punta piú alta del loro benessere, ma con il passare dei mesi il sorriso aperto degli addetti al bureau, l'affabile porgere della chiave, la carezza sollecita, si cambiarono in un trattenuto sorriso e poi in chiusa riservatezza. Sonia sparí dal loro fronte visivo. La cameriera in rigatino celeste e inamidato, grembiule bianco, impacciata da un groviglio di lenzuoli da cambiare, non prendeva piú la mano della piccola, non estraeva piú caramelle di soppiatto, passava di lungo, impedita da qualcosa a girare la testa verso di loro. Il lift lasciava che salissero da sole al piano dove era la loro stanza. Che non fu sempre la stessa, cambiò. I primi mesi era stata un'ariosa stanza con scrittoio, tappeti, vista sul viale dal quale girando gli occhi a destra si vedeva la giganteggiante, gessata stazione; negli ultimi mesi si trattava di una stanza scura, di mobili casalinghi e semplici, con vista su un cortile lurido che non si notava da altri scorci: né dalle strade dietro all'albergo, né dal giardino con montagnola.

La vita di Sonia è cambiata e lei è l'eroina di un romanzo. Una violenta passione occupa le giornate e i fatti e le cose sono investiti da questo fuoco. La madre e il padre stanno indietro, in secondo piano, e in primo piano emerge il viso serio e severo, di bell'ovale, che appartiene a suor Teresa. Eppure che dolcezza hanno questi occhi che non si possono rivelare dietro alle lenti tonde circondate da un filino di ferro! Quando è stanca, alla fine della mattinata, le abbassa un poco e un segno rosso, un piccolo solco rimane come una stimmata. Si massaggia con le dita bianche e leggere, con lo scatto consueto rialza la testa e butta dietro alle spalle le due bande inamidate.

Di che colore sono i suoi capelli? Sono corti? Lisci o ricci? Ma come è possibile immaginarla senza le due ali candide, senza la sua aureola di grazia e di purezza? Il suo passo è svelto, in un baleno scompare dietro l'angolo del corridoio, giú per le scale, o appare in classe. Sonia gusta fino in fondo la sua felicità.

Entra nell'istituto delle suore povere che l'hanno accettata come in una reggia. Attraverso l'immagine della sua maestra, a Sonia si rivelano la scuola, la Madonna, la cappella, le preghiere, i canti, l'anima sua. Non aveva mai saputo, fino a ora, che cos'era l'anima, ma adesso gliela fanno vedere, toccare; la misurano, la pesano e lei «sa» che suor Teresa, alla quale nostro Signore ha voluto porre questo prezioso dono tra le mani, trova quest'anima la piú bella che ci sia, la piú degna della terra e del cielo. Lo comunica anche con i suoi silenzi: quando incontra gli occhi di Sonia fissi su di lei, pieni di dedizione palpitante, la severa suora arrossisce, si leva gli occhiali, fa scattare all'indietro sulla spalla il soggolo inamidato ma dal diverso tono con cui dice «Sonia» già rivela la sua predilezione, la riconosce tra tutti. Le bianche mani tremano dal piacere quando appunta sul suo petto la medaglia settimanale di «bravura». Le sussurra pianissimo «come sempre anche a te». E lei per non urlare di gioia, corre nel cortile dove cantando e marciando il cuore si allarga, gl'impeti d'amore si sfogano verso il cielo, e c'è un piacere anche nell'unirsi ad altre voci, nel sentirsi parte del coro. Le canzoni patriottiche placano i tumulti del cuore e rendono equilibrio alla sua anima febbricitante. Ma non erano queste le profonde emozioni.

Nella chiesa minuscola che la fascia a sua misura, si rende ebbra per le tante bellezze: della Madonna incorniciata di stelle con lo sguardo al cielo, dal corpo dipinto in scanalature bianche e manto azzurro, o di Gesú che tiene in mezzo al petto un cuore fiammeggiante circondato di raggi d'oro e sta con il dito alzato, la mano sgocciola sangue dal palmo e la guarda fisso, ha gli occhi blu tristi e profondi, le dice che il dolore è un cammino sicuro, la gioia sta nel percorrerlo fino ad avere le mani piagate dalle stimmate, il cuore sanguinante circondato di raggi. Nella cappella, tra gigli e garofani, manca l'aria. Sonia prega e adora. Con le ginocchia intormentite, le mani serrate al cuore, la testa rovesciata indietro, fissa la Madonna e Gesú.

Suor Giuseppina «sa» dove trovarla e Sonia, nel rimandare il ritorno in classe, «sa» che «deve» venire a cercarla. Con finto corruccio, accostandosi a lei le comanda «su, ora vieni in classe» e con mani timide, che Sonia aspetta, la rialza, le passa una carezza furtiva tra i capelli. Pentita subito di un'intimità che non si permette con gli altri bambini, la precede rapida, nascondendo le mani sotto il soggolo, serrando la bocca per riprendere a forza il distacco. Ciò non le impedí di sentire questo affetto come colpevole. Si diceva che facesse penitenza, piegata a terra, in ginocchio davanti all'altare, per lunghe ore dopo il tramonto; che si confessasse e si punisse di questa innocente predilezione di cui probabilmente gli altri la consolavano. Intanto Sonia cresceva con un rigoglio straordinario. In coincidenza suor Teresa diventò pallida, tesa, la fissava con occhi riflessivi come se nella sua predilezione troppo umana volesse ribellarsi ai disegni di Dio.

Sonia dava segni di sensibilità eccessiva. La statua di Gesú, la dolcezza dei cori davanti al presepe, il calice che si alzava durante la messa, il gesto del prete che porgeva l'ostia facevano germogliare dentro di lei un travolgente dolore verso sé derelitta, la madre, il padre lontano, tutti coloro che facevano il male, assassini e predatori, fuori nel vasto mondo, e coloro che lo subivano nella povertà e nella vecchiaia, si accoccolavano nelle strade e morivano sotto la neve e la pioggia. Singhiozzava, invece di pregare, nel brillio delle lacrime supplicava una risposta d'amore. Per esempio che il padre, con un sorriso raggiante, apparisse sulla porta di casa e come un buon pastore allargasse le braccia dove lei e la madre sarebbero precipitate sommerse dalla gioia. Per esempio che la Madonna, accogliendo e comprendendo fino in fondo la sua sofferenza, inondasse di lacrime il simulacro di gesso.

Le suore si convinsero che Sonia aveva una vocazione per la vita religiosa, ma in suor Teresa si combatteva una battaglia. Senza piú compiacersi scivolava vicino a lei, prostrata in cappella, e con voce bassa, però spiccia, le imponeva «su, ora basta», la sottraeva ai languori dei gigli, la spingeva in giardino, rimaneva a guardarla pensierosa mentre correva insieme alle altre bambine e non poteva fare a meno di cercarla quando si ricomponevano le file, due a due, e si ritornava in classe.

Sonia era brava ma di questa bravura chiedeva perdono al Signore e si puniva inventando fioretti e sacrifici. Tutto ciò che sapeva fare, doveva tener presente che veniva dal cielo e non da lei. Comunque non riuscí mai a smorzare il piacere che le dava la lettura ad alta voce dei capitoli di *Cuore*, tesa a rendere il racconto sempre piú straziante fino a che i cattivi dei primi banchi, Ripamonti e Moretti, a cui guardava piú che agli altri perché erano gli affascinanti antagonisti, la teppaglia che preferiva, si inducessero a star fermi e la fissavano. A questo punto Sonia era in paradiso. Alle spalle sentiva il fiato di suor Teresa, davanti a sé gli occhi pieni di violenza di Ripamonti e Moretti, ma domati. La testa di suor Teresa rimaneva china sul libro, non trasparivano né l'affetto smodato né l'ammirazione. Incantata, lasciava che il tempo passasse e arrivava persino a lanciare una proposta timida, quasi pensata ad alta voce. – Volete che legga ancora Sonia?

La madre superiora parlò alla signora Marianna della chiamata divina. La signora Marianna sorrise come avrebbe sorriso se le avessero detto che sua figlia voleva ballare al varietà. Dava prova di saggezza o il destino di Sonia le era indifferente sul serio.

Suora o ballerina: c'era qualche cosa di vero. All'Hesperia Corona, infatti, mentre tutto questo accadeva, nel salotto piú lontano dall'ingresso Sonia scoprí la passione per il ballo. Gli ospiti fissi si ritrovavano tutte le sere. La signora Marianna amava guardare la sua bambina che ballava, ricordandosi di quanto fosse lei stessa abile e felice volteggiando in valzer, tanghi e fox trot.

Ascoltami: quando vado a letto, prima di addormentarmi, nell'attimo brevissimo che passa fulmineo tra il sonno e la veglia, mi chiedo con precipitazione: che cosa sognerò stanotte? È una domanda alla quale non rispondo ma significa: quale imprevisto grumo di realtà mi possederà per intero sotto forma di incubo fino al nuovo risveglio? È una prova simile alla tortura, la temo e la desidero insieme. È un desiderio feroce perché mi sembra che sia proprio nel sonno, nel vuoto cioè, la verità di cui vado in cerca durante la giornata; non nei miei atti, non nelle parole che corrono attraverso i minuti, ma nel dipingere tratto a tratto e render vivi i fantasmi di Sonia e della signora Marianna che vengono dal sogno e lo ricostruiscono. Il pennello si deve arrestare per una mia deficienza o mancanza irrimediabile. Una serie di piccole domande persecutorie mi avviluppano la mente e piombano sugli episodi in forme ossessive di «come», «quando», «prima e dopo». Mi trovo a voler districare questi fili tenuissimi di ragnatela, costringo Sonia e Marianna in un ordine temporale che non c'è, brancolo fra avvenimenti che dovrebbero stare allineati nella mia testa, ben visibili in bacheche di vetro. Era il '38? Quando è finita la guerra d'Africa? Quando è cominciata la guerra di Spagna? Era il '39? In che giorno scoppiò la seconda guerra mondiale? Era estate o inverno?

Con umiltà, ma anche in modo ignobile, vado cercando di rendere piú salda con artifici la ragnatela ondeggiante. Sfoglio libri, accetto fatti, non discuto su ciò che la carta stampata mi propone. Non avendo altri riferimenti, do per scontato che lí, a casaccio, sta la realtà di cui mi voglio impossessare. Con queste cordicelle imprigiono Sonia e Marianna, mi convinco che intorno a loro crescono solidi puntelli.

È un inutile lavoro. Gettare l'ancora su un fondo che ho perso, che non vedo; su una sabbia alluvionata che ha cambiato fondale; su una consecutio logica e storica che la mia testa non contiene. Ma quando entro nel buio del sonno, di colpo, «conosco» che è lí il grande antro enigmatico dal quale con fatica dovrei estrarre dati, poiché è lí che sta annidato, appare e scompare, il significato della mia vita, e quindi anche di Sonia e di Marianna. Invece non faccio questa fatica. Di conseguenza mi vergogno a tornare su meschini tentativi, di chiedermi in segreto, affacciandomi sul vuoto che io stessa ho vissuto, «come» e «quando».

Quando Sonia recitò nel teatrino scolastico la parte non di protagonista ma essenziale per il dramma, e ne ricavò un applauso inebriante e vide il viso di sua madre in prima fila rigato di lacrime, e toccò a lei porgere alla madre superiora il grande mazzo di garofani rossi, c'era la guerra di Spagna, e stava per finire. Su questo non ci sono dubbi perché il dramma era incentrato sulle stragi che i rossi facevano, e di questo tutti erano sicuri, durante la guerra civile, di donne bambini e suore. Quindi Sonia e la signora Marianna non abitavano piú all'Hesperia Corona, bensí in una pensione famigliare in piazza Aspromonte. Ospiti della pensione il piccolo avvocato Lo Bue, la bellissima professoressa di lettere Aurora, il tenore argentino Umberto Huber. Gli adulti si erano avvicinati a grandi passi a Sonia e Sonia si era avvicinata agli adulti tanto da considerarsi pari a loro. I tempi del ballo erano passati, le gioie del ballo stavano sopite in attesa.

Il salotto dell'Hesperia Corona, lontano dal tintinnare melodioso della vetrata d'ingresso, stava già nel passato. Era foderato di seta azzurra damascata, la luce appena bastante per rischiarare il buio veniva da appliques di cristallo schermate da seta azzurra: tutto era azzurro meno i velluti rossi dei divanetti Impero e delle gonfie poltrone dove il signor Andrea si distendeva con una mossa di snervata stanchezza, lungo e dinoccolato, togliendo e rimettendo il monocolo, lisciandosi i radi capelli che partivano da una fronte alta e translucida, piena di intensi, delicati pensieri. Le sue mani scarne finivano in polpastrelli schiacciati che teneva sospesi.

Accanto al grammofono, seduta su una poltroncina rigida, pronta a cambiare i dischi, a battere le mani se qualcuno ballava («ballate, ballate!»), la vecchia principessa Turen, ospite fissa dell'albergo, ricca vedova ereditiera, godeva in particolar modo a veder sgambettare Sonia ed era diventata amica della signora Marianna. Con sottintesi civettuoli si chinava su di lei, che le sedeva vicino, e diceva sempre «noi» per far capire agli altri che non potevano capire. La principessa Turen si era ritrovata nel rango che l'Hesperia Corona aveva fatto riaffiorare nella signora Marianna. Vestita di seta, perle in tre fili, smeraldo tra brillantini, ricci bianchi colorati di rosa, profumo di gardenia, qualcosa di malvagio in fondo agli occhietti cordiali affossati nel grasso, di quella malvagità speciale che a volte salta fuori con la vecchiaia.

Contro lo stomaco del bonario commendator Polvani in certi casi di valzer lento la testa di Sonia affondava come in un guanciale soffocante. Il produttore di cinema con il

foulard annodato sopra la cravatta fissava la bambina e ripeteva, alzando il dito in segno di riprovazione:
– Fa male, signora. Dobbiamo fare un provino a Sonia. Dobbiamo proprio.
– Troppi pericoli, commendatore...
– Macché pericoli! Sono favole, favole...
I ragazzi stavano ammucchiati vicino alla parete sbadigliando, osservando i piedi di Sonia che districava i primi passi, ridacchiavano, si allontanavano. Avevano quindici, sedici anni. Restava per poco il biancore dei calzettoni, uno svolazzare di sottane a pieghe, i gesti dei maschi sempre a toccarsi i capelli lucidi di brillantina, la piega ben stirata dei pantaloni alla zuava. La signora Marianna e la principessa li guardavano con malcelata antipatia e diffidenza, nemici personali che turbavano l'ordine pacifico delle serate «tra noi», toglievano inspiegabilmente l'alone di eccezionalità alla piccola Sonia.

Andò così: che la signora Marianna cominciò per scherzo a insegnare a Sonia il passo del valzer e del fox trot. Ci si provò il produttore, ci si provò Polvani e quindi il signor Andrea aggiungendo il passo del tango.

Era un passatempo innocente. Il signor Andrea, contro le previsioni, ci prese gusto, ci si mise di puntiglio.

La mano destra si posava cauta e ferma dietro la schiena di Sonia, la sinistra prendeva dolcemente la sua mano e i passi difficili si dipanavano in ghirigori esaltanti. In punta di piedi, assorta, concentrata nella volontà di seguire, imparava i teoremi che il ballo proponeva, sul tappeto i suoi piedi scioglievano enigmi su enigmi fino a che, tenuta saldamente, senz'altro pensiero se non quello di abbandonarsi leggera al massimo tra le mani del signor Andrea, si aprivano le porte di un luogo nel quale c'era tutto ciò che si poteva godere ed esprimere.

Era più della cappella? Non se lo chiese, ma era di più. Il difetto stava nella brevità, nell'effimero di questa beatitudine. Le mani del signor Andrea la lasciavano, il disco finiva, la principessa batteva le mani, «ballate ancora, ballate», e la musica dava il via a una nuova occasione. Con prudente cautela fingeva indifferenza, ma la tradivano gli occhi luccicanti, il leggero affanno, lo sguardo drogato che saettava senza fermarsi sul signor Andrea. Bambineschi «ancora, ancora» non le venivano in mente perché di bambinesco nel suo batticuore non c'era niente e tra lei e il signor Andrea non vedeva diversità di emozioni. Anzi le pareva di essere trascinata da quella di lui.

Come osservò Sonia, e nessun altro, il signor Andrea era diventato assiduo del salotto azzurro. Quando la principessa metteva il primo disco, entrava con modi distratti, salutava tutti, si contentava di sfiorare la guancia di Sonia con una carezza («ciao, bella ballerina»). Sembrava svagato, Sonia lo intuiva all'erta quanto lei. La signora Marianna parlava fitto con la principessa Turen di luoghi tempi e persone sconosciuti, feste e matrimoni mai visti. Il produttore e il commendatore si scambiavano notizie su Roma e le industrie autarchiche. Sonia dondolava le gambe, puntava gli occhi sui calzini, sulle scarpe di vernice, in uno spasmodico desiderio di ballare aspettava. Il signor Andrea spegneva la sigaretta e con un sorriso veniva verso di lei dicendo per esempio:

– Allora, signora Marianna, vogliamo farne una ballerina di Sonia?

– Signor Andrea, lei si disturba troppo, la lasci stare...

– Di Sonia ce n'è una sola, – rispondeva il signor Andrea inchinandosi e lasciando cadere il monocolo. – È un prodigio.

Sonia si alzava e fissava il signor Andrea che a sua volta nel fissarla cambiava sguardo; forse per i riflessi delle appliques le pupille gli diventavano scurissime, liquide. Le insegnava passi su passi. Come premio, senza piú insegnare ballava e Sonia per arrivare con la mano alla sua spalla si slanciava sulle punte. La mano del signor Andrea premeva sulla schiena e la teneva tutta tesa, vicino anzi schiacciata al suo corpo. Questo accadeva per il valzer, in certi passaggi del fox, negli angoli piú distanti quando gli altri erano distratti.

La piccola mano nella mano del signor Andrea stava acquattata come in un nido, il signor Andrea piegava il braccio vicino al petto, portava il nido con la manina vicino al cuore o vicino alla cintura o lo lasciava cadere lungo il fianco, sempre serrandolo vicino. Stava chino su Sonia, la mano dietro alla schiena si spostava in una carezza continua, la lanciava in una piroetta e di ritorno lei si ritrovava premuta alla camicia di seta e ai pantaloni del signor Andrea che per ballare si slacciava la giacca.

C'era un affanno tremendo nella bambina. Il suo corpo, comandato come nelle favole (vai per il sentiero, troverai una casetta, supera il monte e la valle...) era cera molle tra le mani del signor Andrea. In un valzer di giravolte, una sera il signor Andrea scantonò fuori dal salotto azzurro nel salotto rosso completamente buio. Teneva la manina nella sua, sotto la vita, vicino al suo corpo. Nel buio del salotto rosso appoggiò la manina che aveva aperto con delicata autorità, dalla sua mano sul suo corpo, in basso, all'inguine, dove Sonia sentí qualcosa di gonfio, solido, un oggetto piacevole e prensile. Il signor Andrea tratteneva la manina coprendola con la sua e la stringeva ancora piú forte a sé, tremava un poco in tutto il corpo sempre sorridendo in modo rassicurante. Piccole stille di sudore apparivano sulla fronte alta.

– Santa innocenza! – esclamava la principessa Turen vedendoli rientrare, – come si diverte la nostra Sonia!

Batteva la mano grassa su quella della signora Marianna e con i piccoli occhi maligni passava uno sguardo acuto da Sonia al signor Andrea e viceversa. La sua allegria compiacente aveva qualche cosa di infernale. Sonia incontrava quegli occhi e le arrivava un breve fulmine di cattiveria punitiva; subito, un ridente incoraggiamento. Non amava l'amica della madre, il suo profumo, il suo grasso molle, la voce stridula, però era l'unica alleata nonostante il lampo sarcastico e trionfante.

La signora Marianna appariva felice. Si adeguava alla forma che stava vivendo, non tollerava un rapporto reale con i contenuti. Davanti a lei c'era un ambiente confortevole, la figlia si divertiva e andava a scuola, aveva trovato nella principessa Turen un'amica che la capiva. La sua vita non ruotò piú intorno a Sonia, le passeggiate, il cinema, i giardinetti, ma sulla principessa Turen.

Uscivano insieme di mattina e di pomeriggio. La principessa, avvolta nella pelliccia grigia, a sinistra si appoggiava al bastone di malacca, a destra al braccio della signora Marianna. Si fermavano a tutte le vetrine, in casi rari la principessa chiamava un taxi e andavano in via Manzoni, piazza della Scala, Galleria, piazza del Duomo. La principessa raccontava la sua vita di gran lusso: il marito banchiere, i capitali in Svizzera, i viaggi a Parigi, Londra, New York. La signora Marianna raccontava il suo amore per il Maggiore, il sacrificio della sua vita a lui, il sacrificio della sua vita per Sonia. In conclusione, la signora Marianna era diventata la cameriera della principessa Turen, credendosi la confidente e l'amica piú cara. Prima di rientrare la principessa le offriva una cioccolata calda.

Sonia tutte le sere aspettava nel buio quasi lugubre della portineria della scuola, unica ospite estranea al convento. Nei corridoi vuoti e silenziosi brillava il lumicino alla Madonna, svolazzavano rari veli bianchi, sentiva cori di voci adulte nella cappella, silenzi interminabili, la pendola scandiva i quarti d'ora, le mezze ore, le ore. La signora Marianna ancora non si vedeva. Udiva persino la campanella del refettorio che chiamava le suore per la cena. Fissava la pendola con disperazione. La signora Marianna arrivava di corsa, sciamannata, si scusava con la suora portinaia, di corsa filavano verso l'albergo. Sonia spesso prorompeva in lacrime. La madre non si lasciava commuovere, anzi si irritava.

– Sei al coperto, no? Non ti può succedere niente! Su, smettila... non potevo lasciar sola la povera principessa Turen... è stata cosí gentile, mi ha offerto il tè...

Sonia implorava un bacio di perdono per quest'angoscia colpevole ma scaricava sulla principessa una violenta amarezza che si ribaltava, quando la vedeva, in un servilismo di riverenze, di dipendenza e di paura come se lei fosse il prigioniero inerme e la principessa il potente nemico. Mai si era vista la signora Marianna cosí allegra. Sembrava un po' ubriaca. Era simpatica, anche trascinante, eppure trasudava superficialità e scempiaggine. Quanto piú bello era il suo viso stanco, dolorante e fiero, quando appoggiava le mani in grembo in via Porpora, fissava gli occhi sbiaditi in un punto e si perdeva in pensieri sconosciuti! Chi era, infine, la principessa Turen? Un ricco pagliaccio con il faccione carnoso ispessito da una cipria troppo bianca contro i pomelli rosa pesco; i capellacci riccioluti e scomposti intorno al tremolio delle gote; le labbra, un taglio rosso, sbrindellato; l'attaccatura del seno, spinto su dal busto, un reticolo di rughe. Le unghie rosse si artigliavano sulla mano della signora Marianna in una richiesta aggressiva di aiuto, per alzarsi, per sedersi, per muoversi...

— Insomma, questa mamma, non la vuoi proprio lasciare un momento?

— La nostra Sonia potrebbe andare a letto da sola, alla sua età...

— Brava come sei, hai ancora paura del buio? Non ti vergogni?

Regalò alla signora Marianna un colletto di pizzo sgualcito, un vecchio cappotto.


L'irritazione del Maggiore verso la signora Marianna e verso Sonia crebbe e si stabilizzò. Le permanenze erano contrassegnate da un mutismo carico di repulsione. I gesti erano scostanti. Le risposte erano beffarde e liquidatorie. Andava dimostrando che per loro non c'era scampo, fuori dall'errore. Per la paura né la donna né la bambina parlavano. Il Maggiore si irritava del silenzio. Alla stazione, in coincidenza della partenza, prese l'abitudine di commuoversi sommerso da un rimorso gigantesco. Passava le mani nei capelli di Sonia, mormorava «la mia Sonia», quasi lei fosse destinata a morire, l'attirava vicino a sé con una commiserazione inquietante. Il treno si muoveva, lui restava al finestrino fino a che diventava un punto nero nel lungo verme lanciato fuori dalla città.

Sonia rimaneva in una sgradevole confusione, avvilita in fondo all'anima. Fuori dalla grande volta nella piazza spalancata al vento, piena di luci, automobili, alberelli, tram, la serata diventava di una bellezza, sotto il nero del cielo e le stelle, quasi insopportabile. Il sapore del gelato, dal momento che erano liberate dal terrore, concentrava in sé la possibile felicità.

È quasi un'apparizione fatata l'arena di legno, costruita all'interno del Castello Sforzesco, già piena di gente ginocchia contro ginocchia, tutti scomodi, legati nei gesti, sotto il sole ancora cocente che tramonta; famiglie, donne uomini molti bambini. Un cestino, un fagotto, una borsa di carta infilata sotto le gambe o trattenuta in grembo e appena il sole è tramontato si levano i cappelli di carta a barchetta, ci si accinge a mangiare. I piú organizzati scoprono il fiasco del vino o la gazzosa.

Beniamino Gigli per la sua serata d'onore canta in *Pagliacci* e *Cavalleria rusticana*. Quelli che stanno pigiati conoscono a memoria arie, duetti, serenate, prologhi, intermezzi, finali tragici e larghi sentimentali. Si entra alle sei del pomeriggio e si esce dopo mezzanotte. Niente pare un sacrificio, anzi l'eccitazione dell'attesa va d'accordo con le gambe intorpidite, la tortuosa staticità dell'arena. Verso le otto e mezzo si vedono facce rosse, nasi lucidi, mani unte, le stelle brillano sulle teste quando l'orchestra entra nel golfo mistico e si leva una bordata di oh oh di piacere.

In ottimi posti c'è la nuova famiglia composta nella pensione della signora Ines in piazza Aspromonte: la professoressa Aurora tra il cantante argentino Umberto Huber e l'avvocato siciliano Lo Bue. Sonia tra la signora Marianna e Lo Bue. Non c'è la signora Ines: resta nel suo appartamento pieno di mobili senza identità. Da un ingresso quadrato si aprono le quattro camere da letto dei pensionanti e la sala dove si mangia; uno stretto corridoio, quasi un cunicolo, porta in cucina e al bugigattolo dove la signora Ines dorme, guardiana e schiava della sua casa, grassa e ansimante tata presente e in disparte, lenta, operosa, bonaria. Fuma Giuba, la voce arrochita esce dalla gola deformata dal gozzo in un rantolo benefico; dice «qui si sta in famiglia» e la frase corrisponde a verità. Tratta i pensionanti da figli malcresciuti e molto amati.

La signora Marianna ha proiettato sulla signora Ines la sua attenzione. Seduta in cucina fissa le mani operose mentre l'altra rammenda, stira, lava i piatti, strascica i piedi gonfi che non tollerano scarpe da un capo all'altro della stanza un poco sudicia, molto sciatta ma calda come il suo grande ventre materno. Nei lunghi pomeriggi quando i pensionanti sono fuori e Sonia è a scuola, sedute al tavolo di marmo sbucciano i piselli, pelano le patate, tagliano il cavolo, le carote e la verza per il minestrone.

Sonia viveva nelle stanze di tutti perché le porte erano sempre aperte o socchiuse e sbattevano o si spalancavano. La professoressa Aurora, che la signora Ines definiva «rinomata bellezza», non dimostrava pudore nel trasferirsi in bagno, in cucina, nella stanza di Huber o in quella di Lo Bue coperta solo della sottoveste nera di seta lucida. I seni trasparivano come due grosse pere con il picciolo all'ingiú, le spalle per quel peso erano rotonde e curve, abbandonate in avanti con indolenza; le cosce, quando sollevava la sottoveste per osservare un brufolo o un livido, si vedevano piene di minuscole fosse e le gambe scendevano dal ginocchio a tonfo, due colonne. Il viso era bello, insomma buono e c'era un profumo accattivante e dolciastro vicino alla sua pelle, aveva gli occhi azzurri passivi e fissi, da animale insonnolito. Portava i capelli sciolti sulle spalle, in parte trattenuti sulla testa da un pettinino con una gardenia di celluloide. Quando usciva sparivano nel turbante verde smeraldo con una mezzaluna di perle sul davanti.

La professoressa Aurora entrava e usciva dalla stanza di

Huber e dalla stanza di Lo Bue, cosí facevano loro dalla stanza di Aurora. A volte c'era un rimescolio, un parlottare piú alto, voci agitate. Lo Bue chiudeva la porta a chiave, un lamento sottile informava gli altri che studiava il violino. Aurora rimaneva nella stanza di Huber. Il cantante pareva una torre sorridente, aveva i capelli biondi e ondulati da vichingo, spalle e torace gonfi; era esuberante, simpatico, amava l'arte, studiava il canto perché era certo del successo, amava l'Italia, gli italiani e il Duce, l'Argentina, le pampas, Buenos Ayres e il teatro in cui sognava di debuttare. Lo Bue, costretto in un corpo gracile e risicato, gli opponeva gesti minuscoli, una gentile costante malinconia. Quando Huber gli diceva per farlo felice «Voi italiani avete il Duce», Lo Bue con un sorriso non sarcastico rispondeva «Purtroppo», in modo tale che nessuno replicava. Nel suo modo mite cioè, senza inflessioni, senza aggressività.

Aurora li amava: Huber perché era bello e ci faceva bene all'amore; Lo Bue perché era enigmatico e libero, quasi un gatto, sopraffaceva la sua apatica femminilità conducendola sul letto per una specie di incantamento, per una sottintesa superiorità accettata da tutti. Huber prendeva il sopravvento tutte le volte che il corpo di Aurora dettava legge.

Invece Sonia aveva scelto. Lo Bue nei momenti di tristezza la cercava. La faceva entrare nella sua stanza e le faceva ascoltare un valzer melanconico e inquietante perché questa malinconia non voleva lacrime. L'unica parola che diceva Lo Bue era «Brahms» ma Sonia aveva modo di capire che quella cantilena afona era una forma sottile di comunicazione, un modo di mandarle un messaggio e il suo stare in ascolto e in silenzio, guardandolo fisso, senza andarsene, un modo di rispondere.

La signora Marianna comperò un violino usato. L'avvocato Lo Bue cominciò a insegnare a Sonia con pazienza e amabilità. Lui stesso non era esperto di note e di solfeggio. Sosteneva il braccio di Sonia, l'archetto scivolava su una corda fino a che era finito e una lunga nota, che non si sapeva che cosa fosse, miagolante suono vero però, usciva fuori e dava l'impressione del successo. Da quella nota si sarebbe arrivati a «Brahms». Ma bastava che Aurora si affacciasse alla porta nella sottoveste nera che la lezione s'interrompeva, lui la seguiva, Sonia lasciava violino e archetto. Però rimaneva nella stanza, zitta e fedele, e aspettava come si conviene in un'amicizia.

Giocavano a ramino. Il lume centrale scorreva nella carrucola, la luce si abbassava, l'aria diventava densa per il fumo, si andava verso la notte senza sbadigli, senza ricordarsi del mattino. Che cos'era per Sonia giocare? Il segno della vittoria su tutto: sui grandi che perdevano, sulla donna con la rivoltella, sul bell'ufficiale suo padre che rifiutava il suo amore, sui compagni di classe Moretti e Ripamonti, su qualche cosa che la spingeva sempre in un limbo dove incontrava solo «Brahms», l'unica nota del violino.

Huber al Castello Sforzesco aveva la fronte imperlata di sudore per il caldo già passato e per l'emozione. Il suo idolo, l'uomo a cui voleva diventare uguale, era già pronto, nascosto dietro al sipario, vestito da pagliaccio. Per la prima volta all'opera, Sonia non prevedeva il trascinante fiato della tragedia che investí subito tutti dal momento in cui Tonio lo scemo scagliò sul pubblico le parole «Io sono il prologo!» Nessuno le aveva mai parlato dei pagliacci che ridono e che piangono davvero, soffrono e uccidono, e che sulla scena si rappresenta il vero, amori e delitti, gelosie e dolcezze, al punto che il vero e la scena si confondono. Dentro di sé capí di avere un nido di memorie in fondo all'anima, e sulle sue guance scorrevano vere lacrime e i singhiozzi il tempo le battevano...

Il sipario si era aperto nella luce diffusa di una solare estate: c'era una nodosa quercia da un lato e dall'altro un teatrino da fiera, con i lampioncini, l'insegna colorata di cartone e di latta; ragazzi, donne e sulla carretta dipinta a colori sfacciati Nedda in costume d'acrobata era mollemente sdraiata e dietro di lei in piedi stava il Pagliaccio. La folla delirò.

Si partí di qui e si andò avanti in una galoppata nel pianto e nell'ira, nell'amore e nell'odio di Nedda e del Pagliaccio, fino alla fine del primo atto quando il tradimento è ormai realtà: ridi, tramuta in lazzi lo spasmo e il pianto, in una smorfia i singhiozzi e il dolore. Piú avanti ancora si immergevano le mani nel sangue di Colombina. Beniamino Gigli singhiozzava e migliaia di persone erano felici. Che altro poteva volere di piú Sonia, che vedeva e sentiva la verità dei suoi dolori e insieme agli altri ne gioiva? L'entusiasmo cresceva, Turiddu e Santuzza provocavano un'agitazione collettiva fino a un entusiasmo finale da ubriachi, urli, sbracciamenti da ossessi. Tutti ridevano e piangevano saltando su dai posti con scatti da ginnasti, dimostravano di essere posseduti dalla drammaticità sfacciata che li portava, contraddicendo se stessa, a un'allegria da balera. Si davano di gomito, si scambiavano da lontano gesti di enfasi, si asciugavano ridendo una lacrima, buttavano baci all'amato pagliaccio, all'amata Santuzza, e andandosene canterellavano «ridi pagliaccio», «bada Santuzza».

Voltando indietro la testa, si vedeva l'arena vuota, cartacce e bottiglie abbandonate sulle scalinate di legno, bucce di mela, i resti di un'orgia campestre. Il sangue sparso di Colombina, di Turiddu, aumentava il senso di liberazione comune. Il sacrificio voluto da tutti, la punizione e la morte dei prescelti o peccatori determinava euforica allegria.

La famiglia dei pensionanti si comportava come gli altri. A braccetto, canterellando, felici, caracollavano verso il tram, verso piazza Aspromonte. Mancava la signora Ines: diceva che il suo corpo era troppo pesante per farlo salire in tram, che aveva i dolori alle gambe, che qualche cosa ogni tanto le chiudeva la gola, una mano le stringeva il cuore in un pugno di ferro. Però si rialzava tutte le mattine alle sei per la professoressa Aurora insonnolita, sbattuta, con il turbante verde di traverso, la mano che brancolava verso la tazza del caffè e latte.

L'Aurora nei brevi momenti stracchi, in cucina, si mostrava inflaccidita e mesta, schiacciata sotto un peso perché le spalle rotonde cadevano giú e il grosso seno sprofondava sotto il tavolo. Posava la tazza e stava a occhi chiusi con la fronte che crollava verso le mani, si rialzava di scatto e prima di uscire abbracciava e baciava con foga da ragazza sgomenta la signora Ines. Era poi la volta di Lo Bue, che staccava uno dopo l'altro i pezzetti del pane per buttarli insieme nel latte, poi di Sonia, della signora Marianna, infine di Huber, fresco, sbarbato, sorridente. Quando cominciava i vocalizzi, la Ines sospendeva quello che stava facendo, aspettava l'acuto e gridava: – Signor Huber, si risparmi la voce, non faccia imprudenze! – Mentre con le grosse mani gonfie prendeva le tazze dal tavolo di marmo e le lavava, sotto sotto canterellava stonando.

Una fuga serena di stanze, dove in pace riposavano ordinati ritratti di sposi e bambini in cornici d'argento, bomboniere e scatole, un pianoforte con uno scialle rosso fino a terra. Era l'appartamento dei cugini. Da una certa domenica la signora Marianna e Sonia passarono là i pomeriggi di festa. I cugini della signora Marianna avevano due figli: Aldo di dodici anni, Elisa di quindici.

Che pace di fatti e fatterelli che si svolgevano lungo la loro giornata e che avvenivano ininterrottamente prima e dopo il loro arrivo! Il tempo se ne andava in risate, giochi, operosità, chiacchiere, compiti, appuntamenti. Aldo disegnava su fogli Fabriano cavalieri a cavallo in fuga tra nuvole di polvere, suonava il piano, studiava il francese. Elisa ricamava, cuciva variopinte sottane, dipingeva, riceveva le amiche, tutti insieme bevevano il tè, mangiavano torta Margherita, biscotti cotti nel forno di casa, ciambelle e crostate.

Il padre e il signor Andrea si erano coagulati in una misura maschile giusta per l'altezza di Sonia. Il cugino Aldo era perfetto: vestito di bianco per il tennis, racchetta in mano, scarpe da ginnastica; per una festa, pantaloni lunghi grigi e giacchetta blu, cravatta; le mani sul pianoforte trasvolanti in arpeggi di effetto; matite alla mano, cavalieri e cavalli, pittore; pronto per la lezione di equitazione. Si presentò distratto e menefreghista nel salotto mentre stavano alzando le bianche tazze con l'orlo d'oro e disse – Va bene? – Lo guardarono con soddisfazione: stava in posa per lo scatto di Alinari, pantaloni a sboffo, giacchetta di pelle, stivali di cuoio, frustino che schioccava. La cugina sua madre disse – Vai, vai –. Sonia rimase lí sbiancata a fissare gli stivali lucidi formato ridotto anche quando erano spariti.

In un pomeriggio di pioggia e di noia, Aldo girellando per il salotto sollevò una delle cornici d'argento dove c'era il ritratto di sua madre e di suo padre il giorno delle nozze, si rivoltò di botto verso Sonia.

– Tua madre non è sposata, vero?

Sonia sentí un colpo al centro dello stomaco. I cognomi incerti, la vita randagia, la donna con la rivoltella, il padre: la paura la allontanava con crudeltà dalla perfezione del cugino e di quella casa. Credette di difendersi.

– È sposata.

– E allora, – disse con aria beffarda il perfetto Aldo, – com'era il suo abito da sposa?

Sonia rubò qualche dettaglio alla fotografia che Aldo teneva in mano: un vestito di pizzi irregolari scendeva su calze bianche, una cuffia stretta alla fronte da una coroncina di fiori per una specie di supplizio, occhi spalancati sotto bande di velo. La verità prevalse su un vuoto dell'immaginazione.

– Non lo so.

– Ecco, vedi?

Sonia chinò la testa, Aldo fischiettò di trionfo e uscí dal salotto.

Il giorno dopo, nel tornare da scuola, Sonia ci mise il doppio del tempo. L'asfalto era molle sotto le scarpe. Un caldo untuoso le pesava addosso. Si accucciava in terra e con uno stecco cercava di sollevare pezzetti di catrame. Si raddrizzava, la cartella scavava sulla spalla un solco come la croce. Strascicava i piedi, si fermava, per distrarsi da un'oppressione senza oggetto ripeteva a bassa voce «Madonnina aiutami tu», si concentrava sull'Ave Maria. La sua lentezza era punitiva e lo sapeva. Di solito arrivava tra le braccia della madre di corsa. Oggi creava la disarmonia, l'attesa, il dolore. Strisciava con le mani sui muri: le granulosità, le scritte con il gesso, gli angoli, le pisciate dei cani.

Salí le scale con massima lentezza. Aveva i piedi di piombo, caldi, sudati. La madre era sul pianerottolo e il viso dal basso si vedeva agitato. Disse con autorità insolita:

– Perché ci hai messo tanto?

Sonia si fermò due gradini piú giú, restò con la mano sul saliscendi, guardò diritto negli occhi di sua madre con l'accumulo di forze estranee raccolto durante il ritorno. In gola aveva un'asprezza da giudice inquirente, quasi odio.

– Com'era il tuo vestito da sposa?

La mano della signora Marianna, rigida e minacciosa, si trasformò in un abbozzo di supplica. Dal semibuio delle scale gli occhi della figlia erano adulti e cattivi.

– Non ce l'ho mai avuto, – balbettò la signora Marianna con incredibile candore e il viso prese la maschera della penitenza e della supplica, come in confessione. Trasformò la figlia in un piccolo Dio e riconobbe la sua colpa, che poi era lí, viva, accanto a lei.

Sonia continuò a salire fino a passare davanti alla madre. La mano della signora Marianna si alzò per attirare la figlia vicino a sé, farla partecipe non di un'ingiustizia ma della vergogna taciuta che rivelava la trama vile della loro vita. Sonia le gettò in faccia una vocetta dura, malvagia:

– Non mi toccare. Da adesso faccio quello che voglio.

Corse in camera sua, sbatté la porta, si buttò sul letto con la faccia nel cuscino e pianse a dirotto.

La signora Marianna non entrò e non reagí. Eseguí l'ordine. Lasciò Sonia sola, adulta e potente, in una catena di rimorsi, poiché la madre che aveva scoperto già tanto punita dalla vita ora era stata punita anche da lei.

Il disarmato candore della signora Marianna pareva una raffinata vendetta. Restò fuori dalla porta ad ascoltare: singhiozzi senza pause. Picchiò alla porta di Huber e gli disse che Sonia piangeva perché a scuola era stata punita ingiustamente. Huber trovò il rimedio. Si avvicinò alla porta e piano piano partendo con la poderosa voce in salita, cominciò a cantare. Sonia affondata nel cuscino sentí le parole amate «ridi pagliaccio dell'amor tuo infranto» e sentí che un sogno benefico veniva a cancellare la disperazione. Si sollevò: Huber troneggiava vicino al letto, con la mano sul cuore, la faccia atteggiata a buffo strazio, gli occhi rivoltati al cielo eppure ammiccanti. Dietro a lui in colorata decalcomania affiorò la faccia del vero pagliaccio Beniamino Gigli, nel costume di seta bianca teso sulla grossa pancia, gli occhi bistrati con la riga nera perpendicolare alla pupilla, sotto e sopra, il berretto di raso con il pompon; il faccione rotondo di biacca dove la bocca si spalancava alla «a», si arrotondava alla «o».

Si alzò dal letto, si lasciò prendere per mano e cullare dal suo stesso amaro sorriso. La signora Ines portava la zuppiera fumante, si misero a tavola. Dell'episodio la signora Marianna non parlò piú. Ogni domenica tornarono dai cugini, ospiti del grande appartamento felice.

Mentre pensavo a Sonia e alla rappresentazione teatrale della guerra di Spagna, per caso sfogliai un libro di documenti relativi al periodo 1926-45, e lessi il discorso che Hailé Selassié I, Imperatore d'Etiopia, pronunciò alla sedicesima assemblea delle Nazioni Unite a Ginevra tra il 30 giugno e il 4 luglio 1936. Aveva a che fare con questo racconto e ne trascrivo una parte perché si capisca, con un esempio reale, ciò che confusamente volevo spiegare in rapporto a Sonia e alla signora Marianna. È un'angoscia che si ripete quando, per un'immagine o un richiamo mentale o una coincidenza fortuita e per fatti di cui vengo a conoscenza, mi trovo a confrontare la parola Storia con la vita di Sonia o di persone di cui ho incrociato i destini. Mi rappresento un moto vorticoso di avvicinamento, un attrito incandescente, una divergenza velocissima; una traiettoria di corpi di dimensioni incomparabilmente diverse che s'interseca in un punto non determinabile e poi, mentre il mastodontico e sconosciuto corpo si allontana in un milionesimo di secondo, i corpuscoli infinitesimali componenti dell'altro, depauperati di energia e quindi di luce, restano vaganti ombre a testimoniare un fenomeno di cui, in qualunque caso, non hanno avuto coscienza. Non è la stessa cosa ciò che è qui descritta e, come tante altre, sicuramente avvenuta?

«... mai, sinora, vi era stato l'esempio di un governo che procedesse allo sterminio di un popolo usando mezzi barbari, violando le piú solenni promesse fatte a tutti i popoli della terra, che non si debba usare contro esseri umani la terribile arma dei gas venefici... prego Dio onnipotente di risparmiare alle nazioni le terribili sofferenze che sono state inflitte negli ultimi tempi al mio popolo... fu al tempo in cui si svolgevano le operazioni per accerchiare Macallè, che il Comando Italiano, temendo una sconfitta, ricorse ai mezzi che ho il dovere di denunciare al mondo. Sugli aerei vennero installati degli irrigatori, che potevano spargere su vasti territori una fine e mortale pioggia. Stormi di nove, quindici, diciotto aeroplani si susseguivano in modo che la nebbia che usciva da essi formasse un lenzuolo continuo. Fu cosí che, dalla fine del gennaio 1936, soldati, donne, bambini, armenti, fiumi, laghi e campi furono irrorati di questa mortale pioggia. Al fine di sterminare sistematicamente tutte le creature viventi, per avere la completa sicurezza di avvelenare acque e pascoli, il Comando Italiano fece passare i suoi aerei piú e piú volte. Uomini e animali soccombettero. La pioggia mortale che veniva dagli aerei faceva morire tutti quelli che toccava con grida di dolore. Anche coloro che bevvero le acque avvelenate o mangiarono i cibi infetti morirono tra atroci sofferenze... gli appelli rivolti alla Lega dai miei delegati sono rimasti senza risposta; i miei delegati non sono stati testimoni oculari. Questo è il motivo per cui mi sono deciso a venire a testimoniare contro il crimine perpetrato sul mio popolo e a porre in guardia l'Europa per il destino che l'attende se non reagisce al fatto compiuto...»

Nell'estate del 1936, due mesi dopo la fine della guerra di Etiopia, il governo italiano mandò i primi aiuti ai falangisti di Spagna. Nel 1939 la guerra di Spagna finí. Intanto erano avvenuti altri fatti in Europa, relativi all'Austria, alla Germania, alla Russia e all'Italia, ma è inutile ricordarli. Ciò che conta è questo: la rappresentazione delle suore, che stigmatizzava la carneficina dei rossi durante la guerra di Spagna, fu eseguita con grande successo nel giugno del 1939. Bambini, bambine, suore, parenti applaudirono e piansero. Sonia aveva undici anni, avrebbe dato l'esame di quinta elementare.

Si può supporre che la crescente aggressività e chiusura del Maggiore fossero dovute anche ai fatti, imprecisabili ma incalzanti, che si addensavano su tutti. È una congettura. Della Spagna non parlò mai. Della guerra d'Albania piú avanti, una volta sola, in uno squarcio di confidenza che rese orgogliose per poche ore la signora Marianna e Sonia, finalmente spettatrici di un problema che riguardava soltanto lui: se accettava di andare a fare la guerra in Albania avrebbe avuto un comando e quindi un grado elevato; se non ci andava doveva considerare fuori questione qualunque avanzamento futuro. Posto cosí, il dilemma non presupponeva un consiglio. La signora Marianna, infatti, rimase immobile, Sonia non sapeva di che cosa si parlava. Il Maggiore decise in seguito di non andare in Albania e questo si dedusse dal fatto che rimase in Italia.


La porta della prigione si aprí ed entrò Dolores, avvolta in un drappo nero che le copriva il viso. In terra, sulla paglia, nell'angolo piú scuro, un prete leggeva il breviario a lume di candela. Due uomini, sdraiati e vicini, dormivano con la testa appoggiata al muro. Piú in là, Maria stava seduta, con la testa tra le mani, e sussultava piangendo. Quando Dolores entrò, si intravidero due guardie con la camicia rossa e il fazzoletto rosso al collo. Dolores avvolta nel suo manto, si precipitò verso Maria, si scoprí il viso.

— Maria, Maria, sono io, Dolores!

Maria alzò la testa, balzò in piedi.

— Dolores, tu qui? Ah, mia cara e unica amica, quale immensa grazia mi hanno fatto! Vederti, vederti prima di morire! Ma... i miei figli, dimmi, i miei bambini...

Sopraffatta dal dolore Maria riprese a singhiozzare.

— Maria non piangere. Ti porto notizie. Sono qui fuori, ti aspettano...

— Mi aspettano? Che cosa dici, Dolores, sei diventata pazza? Non lo sai dunque che all'alba dovrò morire? Che ne sarà di loro, ahimè, che ne sarà di loro...

Maria riprese a singhiozzare, ma Dolores la scosse forte per le braccia, febbrile. Si guardò intorno, vide che nessuno badava a loro. Piú sicura proseguí, concitata ma ferma:

— Tu non morirai, devi vivere Maria, per i tuoi figli. Che cosa farebbero senza di te, dimmi, che cosa farebbero? Sono troppo piccoli per restare senza mamma...

Maria la guardava a occhi sbarrati, balbettava: — Che cosa dici, che cosa dici...

Dolores proseguí:

— Tu devi uscire di qui, Maria, subito. Sono venuta per questo. Nessuno ti fermerà. Oltre questa porta ci sono loro che ti aspettano —. Con un gesto brusco Dolores si tolse il mantello nero. Apparve in tutta la sua bellezza, in un vestito colore del sangue raggrumato, lucido, lungo fino ai piedi. — Mettiti il mio mantello, subito, esci da quella porta...

Maria arretrò, mettendo le mani avanti per impedire che Dolores si avvicinasse a lei. — Che cosa dici... tu... vuoi morire tu... al mio posto... no, mai... mai...

— Maria, ti supplico, ascoltami. Per me è una gioia morire. Sono sola. Mio marito è morto sull'Alcazar, i genitori non li ho conosciuti. Che cosa conta per me la vita? A chi posso servire se non a Dio? Ti supplico, Maria, è tardi. Tu, tu devi vivere, i tuoi figli ti aspettano. Chi darà loro da mangiare domani? Chi li vestirà? Chi provvederà a proteggerli?

Lo sai che la crudeltà umana non ha limiti, forse ammazzeranno anche i tuoi figli se tu non li nasconderai e li difenderai!

– Non dire cosí. Non parlarmi cosí, Dolores, lasciami, lasciami...

Maria si butta sulla paglia volgendo la testa contro il muro scossa dai singhiozzi e dalla disperazione. Dolores, mentre parla, la solleva, le mette il mantello sulle spalle. Maria è inebetita.

– Maria, per me questa è una notte di felicità perché sento che è venuta la mia ora, e ho finito di soffrire. La mia sofferenza fino a ieri è stata di non poter servire piú a nessuno, di non essere utile, di non avere piú affetti, ma ora, Maria, se tu potessi leggermi l'anima, vedresti solo una gran luce. Tu non puoi rifiutarti, non puoi...

Le due donne stanno vicine, Maria ha il mantello nero sulle spalle. La porta si apre, entra la guardia rossa, si avvicina a Maria e bruscamente, prendendola per un braccio, le dice:

– Ora basta, avete parlato abbastanza. Via, è ora di uscire.

Maria guarda Dolores. Dolores l'abbraccia stretta, l'allontana da sé bruscamente, sussurra:

– Vai, vai... i bambini sono fuori che ti aspettano... – La fissa intensamente: – Eccola, ora viene...

Maria, avvolta nel manto nero, viene presa per un braccio, condotta via. Dolores s'inginocchia sulla paglia, congiunge le mani, alza gli occhi verso il cielo. Dopo poco la porta si apre, entrano altre guardie rosse.

– Siete voi Maria Cordobes?
– Sí, signore...
– Venite, è giunta la vostra ora.

Dolores si alza lentamente e sempre guardando un punto in alto, al di là delle guardie, con voce ferma esclama:

– Sono pronta, poiché è Dio che mi ha chiamato!
Escono.

Gli applausi scrosciarono. In prima fila la madre superiora e qualche suora piangevano. La signora Marianna aveva le guance rosse per l'emozione e l'orgoglio. La veridicità di Sonia Dolores aveva toccato vette mai raggiunte nel teatrino scolastico. Intorno alla signora Marianna si formò un capannello di madri commosse.

Dietro alle quinte Sonia singhiozzava per un sollievo dei nervi, una stonata allegra disperazione. La suora regista spinse gli attori sul palcoscenico, al centro Sonia e la compagna che aveva interpretato la parte di Maria. Dal proscenio si stava dentro al teatrino come in un sogno radioso simile a quello del cavallo bianco rampante che appare nitrendo e galoppa su distese d'erba. Uomini, donne, bambini che nelle strade vedeva divisi da lei e ostili, erano diventati occhi amorosi, la bevevano e l'approvavano, facevano parte di un corpo grande e benefico che s'avvicinava e la circondava, la desiderava all'interno di sé.

La tenda tirata dalle due converse, la separò da questi occhi che voleva rivedere al piú presto. Giú il vestito rosso di raso, su il grembiule bianco, sopra la sciarpa tricolore e in mano il mazzo di garofani.

Il palcoscenico vuoto si riempie di grembiuli bianchi in file ordinate: l'asilo davanti, la prima, la seconda, la terza, la quarta, la quinta. Si canta il coro del *Nabucco*. Per ogni classe, un maschio e una femmina portano la sciarpa tricolore che rappresenta la distinzione per bravura scolastica. Con la schiena rivolta verso il pubblico, la suora regista batte il tempo e dirige. Il coro è finito, applausi e lacrime ricominciano, i bambini con la fascia tricolore si fanno avanti e si mettono in ordine di classe, ultima della breve fila Sonia con il mazzo di garofani: concluderà lei lo spettacolo recitando il discorso alla madre superiora.

Un passo avanti e di nuovo è al centro di una distesa silenziosa, la sua commozione si carica di quella espressa in tutti questi occhi. Tende il mazzo di garofani.

– A lei, madre Agnese, – declama con la voce che vibra

di lacrime, – che ha voluto essere, anche quest'anno, madre di tutti noi, porgo il nostro grazie riconoscente... – Il pezzo fluisce via in un silenzio da confraternita. – La prego di perdonare i nostri errori, i nostri cattivi voti, e di ricordarci sempre...

La madre superiora sale ansimando la scaletta di legno che porta al proscenio, prende il mazzo di garofani dalle braccia di Sonia, la bacia sulle guance, le passa una mano sulla testa.

– Brava, grazie.

Le mamme e i papà si mescolano ai grembiuli bianchi e alle suore, vanno a baciare la mano della madre superiora di nuovo seduta nella poltrona rossa. Sonia è sballottata indietro, baciata a sua volta, presa per mano dalla signora Marianna che le infila il soprabito, le aggiusta il basco in testa.

Fuori è buio, ci sono stelle brillantissime lontano.

Questo cielo è piú vasto degli altri cieli, sta sopra le teste in un'ellisse.

Le lacrime si asciugano sulle guance, il cuore invece rimane in una stretta che si fa piú forte. Non ha visto suor Teresa. Di taglio un coltello spazza via la giornata e la lama è un ricordo imprevisto, un cataclisma: un uomo di schiena si gira con un balzo, ficcandole sul viso due pupille rosse, cispose. Tiene in mano un oggetto di carne che lei fissa perché è vicino ai suoi occhi e alla sua bocca. Dai pantaloni sbottonati si vedono ciuffi di peli neri. L'oggetto schifoso si rattrappisce mosso da una vita propria, come un bruco. È umido, sgocciola.

– Via, – grida il contadino, – via di qua, te le do, te le do!

La porta sbatte, scende di corsa la scala stringendo la paletta, è annebbiata dalla paura. Un piede scivola. Rotola a testa bassa senza potersi riprendere, sente il ferro che taglia la fronte, il sangue caldo per le guance fino alle labbra. Sulla ferita mettono impacchi di acqua e aceto.

Quando abitavano in quella campagna vicino al lago,

aveva cinque anni. Di questo posto ricordava la neve, i campi di sterpi, i conigli spellati, la scala a chiocciola, un contadino con la voce rauca e i baffi sudici spioventi. Il gabinetto, che il contadino chiamava latrina, era uno stanzino sozzo, senza luce, in terra c'era un buco e intorno al buco un liquido viscido e scivoloso, puzzolente, orina e non si sa che altro; anche l'acqua nella latrina imputridiva e si sporcava di fango ed escrementi. Tenendo la paletta in mano aveva salito la scala a chiocciola di corsa e aperto la porta della latrina buia. Non capí niente del fulmineo terrore in cui fu gettata; aveva fatto qualche cosa di irreparabile.

Sotto la furia del ricordo che le tagliava il cuore, non si accorse di essere diventata minuscola vicino alla madre che la raccolse nella curva del suo corpo.

– Che cosa c'è, parla, non fare cosí.

Il ricordo, cancellandosi come una fotografia nell'acido, lasciò la disperazione per la fine irrimediabile del suo amore.

Balbettò: – Non rivedrò piú suor Teresa.

La signora Marianna si chinò e le asciugò gli occhi.

– Certo che la rivedrai, torneremo sempre.

Fece di tutto per calmarla, Sonia si dibatteva nel dolore come un'amante abbandonata.

Sul serio Sonia non vide piú suor Teresa. Soffrí il distacco inventandolo in un momento fulmineo. Dopo sembrò dimenticare la suora, raramente le accadde di nominarla.


Dei nuovi traslochi, della nuova scuola, di ciò che accadde a Sonia e alla signora Marianna nel 1940, restano due segmenti: uno immobile, l'altro in movimento di pellicola sganciata dalla bobina che ha preso luce, che manda lampi di colore, nel chiaro da tavolozza sfatta si vedono contorni di cose.

Il segmento immobile è simile a un quadro di Casorati: contro un sole nebbioso e scialbo che impolvera gli interni di una casa vuota, di spalle la signora Marianna nel suo completo di maglia rosso scuro e Sonia stanno in piedi ferme su una porta d'ingresso spalancata. Non le vedo di faccia, guardano dentro. Da una stanza quadrata altre tre stanze si aprono, le porte e le finestre sono spalancate. In terra il sole innebbia una polvere fitta che ricopre mattonelle a losanghe, qualche carta si muove per un soffio di vento qua e là. Sonia e la signora Marianna si tengono per mano, restano ferme, senza retrocedere e senza entrare. Guardano il silenzioso spazio da riempire. Fruscii: due naufraghi attenti, immobili, cauti ascoltano su una spiaggia deserta al di là della quale c'è la foresta.

Intanto questo anno passa. La pensione di piazza Aspromonte sprofonda all'indietro abbandonata di corsa perché Sonia non vedesse la signora Ines morire nel suo letto, con il gozzo gonfio, soffocata, senza voce. Nel quadro di Casorati Huber, Aurora, Lo Bue non ci sono piú. Il padre si materializza per un momento, come si fa nei films, sovrimpresso sulle mattonelle polverose, per dire: «I mobili verranno appena potrò».

Scoppia la guerra. Megafoni, gente vestita con camicie nere, voci da adunata. Di sabato e di domenica Sonia e la signora Marianna camminano sballottate da folla e rumori verso la periferia e la casa. Rombi di aerei, passeggiate lungo i campi di calcio, blocchi di case nuove in mezzo ai campi. Neve e pioggia, pozzanghere e gelo per le strade.

Con il sole negli occhi il vento rimescola tutto nel rumore delle ruote: il treno esce dalla galleria su colline verdissime con case color di rosa e verde pistacchio, chiese giallognole inerpicate su in cima in modo che il campanile sporge nel cielo, dondola la campana ritagliata da un cartoncino su fondo azzurro. Sonia cerca di vedere al di là della locomotiva, ma il vento spinge contro le guance, estrae lacrime ghiacciate, la ributta dentro allo scompartimento. Si sporge anche in galleria quando il cerchio di luce in fondo al tunnel si allarga e diventa il nuovo ingresso nella zona solare.

Le due facce vicine di Sonia e della signora Marianna sono rivolte verso la distesa d'acqua increspata, giú dallo sprofondo della roccia, che le stesse rocce lambisce in riccioli bianchi schiumosi e si curva in una linea concava e quindi convessa fino a salire sull'orizzonte non definito, prende un colore piú verde e sembra cielo.

– Il mare, mamma! Il mare!

Il treno curva sulle rotaie, passa le brevi gallerie nella roccia come fosse elettrico su un tavolo, si butta su un altro squarcio azzurro. Le barche galleggiano semi gettati qua e là. Le vele fuggono a ritroso o avanzano con loro.

Per la prima volta Sonia vede il mare. Con quali sentimenti ed emozioni l'avrà visto? Guardo la madrepora azzurra accanto alla conchiglia carnicina, sul mio tavolo, che sono i reperti del mare. Come una poesia? Come il suo Olimpo? Come una materia numinosa che riporta indietro, attraverso un'antica nostalgia, al mondo materico e stupendo da cui venimmo e che a noi preesisteva? Anche come una madrepora dilatata e ingigantita, resa liquida dallo sfolgorio incandescente della vulva, conchiglia sospesa diventata sole divorante.

Andavano per la prima volta in vacanza sulla costa ligure. Le gocce sulla loro pelle dondolano come rugiada. Rotolano nell'acqua dentro ai riflessi blu e d'oro pari a due Ester Williams. Alle spalle del treno Walt Disney cancella Milano.

Non andò cosí. Giorno per giorno accadde qualche cosa. Una bomba, per esempio, la prima sganciata sull'Italia dagli inglesi, cadde sulla stazione di Lambrate, vicino al nuovo appartamento. La signora Marianna e Sonia osservarono il disastro: c'era una voragine; le rotaie, i lampioni stavano aggrovigliati come un mucchio d'ossa che spunta da uno sfasciume mai visto. Una casa rimasta per metà in piedi. Su un fianco un mosaico di rettangoli colorati, pareti di stanze crollate. Venne il Maggiore. Decise che avrebbero lasciato Milano per un'altra città.

Da molti anni la signora Marianna e il Maggiore non si toccano. In questa occasione stanno uno di fronte all'altro, seduti, come era loro abitudine quando si vedevano. Non escono mai insieme per la città. Il Maggiore, per sottolineare il distacco e l'indifferenza, non stringe la mano della signora Marianna neppure quando arriva e quando parte. La signora Marianna si tiene sempre dietro alla figlia, molto discosta da lui, per non far pesare la sua esistenza. Penso che i rapporti sessuali, che a questo punto faccio molta fatica a immaginare, si siano interrotti quando la signora Marianna e Sonia stavano in campagna, quindi prima del 1934. Lo deduco perché saltuariamente, quando il Maggiore, allora Capitano, veniva a trovarle, dormiva in un letto matrimoniale con la signora Marianna. Nel 1940 la situazione si è stabilizzata cosí come è stata descritta.

II.

Per la strada che da Siena va verso Roma, la natura è dipinta. Il verde è un fondale lontano. Il silenzio protegge e rende sereni poiché intorno la terra s'incurva in onde che rifluiscono via fino all'orizzonte. Il movimento dell'automobile è identico a quello dell'altalena, della nenia materna sul dondolo, del sonno che viene con il latte della mammella. Con me che viaggio ci sono mio figlio di tredici anni e un'adolescente di sedici. Suonano la chitarra e il flauto per passare il tempo. Quando vedo la freccia per Sant'Antimo decido di sterzare. Si sale. Dopo un'ora la strada non gira piú in curve gialle, è ritagliata in una parete verde per non so quale tipo di sottobosco e di alberi. Non passa nessuno. Incrociamo una macchina della polizia ferma e vuota.

– Perché è qui? – dico pensando ad alta voce. I ragazzi smettono di suonare e insieme vediamo l'impiccato già a distanza per la curva sorpassata.

Pende da un albero che si affaccia sul pendio scosceso, cinque metri circa sotto il livello della strada. Ai piedi dell'albero due agenti della polizia stanno con le braccia sollevate che arrivano a toccare i suoi piedi, formano una deposizione. In rilievo sul fondo di una natura estranea e immobile, l'uomo attaccato alla corda è solo come nessun altro visto prima di lui. È anche una forma nel quadro ma nei nostri occhi arrivano per intero la sua solitudine e la sua disperazione con un grido acutissimo che rimbomba.

Fermo l'automobile e, in contraddizione, esclamo: – Non guardate! – Non potevo dire: – Non ascoltate! – e perciò mi resi conto che il messaggio senza suoni, stampo del terrore, era arrivato a loro. Mi voltai per proteggerli, loro chinarono gli occhi. Erano impalliditi, avevano posato gli strumenti.

Misi in moto. Il silenzio che partiva dall'uomo ora piccolissimo attaccato alla corda in mezzo a una muraglia verticale di verde senza cielo in noi diventava immobilità e ghiaccio.

L'auto andò avanti fino a Sant'Antimo. Questa chiesa semidiroccata stava là in grande malinconia e abbandono però da questo corpo decomposto partivano alcuni raggi o segnali. Arrivarono prima ai ragazzi che corsero giú per la strada. Vidi che avevano lo sguardo avido, brillante che viene a chi si impossessa per impressioni di qualche cosa che ha già vissuto funzione e bellezza e che richiede magica sintonia per riapparire intera. I ragazzi passavano le mani sulle colonne, come rabdomanti, sui colori sbiaditi di foglie e di santi, li accarezzavano. Io mi nutrivo di quei gesti. Cosí l'impiccato fu chiuso nella memoria. Non so che strada farà nella loro.

Ammetto che questo ricordo è diventato fantasia ossessiva da quando ripenso a Sonia adolescente e al 1945. Si mescola al colore del glicine, il verde scuro cerca di coprire come borraccina il pallore trascolorante del grappolo, sperde il profumo che da anni non sento. Non vedo che raramente il glicine mentre era l'unico fiore che mi piaceva da ragazza, il suo colore avrei voluto che si attaccasse al mio corpo.

La camicetta di Sonia era azzurra eppure insisto a ridipingerla colore del glicine. La sua stanza, colpita dal sole che entra da due finestre, simula un disastro, una guerra, una disfatta. In terra pezzi di legno ammucchiati di due sedie distrutte; un tavolino con le gambe tarlate; un mobile nero con le ante scardinate, finto rinascimento; lesene rotte nei fianchi, in vari punti il bianco nauseante del legno scheggiato scolorito; un piatto con mele ammaccate verdastre. Un galleggiamento di oggetti macerati da un naufragio, rigettati in secco sotto il sole che entra accidioso, vitale, li asciuga e li copre di polvere, ferma il marcio, inizia un'altra distruzione.

Stamane davanti allo specchio ho sputato il dentifricio e ho osservato i miei denti. Ingialliscono, si sono allungati, sembrano staccati tra loro. Provo se tentennano, non sono fragili. Eppure le gengive si ritirano. Se chiudo la bocca, se sorrido, i denti tornano bianchi e compatti, possono ricordare la bocca di un'adolescente, cioè di Sonia. Però è un'illusione. I miei denti già vecchi sono uguali a quelli della signora Marianna nel 1945. I suoi capelli sono pesanti, grigi. Li ferma con rade forcine contorte, unti, duri. Nella cornea vedo macchie gialle, le pupille non hanno piú colore. Il viso è cavallino, la bocca senza sangue, le labbra screpolate e quando ride mostra di lato gengive vuote. Ha cinquantacinque anni. Le nocche sono deformate in modo irregolare per una serie di minuscole calamità sovrapposte, artrite, reumatismi, geloni. La pelle è spessa sul dorso, percorsa da grinze come tagli. Il vestito blu è scolorito macchiato, la magrezza del petto scompare nel ventre gonfio, colitico. Cerco segni positivi: sta diritta, nasconde le mani sovrapponendole per pudore o rivoltandole sul palmo incrociate. Quindi un istinto è rimasto anche se la guerra l'abbandono e la fame hanno moltiplicato gli anni trascorsi.

Quando la guerra è povertà e nient'altro, si dissocia il panorama dai personaggi. Chi agisce intorno risulta sempre fatale: i lupi percorrono i boschi, i serpenti stanno acquattati nelle foreste. Lo stesso tipo di pericolo viene dagli uomini. Arrivano aerei, cadono bombe. Quando piove, fa freddo, c'è la neve, si cerca di scaldarsi, superare le malattie; si ha fame, si cerca il pane. La città resta quella che è, anche se presenta squarci e voragini: l'aria sopra di lei non cambia, i viali denunciano le stagioni sugli alberi che cambiano aspetto.

Il Colonnello non fece la guerra. Ma uscí dalla guerra spogliato di sé: la sua villa era stata distrutta dalle bombe dei tedeschi, i suoi terreni agricoli minati e resi inservibili, i suoi soldi erano finiti, si preparava ad andare in pensione. La sua distruzione passò sulla signora Marianna e su Sonia come una notizia che non provocò né sentimenti né sorpresa. Congelata nelle identiche richieste di sostentamento che non trovavano risposta, la signora Marianna non si arrendeva nell'attendere una soluzione. Del Colonnello rimanevano vive le solite tracce: paura per la sua presenza, implorazione ossessiva di un invio di soldi in sua assenza. Niente dal 1934 al 1945 era cambiato. Solo Sonia era diventata una donna.

Costanza e Sonia, le due cugine, si vedevano di rado per molte ragioni. Abitavano in città differenti, si erano conosciute tardi nella vita, dopo che tutte e due avevano superato i quarant'anni, erano cugine acquisite perché Costanza aveva sposato il figlio del fratello primogenito della signora Marianna. Conducevano una vita assai diversa, a tal punto che loro stesse, quando si ritrovavano, erano costrette a scrutarsi e provavano sgomento per questa diversità, misuravano una lontananza profonda che la reciproca attrazione riusciva a distruggere.

Nel settembre del 1978 avevano ambedue cinquant'anni. Costanza era una magra signora bionda, con il viso solcato dai segni della famiglia e della bontà; gli occhi azzurri un tantino spenti da rughe sulle palpebre e da una malattia che li rendeva rinunciatari. La bontà in lei, cosí presente nelle parole, nel viso e nei gesti, era tanto piú singolare se si pensa che Costanza proveniva da un vecchio e stabilizzato benessere aristocratico. Si volgeva principalmente verso i figli, è vero, ma Sonia era convinta, proprio perché la sentiva anche su di sé, che si irradiava verso gli altri per una spinta di fondo missionaria. Costanza dimostrava i suoi anni e non se ne curava, Sonia mostrava o voleva mostrare meno dei suoi anni. Era piú attaccata ai suoi giorni perché era piú sola, piú fragile, piú cattiva. Non amava che si lanciassero fili e lacci verso di lei, poiché il caso fortunato l'aveva resa libera di fronte alle classi sociali e alla famiglia, e non andava tentato stringendo tardivi rapporti di parentela, ricostruendo quello che era stato distrutto. Per Costanza faceva un'eccezione.

Costanza era a Roma per poche ore. Si erano date appuntamento a un ristorante e mangiavano insieme. Nel pomeriggio Sonia tornava a lavorare e Costanza ripartiva. Durante il pasto, Costanza fece un racconto usando la cautela che le consigliava la sua bontà. Ma il turbamento che lei aveva provato affiorava. Andava avanti, nonostante che le tremasse la voce. Sonia capí che questa storia ancora ignota andava accettata e altre lacrime di paura andavano per forza perdute.

– Senti Sonia, – cominciò con lentezza Costanza, – tu sapevi che la zia Marianna aveva un fratello che si chiamava Giacomo?

– Sicuro. Me ne parlò quando avevo quindici o sedici anni. Non era impazzito durante la prima guerra mondiale? La mamma mi disse che stava in un manicomio del Veneto e nessuno poteva vederlo. I medici si raccomandavano di non turbarlo perché poteva diventare furioso. Con questo manicomio erano in contatto gli zii.

– Mi dispiace davvero, – disse sottovoce Costanza, – mi dispiace, ecco, che tu debba occuparti ancora... adesso che la zia Marianna è morta e ti sei ripresa... insomma occuparti delle incomprensibili azioni di questa famiglia.

Sonia si meravigliò.

– Ma è morto da tanto tempo! Me lo disse lo zio Paris, mi pare, e anche la mamma. Non mi ricordo piú. Sarà stato all'incirca nel 1963, quando morí lo zio Federico –. Si concentrò. – Proprio nel 1963, mi pare.

Costanza abbassò la testa e sospirò.

– Nessuno riuscirà a darci mai una spiegazione.

– Ma che cosa c'è, – chiese Sonia mentre dal suo cuore affioravano immagini e fantasie sepolte di lei adolescente.

Costanza fissò gli occhi di Sonia e Sonia intuí che dietro

alle cautele e allo sforzo della cugina c'era anche una preoccupazione per il suo personale destino.

– Era vivo. È morto una settimana fa, in un ospizio fondato nel 1901 da tuo nonno. Aveva novant'anni e non si era mai mosso dalla sua città. Prima fu messo al manicomio e poi, diventato vecchio, passato all'ospizio. Hanno rintracciato il nostro indirizzo e solo io sono andata al funerale. È stato rinchiuso per sessant'anni. È morto nella fondazione creata da suo padre per i vecchi abbandonati. La cappella dell'ospizio era semideserta. In mezzo c'era la bara. Sono arrivati i vecchi e si sono seduti sulle panche. Come immagini, era uno spettacolo triste. Si trascinavano con il bastone oppure a braccetto. Il prete ha recitato le preghiere dei morti, ha impartito la benedizione alla bara mentre i vecchi piangevano o nascondevano la faccia nel fazzoletto. Infine si è rivolto a loro, senza mai guardarmi, come se non esistessi, e ha detto poche parole di commiato. Pressappoco: «Diamo il nostro addio terreno al caro Giacomo che per sessant'anni, dimenticato dalla sua famiglia, che ora non ha piú il potere di farlo soffrire, ha trovato in voi, fratelli prediletti, la "vera famiglia" e l'affetto di cui aveva tanto bisogno. Noi gli abbiamo voluto bene perché Giacomo era buono e mite e certamente adesso è vicino al cuore di Gesú e nella gloria della vita eterna. Preghiamo e pensiamo, in raccoglimento, che ci sarà dato trovarci un giorno insieme nella pace di Dio».

La voce di Costanza si strappò e riprese.

– I vecchi si sono avvicinati alla bara: certi l'hanno toccata, altri l'hanno baciata e se ne sono andati senza guardarmi, come il prete. Piú tardi il direttore dell'ospizio mi ha confermato, con molta freddezza, che Giacomo era entrato in manicomio nel 1919 su richiesta della madre e dei fratelli e da allora era stato quasi del tutto dimenticato. I suoi parenti erano andati via dalla città, nessuno era mai tornato a trovarlo. Il comune si era fatto carico di lui, per rispetto al fondatore di tante opere pie, morto prima della disgrazia del figlio, e per considerazione anche della sua grande bontà e rassegnazione. Quando mi sono alzata per andarmene il direttore ha evitato di darmi la mano.

Dopo una ragionevole pausa, Sonia alzò gli occhi sulla cugina e si accorse che la scrutava e che il viso era un tantino impallidito. Pensò: tu sei buona, ma non calcoli che niente mi raggiunge. Però proprio quello sguardo, che aveva pena delle sue passate sofferenze, le addolciva il cuore e la voce le uscí piú tremula del previsto.

– Come ha fatto mia madre a scordarsi di lui?... Costanza, che cosa pensi: mentiva? Mentivano tutti? Perché, insomma...

– Non riusciremo mai a districare che cosa è successo, e nemmeno a capirli. Mi dispiace di averti raccontato una storia cosí, con quello che hai passato...

– Non ci penso piú. Non ci penso mai.

Gli occhi di Sonia si riempirono di lacrime ma le ricacciò. Era un sentimento di gratitudine verso Costanza e di sconsolato affetto per il vecchio morto dopo una vita di abbandono. In questi casi, in cui affiorava la sua debolezza, dentro di sé mormorava «lasciatemi, lasciatemi». Che cosa volevano dire queste parole, a che cosa si riferivano, non lo sapeva: agli aguzzini della vita, ai dolori, ai tormenti, alla madre e al padre. Riuscí a riconfermare la voce.

Le due cugine si guardarono con la composta e seria tristezza che le univa: com'era cambiata la vita e il mondo dagli anni in cui lo zio Giacomo era impazzito! Come tutto fortunatamente era diverso, pur nelle sciagure, oggi che altri erano nati e cresciuti al posto dei morti! Chi abbiamo amato non è giusto che torni e noi dobbiamo convincercene e continuare.

All'aria aperta non parlarono piú. Costanza montò in macchina e ripartí. Ma prima, dal finestrino, Sonia le tenne stretta una mano:

– Facciamo fare una lapide. Dividiamo le spese.

– Non ti preoccupare. Ci penso io.

Sonia sostò pochi minuti al centro della piazza circondata di alberi e con le aiuole che degradavano verso il basso dove c'era una vasca e in mezzo una fontanella che buttava un fiotto d'acqua gentile. Riaffiorò per forza la storia dello zio Giacomo smarrita negli anni che vertiginosamente si erano coperti di fatti ed erano passati.

La sua esistenza era saltata fuori dopo la seconda guerra mondiale.
– Ma chi è Giacomo? – aveva chiesto Sonia entrando in cucina mentre la madre parlava con la vicina e aveva appena pronunciato questo nome.
– Giacomo è uno dei miei fratelli.
Sonia si meravigliò. – Non mi hai mai detto che avevi un fratello di nome Giacomo. Non lo hai mai nominato!
La vicina interruppe la conversazione, salutò in fretta quasi per non impicciarsi, uscí. Alla signora Marianna rimase stampato in faccia un sorriso di cortesia e dimenticò il discorso, girandosi verso i fornelli.
– Allora? – insistette Sonia.
– Allora, niente. Giacomo è in manicomio da quando è finita la prima guerra mondiale. Andò volontario mentre avrebbe potuto restare a casa perché era malaticcio. Aveva la fissazione di passare per vigliacco nei confronti dei fratelli e della gente. Cosí lo mandarono in prima linea. Freddo, fatica, poco da mangiare, paura, bombe! Un bel giorno, durante un attacco degli austriaci, una granata scoppia a pochi passi da lui e un soldato è preso in pieno, si può dire fatto a pezzi. Gli cade addosso con la terra e le pietre. Lí per lí sviene e quando rinviene si trova in un ospedale da campo. Delira per notti e notti senza mai dormire e risente continuamente lo scoppio della granata. Gli pare di essere in trincea; vede il soldato, urla, si ferisce gli occhi con le unghie. Lo legano. A momenti sta lí senza dir niente, con gli occhi sbarrati, e non s'interessa a quello che succede intorno; a momenti invece sente i soliti scoppi, urli di feriti, rombi. Torna a casa in congedo e poco dopo finisce la guerra. Il nonno era morto e la mamma da sola non sapeva che

cosa fare. Noi fratelli eravamo troppo giovani e non lo capivamo. E poi era diventato un altro. Era sempre stato il piú affettuoso e non parlava piú. Sfuggiva tutti e metteva persino paura: gli occhi gli correvano di qua e di là e gli tremavano le mani. In pochi mesi peggiorò. Lo incontravano fuori dalla città, sui campi, lungo gli argini del fiume, con i vestiti strappati e gli occhi da pazzo che parlava tra sé. Oppure nelle case dei contadini, nelle osterie dei paesi. Non so in che modo raggiungeva questi posti: a piedi o sui carri del fieno. Si mise a bere, era sempre piú trasandato fino a non lavarsi neppure. Alla fine cominciò a rubare i soldi alla mamma, ai fratelli e a me. Litigare con lui non serviva che a peggiorare le cose: di notte lo sentivamo piangere, ore e ore, singhiozzava e gemeva come un bambino. Lui ormai ci considerava nemici. Il fattore raccontava che di notte vagabondava, cantava e beveva con gli ubriaconi girando per le osterie fino a quando si addormentava sul tavolo o addirittura nelle strade. Molte volte i contadini lo trovavano nelle stalle, raggomitolato vicino alle bestie. Teneva discorsi contro i padroni, i preti, i soldi, la proprietà, la famiglia, la guerra e il governo. Mezzo ciucco gridava che si dovevano prendere le roncole e i bastoni, rivoltarsi contro i proprietari e contro le nuove guerre. Non ragionava piú. I contadini si guardavano bene dal dargli ascolto o seguirlo nelle scorribande. In città invece ci sono le teste calde e quelli che pescano nel torbido e cosí si fabbrica una bella compagnia, armata di bastoni, che va in giro di notte a gridare che bisogna ammazzare i tiranni, che bisogna dare le terre al popolo! Dare le terre al popolo, figurati... le nostre si stavano vendendo una per una e da qui a un anno ce ne saremmo andati tutti, io per la prima insieme al tuo papà...

— Non posso parlare, Antonio, perché la terra mi chiude la gola, e tu non parlare perché le voci mi fanno paura. Portami nella stalla. Nella stalla. Nella stalla...

La voce del conte Giacomo si affievolí in un mugolio in

mezzo alla pianura, inghiottita dalla nebbia e dal buio. Lui stava in piedi nel campo come uno spaventapasseri. Rimase un poco a dondolare e alla fine si lasciò andare giú. Si accovacciò su un lato, guardando fisso la terra e stringendo le gambe vicino al mento, aderí il piú possibile con il corpo alle zolle.

La terra lo placava. Nelle ossa fredde sentiva piano piano muoversi la vita, il sangue che aveva rallentato la sua corsa fino a fermarsi si scioglieva e fluiva via; i rumori non erano piú enormi tonfi ma si amalgamavano con l'aria. Si prese il viso tra le mani e singhiozzò di amore e di dolore. La terra era un corpo caldo che si stringeva a lui mentre moriva e gli dava coraggio, la nebbia lo circondava di tepore, nel suo letto. Al di là non c'era niente e nessuno. Singhiozzò, scuotendosi e tremando, pieno di amara nostalgia e solitudine.

– Antonio, – sussurrò, – portami a casa tua. Dammi un bicchiere di vino. Fammi dormire nella stalla, nella stalla, nella stalla...

Intorno al corpo cosí messo del conte Giacomo non c'era nessuno. L'imbrunire era passato, il giorno era diventato notte e la nebbia fitta portava umido, isolava le case dei contadini, si posava sui campi e li univa. Il conte Giacomo sentí qualche colpo di tosse vicinissimo come se fosse di un camerata in trincea. La casa di Antonio non si vedeva ma era a poche decine di metri con le stalle, l'aia, il cane, le galline, il granaio. Antonio si era affacciato sulla soglia e scrutava i campi bianchi di nebbia. Lo faceva tutte le sere prima di chiudere il chiavistello della porta. Non si vedevano neppure i gelsi che segnavano i confini. Sentí parlottare, singhiozzi, gemiti. Aggrottò la fronte e rimase in ascolto. Andò nel campo e trovò il conte Giacomo come tante altre volte. Di solito stava in piedi e si dondolava. Questa volta era raggomitolato in terra, a occhi chiusi. Si chinò e lui aprí gli occhi.

– Antonio, portami nella stalla.

Antonio sollevò il conte e rimasero a guardarsi, senza

argomenti. Il contadino pensava: quante volte era stato cosí di fronte a lui! Quante volte lo aveva portato al caldo, gli aveva dato da bere, lo aveva coperto e alla mattina aveva avvisato in villa e lo aveva riportato come un bambino! Era diventato il servo il compagno il dottore del conte Giacomo e gli voleva bene come a un fratello. Non sapeva neppure lui quante volte aveva ascoltato la storia della granata, del corpo del soldato, della terra che gli era caduta addosso. Lo ascoltava sempre corrugando la fronte, tormentandosi i baffi: la guerra in trincea era come la raccontava il conte e cosí la morte.

Il conte Giacomo aveva sbarrato gli occhi pieni di terrore e di lacrime. Antonio gli prese una mano e si avviò verso casa, tirandoselo dietro.

– Antonio, c'è quella manciata di terra in gola che mi soffoca. Dammi un bicchiere di vino che mi va via...

Antonio aprí l'uscio e il conte entrò.

– Signor conte, – disse la moglie di Antonio, alzandosi, – venga a scaldarsi vicino al fuoco che ha preso freddo a star là fuori.

Il conte Giacomo con un sorriso tremulo da bambino e agitando vagamente una mano si mise a sedere davanti al fuoco e fissò le fiamme. Antonio non poteva immaginarsi che era l'ultima volta che stava a casa sua prima che lo portassero in manicomio. In seguito, quando ci ripensava, lo vedeva sempre in un alone di luce: probabile perché era biondo, aveva i capelli scompigliati per aver dormito in terra e la barba arruffata; illuminato dal fuoco era bello, con gli occhi celesti sgranati di stupore e le ciglia dorate inumidite di lacrime.

Il conte Giacomo prese il bicchiere di vino con la mano che dondolava.

– E pensare che ho quasi trent'anni e non è stata fatta giustizia... e pensare...

Singhiozzò, singhiozzò, come faceva quando era depresso e ubriaco. Per accontentarlo Antonio lo portò nella stalla a dormire sul fieno vicino alle vacche.

Sonia fissò la ghiaia dei viottoli convergenti verso la vasca e, come accade a Roma nei giorni di caldo invernale, si sentí stracca e malata. Si sedette su una panchina. Nelle sue immagini interne, e nella sua vita, c'era sempre una piazza con i giardinetti che convergevano verso un centro e intorno il traffico urbano. A Milano, a Firenze e a Roma. Pensò alla sua età: lo zio Giacomo aveva vissuto in manicomio e poi nell'ospizio sessant'anni, un tempo molto piú lungo della sua vita. Chinò il capo per coprire le lacrime: la invadeva una disperata accidia, un amaro vuoto di morte. Guardò l'acqua bassa e ferma della vasca. Si ricordò del pulviscolo di sole che entrava dalla finestra della camera di Dario e poi della sua camera di ragazza a Firenze dove l'aria invece è pulita come uno smalto. Ma dentro alla stanza, quale mondo! Un'allucinazione di polvere e macchie, mattonelle nere di vecchio sudiciume, lenzuoli strappati, tappeti sfilacciati, letto senza molle, mobili in rovina, muri sgorati, ragnatele... dentro a questa scenografia gli occhi ruotano verso il rettangolo della finestra dove s'iscrive nel cielo la curva verde della collina e tale è la nitidezza che della villa lontana lei vede i ciuffi di gerani nei vasi. Stava sdraiata sul letto senza molle, nella sudicia culla, e fissava il disastro, la sconfitta, mentre il suo sguardo cercava tregua nel rettangolo di cielo che anche a fissarlo per minuti e per ore non cambiava né di luminosità né di bellezza ma a tratti era solcato da frecce nere e stridenti. Le rondini tagliavano l'immobilità anche dentro di lei, pura forza che l'avrebbe portata avanti.

In questi pomeriggi estivi lo zio Giacomo le diceva alle spalle: «t'aspetto», «siamo uguali noi due», «anche tu farai la mia fine», e lei misurava il suo terrore ma non era capace di alzarsi, di muoversi, di rinunciare all'accidia. Si contentava delle rondini. Nel torpore del dormiveglia sentiva il cadenzato passo dello zio Paris che misurava il perimetro dell'altra stanza, passeggiava, passeggiava...

Il suo corpo nudo rimaneva esposto alla luce. Non lo vedeva e non l'aveva mai visto per intero. In casa non c'erano specchi, se non quello ovale del bagno. Era buttato immobile sul grandioso palcoscenico di fumanti macerie, di polvere e di povertà. Pulsava di concentrata bellezza allo stesso modo in cui fuori sbocciavano, dirompendo da una provetta in ebollizione, la primavera e l'estate del dopoguerra nella città che nel centro s'innuvolava di camion zeppi e caracollanti, di scarpe scalcagnate, di ponti stramazzati nel fiume che s'ingorgava giallo in vuoti mulinelli intorno a rifiuti e massi precipitati, di antiche torri e chiese sgretolate, di piazze segnate da voragini, di spallette sommerse, di furia e di fatica. Camion americani, gente di tutte le razze bivaccavano nei viali. Gli alberi avevano prodotto chiome lussureggianti, i tigli spandevano un profumo che ubriacava, fiori violetti e lilla, rossi e blu, spuntavano e spaccavano i muri centenari nelle strade inerpicate sulle colline, dai giardini splendidi uscivano ciuffi altissimi sulle punte di ferro dei cancelli di mortella e di lillà, mentre già in primavera mimose mai potate si erano chinate al suolo gravide di rami, pesanti di aureole gialle che ondeggiavano alla brezzolina. E sopra, il cielo adatto solo ai gerani, da cartolina e da disperazione, lucente e retorico come in un manifesto di vittoria, non di disfatta, e le colline, che s'incurvavano in onde di sesso, come in un corpo stupendo, circondavano d'amore la città, fluendo nel fiume che era il suo pube, portando le strade e le stradine cosí inghirlandate dall'acqua fuori, lontano, verso altri mondi.

Giú, in mezzo alla città polverosa, nella casa che con i suoi rottami era uguale al sudicio e alla povertà di tutti, il corpo di Sonia splendeva probabilmente della stessa luce di quella fioritura. Come in una vecchia fotografia da casino, sulla coperta scolorita e abbassata sotto le cosce, una gamba si modellava adagiata, asciutta e soffice, l'altra era sollevata verso il muro, il pube palpitava nel respiro del torpore e del sonno, i fianchi aguzzi sporgevano come se il ventre fosse un cratere e l'ombelico il centro palpitante a cui arrivare; poi il seno erto e sbandierato, con i capezzoli minuscoli da bambina, intoccati. La testa girata appena sul cuscino ingrigito tutto gnocchi di lana e pieno di malocchio; le labbra, un pochino all'insú nel centro, si tiravano nella pelle fina come quella del chicco d'uva quando è gonfio di sugo e sta per spaccarsi; gli occhi sotto le palpebre abbassate erano sospettosamente palpitanti, le ciglia due ali di farfalla impaurita.

Il sole, attraverso le liste delle persiane abbassate, batteva sul corpo in penombra e disegnava la nudità, rivelava punti di desiderio. Sul corpo nudo, attraverso il ventre, Sonia buttava una camicetta, una sottana, uno straccio che si muoveva con lei, si abbassava, scivolava. Un braccio abbandonato dietro la testa in modo che questo corpo fosse esposto in tutti i punti, anche l'ascella dove la peluria castana addolciva l'arco del braccio e ne ricordava la giovinezza appena sbocciata; e l'altro caduto come morto dalla sponda parlava di languori, di stanchezza, occhiaie profonde, flebili ripulse, violenze subite e accettate poi con doloroso piacere.

Il corpo di un'adolescente è pieno del mondo: attira su di sé i desideri o gli affetti o l'amore o i vizi perché li contiene; esprime per intero la bellezza in un diapason di cellule che cercano la vita che sia pure morte o follia.

Lasciò la porta aperta e le sembrò dopo di averlo fatto apposta.

Dopo mangiato la signora Marianna dormiva. Lo zio Paris aspettava, teso nel suo desiderio e nel suo amore disperato. Il corpo di Sonia stava là, nudo, abbandonato. Tutti i giorni lo intravedeva dalla porta socchiusa, oggi la porta era piú aperta, quasi spalancata. C'era qualche cosa di piú da scoprire: se Sonia, inconsapevole del fatto che lui la spiava, dormiva, o non piuttosto lo attirava per godere della sua disperazione e insieme per incitarlo alla speranza e nel farlo soffrire sempre di piú farsi amare e ammirare fino a vederlo giungere al di là di ogni orgoglio, di ogni umiliazione. Eppure negli occhi di Sonia, quando Paris tentava di baciarla e di stringerla, c'erano solo lacrime e paura, ma neanche queste fermavano Paris, che la teneva per le braccia, la scuoteva: – Guardami, guardami, nessuno specchio ti dirà mai quanto sei bella come i miei occhi. Lasciati almeno baciare, nessun ragazzo ti insegnerà a baciare come me, nessun uomo ti desidererà come ti desidero io, nessuno, nessuno...

In punta di piedi Paris entrò e rimase fermo a pochi metri dal letto. Passarono i minuti. Con un battito, come a un segnale, le farfalle nere si aprirono e lo sguardo dello zio Paris, unico specchio nel quale era rappreso il desiderio di lui, si ficcò dentro alle palpebre di Sonia che subito si richiusero mentre il corpo, quasi che nello svegliarsi si ricordasse di una voluttà, si stirò lento lento, cambiò posizione, e lo straccio coprí il pube e quasi il seno.

Paris tornò nella sua stanza. Si era svegliata e si era riaddormentata. Era un gioco farsi vedere nuda? Era una vendetta? Era un piacere? Paris pianse. Fissava la collina verde e minuscola in confronto alle grandi onde verdi dell'Africa, alle grandi valli dell'India, alle dune, al silenzio del tempo, alla magica luna dei villaggi etiopi che rendeva gli uomini come antichi giganti e le donne calde e fertili. E solo adesso, che stava per diventare vecchio, doveva soffrire cosí per amore? Le lacrime colavano sulle rughe, anche per i ricordi della sua forza passata. Tutto intorno a loro, Paris Marianna e Sonia, era rovina. Sonia poteva essere la sua rinascita ma là c'era solo il suo corpo stregato.

Nel 1945 i prigionieri ritornarono. Si presentò alla porta dell'appartamento di Marianna sua sorella e Sonia con le stesse astuzie che usava quando appariva a Milano, suonava il campanello e correva ad aprire Sonia bambina. Cosí, appena Sonia aprí, godendosi la sorpresa e la ripetizione che lo immettevano nella loro vita come niente fosse successo, Paris scostò il cappotto e invece del torrone e della cioccolata del 1935, lasciò cadere una rivoltella d'ordinanza che rotolò nel corridoio. Sonia con un grido si gettò addosso a lui.

– C'è lo zio Paris, mamma! mamma! Lo zio Paris! Lo zio Paris!

Quanto lo aveva amato! Quanto lo aveva pensato in questi dieci anni fino a volerlo cancellare per il troppo rimpianto. Era stato lui che al posto di suo padre l'aveva presa in braccio, l'aveva accarezzata, aveva riso con lei, l'aveva sgridata, aveva detto «Sonia è bella», «Sonia è brava», «Sonia è intelligente», «Sonia è l'unica bambina che mi piace». Lui, lui, lui... la gioia aumentava come se fosse un'arma acuminata o una vendetta. Intanto le pareva di avere la fragilità di un neonato, si commuoveva sul suo tremito. Voleva rimpicciolire, perdere i contorni. La signora Marianna si asciugò le lacrime e disse:

– E allora, Paris, racconta...

Sonia stava sul divano con la testa sulla spalla dello zio e lui le baciava i capelli. Qualche volta alzava la testa di Sonia socchiudendo gli occhi in una fessura nera e scrutandola, poi le sorrideva tirando indietro le grosse labbra rilevate e scopriva cosí i denti ancora bianchissimi.

– Per ora resto con voi.

Sonia si strinse ancora di piú al grande corpo. La mano di Paris, quasi meccanicamente, svolazzò sul braccio di Sonia, a volo radente sul seno fino ad arrivare al mento in quel gesto che aveva già fatto due o tre volte. Sonia non si rendeva conto di quali sguardi di luce partissero dai suoi occhi, quale amorosa devozione era esplosa. Lo zio Paris non era mai stato padre; la luce era diretta a lui perché era un uomo.

I primi giorni Sonia e lo zio camminarono per la città, ne osservarono le strade, la gente, i negozi. Vissero in mezzo alle rovine, contemplarono la distruzione. Entrarono nei bar. Comperarono la panna con le cialde e il gelato di cioccolata proprio come fanno le coppie innamorate in un film americano. Come in *Papà Gambalunga*, nei film di Audrey Hepburn, nelle commedie musicali.

– Secondo te, quelli che ci vedono che cosa dicono?
– Che sono tua figlia.
– Impossibile. Non ho la faccia di uno che ha figli. Non mi piacciono i bambini. Tu sei l'unica bambina che ho sopportato nella mia vita perché sei sempre stata un tipo speciale, anche a cinque anni.

Guardavano i vestiti nelle vetrine. Lo zio Paris immaginava quali di questi sarebbero stati bene a Sonia e immaginava di comperarne due, cinque, dieci.

– Hai provato a tirare su i capelli?

Sonia tirava su i capelli e guardava lo zio con un sorriso da civetta. Lo zio Paris le accarezzava la nuca. Sonia gli stringeva il braccio, lo baciava come un'innamorata.

– Voglio piú bene a te che al papà. Cento volte di piú. Sei tu mio padre.

– Tuo padre è un mascalzone. Come fa a non adorare una figlia bella come te?

Tornavano a casa a piedi, lemme lemme, non prendevano mai il tram. Lo zio Paris parlava: cose al di là di via Porpora e di via Jomelli, prima del 1935, prima del 1930: la Scala, Toscanini, Wagner. Tristano e Isotta muoiono, nei palchi bui si fa all'amore tra rasi e brillanti, poco scostati dal tavolino con le due coppe di champagne. Carezze, baci, piacere, alcove...

Dei fratelli della signora Marianna, solo due andarono a Milano a trovarla, saltuariamente: Federico e Paris. Erano molto alti, diversi tra loro e da lei. Di sua madre, di suo padre, dei suoi fratelli e di se stessa la signora Marianna esclamava in tono categorico: «Tutti magri!» Cioè: le persone grasse avevano oscure colpe, facevano parte di un altro pianeta sociale e metabolico, erano «volgari». La stoffa biologica di cui la famiglia dispersa andava vestita si comperava altrove, diversificata fin dal ventre materno dalla disposizione inappellabile di Dio. I lineamenti dei tre fratelli erano diversi e cosí il modo di essere, però quando si ritrovavano insieme scoppiava tra loro una singolare corrente, un furore di parole alternate che li intrecciava insieme come tre canne, residuo di un canestro sfatto e di fattura non determinata. La singolare corrente era quel nucleo di mercurio che avrebbe sempre abitato la signora Marianna e che serpeggiava da uno all'altro, diventava sguardo risata su scambievoli racconti insignificanti, citazioni canterellate, romanze accennate appena a cui si ricollegavano vecchie situazioni o volti che solo loro conoscevano e che s'intuiva erano stati cancellati dalla morte o da altre città. L'attualità era esclusa; che cosa facessero dalla mattina alla sera e quali fossero i loro dolori e le loro preoccupazioni pareva reciprocamente irrilevante o indifferente.

In mezzo ai fratelli la signora Marianna stava seduta in pizzo, diritta sulla schiena, il corpo magro per una qualche ragione di eccitamento diventava snello e guizzante; negli occhi già sbiaditi s'impennava una luce da ragazza, la gamba accavallata sporgeva dalla sottana, perfetta nella forma e di caviglia sottile. Avrebbe potuto ancora alzarsi di scatto e ballare con evidente destrezza uno spumeggiante valzer. I capelli lisci, senza onde, tirati dietro le orecchie in un nodo, diventavano una pettinatura ricercata intorno a un viso non bello ma singolare, arguto, accattivante, senza creme o cipria ma sicuro di sé per qualche cosa che sono costretta a chiamare controvoglia uno stile.

Paris ha il naso accentuato, come tutti in famiglia, lineamenti aggressivi, occhi piccoli e scurissimi, sorriso aperto, baffi già grigi. È un donnaiolo, dice la signora Marianna.

Fuori dal portoncino di via Jomelli e poi di via Porpora, Paris prendeva la manina di Sonia e fissava con sproporzionata fierezza e allegria il visetto puntato verso di lui: la bambina gli pareva una sua invenzione, una donna piccola piccola da lui immaginata, quasi una scultura che richiudeva i ricordi piú belli delle donne avute; e la manina gli diceva che tra loro circolava lo stesso sangue. Nel viso ben diritto e compunto, nella volontà che esprimeva la personcina magra e minuta, nelle spalle e nel collo diritto, nella fronte bombata, c'era un orgoglio spasmodico e cieco che era il suo, puntato a niente, solo a coprire il dolore. Con una specie di ilare commozione, fissando la nipotina, ricordava il quadro nella vecchia villa da tanto tempo venduta dove l'antenata Isabella, con il collo nudo e ornata dei suoi diamanti, saliva la scala del palco montato nella piazza della loro città dove l'aspettava il boia con la mannaia. Nel quadro, per rappresentare la terribile e storica scena, il pittore aveva puntato gli occhi di Isabella avanti in un punto nel vuoto, rendendola indifferente a ogni sorte, aveva chinato la testa delle donne e degli uomini che affollavano la piazza e il boia con gli occhi pieni di lacrime sta per piegare il ginocchio. Cosí andò, pare: che il boia pianse a vedere tanta bellezza e tanto coraggio, pregò, e quindi le spiccò la testa dal busto.

Pensava Paris che i tempi erano cambiati e nessuno avrebbe capito la piccola perla, nessun boia nel 1935 piangeva. Di domenica le strade sono vuote. Il solicello primaverile scalda e conforta. L'ampia rettilinea città dagli alberelli filiformi, tenue nei colori e gracile nella fioritura, percorsa con tormento accanto agli stivali del padre, diventa un regno. I passi ampi, a balzelli, per seguire lo zio Paris, diventano danza. Sono uguali, soli, sopra il mondo. Osservano lo spettacolo della gente allo stadio, si guardano negli occhi, si capiscono, la vita si accende.

– Tu, – le sussurra all'orecchio lo zio Paris, additando lo stadio che hanno davanti agli occhi, – quando sarai grande, li metterai tutti sotto i piedi...

Paris è un personaggio complesso, che segue nelle giornate e negli anni un programma estetico da manifesto prefuturista, decadente e letterario, vissuto con inconsapevolezza culturale. L'identità con il dannunzianesimo, almeno per quello che poteva arrivare fino a lui, si era formata attraverso un clima di «gruppo», di censo, per via di particelle atmosferiche diventando fatto comportamentale, indistinguibile dal proprio sangue e dalla propria pelle. La cultura, la carta stampata, non potevano aver influito su di lui, studente ignorante e senza laurea, giovane sportivo e spendaccione, uomo attivo nel cambiare residenza (già al limite del rischio, già signore senza soldi che si trasforma in avventuriero), dalla roulette di Cannes alla neve di Saint Moritz al Lago Maggiore. Tutto fa supporre che finita la guerra del '15-18 non avesse mai piú riflettuto su ciò che accadeva intorno a lui, nell'Italia e nel mondo, se non per concludere che i tempi erano cambiati. Le donne. Accanto alle donne, il gioco. Tra i due termini, il fluttuare vitalistico attraverso espedienti e avventure. Il mito della bellezza contro l'umiliazione della vecchiaia, la libertà contro il borghese tran tran, la propria superiorità contro gli uomini normali e mediocri. I dati fondamentali del suo carattere si identificano con la tematica letteraria e con l'estetica del primo novecento.

Nel 1934, Paris, scapolo impenitente e donnaiolo, probabilmente povero, è a Milano. «Probabilmente»: nessuno seppe mai di quale attività campasse. Si rifiuta di lasciare recapiti. Rintraccia la sorella Marianna nella sua vita itinerante e di nuovo scompare.

Nel 1935 scrive da Napoli: «Ho sposato una russa bianca, Vera, che è la donna piú affascinante che abbia mai incontrato». Manda una fotografia: la zia Vera è magra, vestita di maglia chiara e una sciarpa di velo le cade da una spalla, come una diva del cinema.

Un'altra lettera del gennaio '36 lo dà in Africa, capitano delle truppe di Badoglio. La supposizione è che, come tanti italiani privi di lavoro, il volontariato fu una soluzione: inseriva tra i benemeriti del regime e sistemava, o si poteva avere l'illusione che sistemasse, per l'avvenire. Paris però si era appena sposato. Fuga da un impegno che contraddice i suoi criteri di vita, oppure: soluzione, immaginata e subito decisa, per risolvere l'esistenza prevedendo un futuro con la moglie meno artificioso e precario? Oppure: entusiasmo fascista?

L'ultima ipotesi non regge. Piuttosto è vero che in Paris c'era, sedimentato, il rispetto nazionalista e aristocratico per il risorgimento fatto dai liberali padani e savoiardi. Cancellando Mazzini e Garibaldi, gente di poco conto, restano Cavour, casa Savoia, il processo Pellico, il conte Confalonieri e via dicendo: la Parigi dell'Imperatore, di Nigra e della contessa Castiglione. Si arriva ai ricordi della prima guerra mondiale, unico momento della sua vita in cui si era coagulata un'idea politica con l'azione.

È possibile quindi che insieme al fascino dell'avventura, del continente sconosciuto o dei soldi assicurati, fosse affiorato questo mondo sepolto. La data della partenza ne darebbe la prova: perché, mentre i primi mesi di guerra, De Bono, maresciallo delle operazioni etiopiche, rappresentava lo Stato fascista, presto Badoglio diventò il simbolo di uno Stato realista, riportava a galla l'immagine di un'Italia alla conquista della sua verità nazionale.

Fatto sta che dall'Africa Paris non venne piú via. Finita la guerra la moglie Vera lo raggiunse: Asmara, Addis Abeba. Si trovava in Etiopia quando scoppiò la seconda guerra mondiale e lí fu di nuovo arruolato. Fatto prigioniero dagli inglesi, la moglie ebbe il permesso da parte degli occupanti di emigrare in Inghilterra dove risiedeva ormai da tanti anni una sua sorella lí sposata.

Dalla finestra alzava lo sguardo verso la collina per cercare un orizzonte piú vasto di questo e poter correre con gli occhi per indefiniti altopiani azzurri e verdi, al di là immaginarsi gole e valli, i branchi delle giraffe e i salti delle gazzelle. A momenti quella luce d'Eden, che era solo riverbero interno e ricordo, e che per anni era stata sua e naturale, quello spazio che aveva avuto e sentito intorno alla sua persona di modo che ne risultava ingigantita, lo trapassavano come una febbre e un delirio, non una nostalgia. L'erba alta e frusciante della savana batteva sul viso e rivoltando in su gli occhi il soffitto si dipingeva di gonfie nuvole candide e il cielo precipitava sul suo corpo di eroe, lo adescava al coraggio e alle imprese. Un tremito lo scuoteva di rimpianto e di lacrime, lo dominava in tutti i muscoli, lo spazio misero della stanza gli si stringeva addosso come un'infima corazza, gli toglieva il senno torturandolo.

L'amore e il desiderio di Sonia lo legavano alla finestra, all'immobilità, ai rumori della casa, alla voce di lei, a quel corpo che si muoveva, al sorriso che intuiva, alla risata che sgorgava; ai momenti in cui la vedeva e parlando dimenticava le astuzie che la lunga saggezza avrebbe dovuto imporgli e le trappole che l'esperienza avrebbe cosí bene saputo gettare per altre donne.

Sonia usciva: appoggiava la fronte calda al vetro della finestra e la seguiva con un rimpianto tanto acerbo che vere lacrime gli scendevano sulle guance, colavano amare in bocca. Chiudeva gli occhi, frustato di nostalgia per Sonia che non era piú lí e insieme per gli altopiani abbandonati, per l'alta erba frusciante e per il suo passo nel corridoio, reso prigioniero dal dolore e squassato come una quercia il giorno della fine del mondo. Niente resisteva in lui. Tutto si dilaniava per colpa di Sonia; questo era stato il ritorno e questo sarebbe stato il futuro. Anche in presenza di lei nessuna volontà era capace di nascondere il desiderio, la furia e le lacrime.

Aveva l'impressione che la sua vita si riducesse ormai a controllare e frenare una massiccia avanzata. Come in una guerra combattuta nel deserto si era trovato, solo, con il petto esposto a una spianata deserta e percorsa da venti caldi che gli sollevavano contro nuvole di sabbia. In lontananza un filo nero arruffato chiudeva il giallo compatto. Era l'esercito nemico che prima o dopo l'avrebbe ucciso. In questa metafora lui si raccontava il passato e il presente e l'esercito, la riga nera arruffata, erano la fatalità della storia formatasi in tempi lontanissimi, nel vecchio palazzo, nella vecchia villa, quando era in grembo a sua madre, mentre entrava al galoppo sul sauro purosangue facendo rotolare la ghiaia del giardino.

A sessant'anni era senza lavoro. Sua moglie abitava in Inghilterra e non l'avrebbe vista mai piú. La piccola somma che possedeva entro pochi mesi sarebbe finita. Per controllare se stesso e il tempo usciva e a grandi passi camminava per la città e saliva per le colline, stabiliva itinerari bizzarri nei quali l'unica meta era un casuale incontro con Sonia. Incamerava immagini, espressioni, rapidi gesti, modi di essere. Diventò, o lo era sempre stato, un incasellatore di comportamenti e umane fisionomie. Ma sempre piú si affidava per vivere al coraggio ilare e insano che viene dalla disperazione.

Sognò che nel buio una forza la schiacciava, la copriva, la stringeva in una morsa soffocandola. Non poteva gridare benché boccheggiasse e gemesse ad alta voce, non poteva muoversi, sfuggire, e sempre piú forte l'ignota causa, uomo masso animale gigante o mostro, la costringeva a morire. «No, no, no...» le parve di urlare, ma non doveva essere vero. «Salvatemi, aiuto...» Niente succedeva quindi anche la voce sprofondava nel nulla. Compí lo sforzo di liberare il respiro che stava per esalare, prendere fiato e non morire.

Aprí gli occhi e due occhi spalancati la fissarono a pochi centimetri dal suo viso, un fiato caldo l'avvolgeva. Il peso sul suo corpo dileguò nell'ombra. Lei si sollevò intontita, brancicò lo spazio vuoto con le mani in avanti.

– Chi è... – urlò disperata, ma sentí la sua voce esile, spenta.

– Non aver paura, Sonia... non chiamare... sono io... io...

– Zio Paris! – gridò Sonia alzandosi a sedere sul letto e fissando il buio vicino, tirando il lenzuolo al mento, già tremante per tutto ciò che d'inaudito era avvenuto e stava avvenendo. – Zio Paris... – quasi supplicò, con le mani giunte sul petto.

– Non ti ho fatto niente, – mormorò la voce nel buio, – non aver paura di me. È stato piú forte... non pensarci piú...

Sonia rimase seduta sul letto con gli occhi spalancati, il lenzuolo rattrapito sopra il seno e tutta tremante. Ma che cosa era avvenuto, dunque? Che cosa era avvenuto! Dio! Suo padre stava sopra di lei, l'aveva tenuta sotto nel sonno, brancicandola, toccandola, in un sogno inaudito, senza pensare a niente, senza vederla, senza svegliarla, come in un misfatto muto.

– Zio Paris, che cosa è successo? Zio Paris...

– Niente, Sonia, niente. La notte è troppo lunga. Ti penso e so che sei qui, che dormi vicino a me. Mi sono steso accanto per avere l'illusione che tu mi amassi. Solo un attimo, Sonia. Non ti ho toccato, non ti ho fatto niente, niente...

Sonia sentí che le lacrime non uscivano dalle orbite, ma l'angoscia si ramificava dentro fino alle unghie e ai capelli.

– Zio Paris, – disse con disperazione. Avrebbe voluto aggiungere: che cosa hai fatto di me! Perché non capisci che sei mio padre, mio padre... alla fine singhiozzò. Lo zio Paris rimase in piedi, discosto. Non si avvicinò piú a lei. Aggiunse, parlando molto piano:

– Ti supplico, Sonia, non dire niente alla mamma. Perdonami.

L'ombra sparí. Sonia rimase a piangere fino a che, stremata, si lasciò andare di nuovo distesa, portò le gambe vicino al ventre e mentre le lacrime scendevano ancora dagli occhi in tale quantità che sembrava piovessero da tutto il corpo, lasciò che il sonno le prendesse i pensieri e i sentimenti e li portasse via.

Con lo spuntare del sole da quel giorno qualche cosa cambiò. Tra Sonia e lo zio Paris non ci fu piú niente da scoprire o da nascondere e il momento di terrore e di pudore vissuto nel buio fu pari allo squarcio del fulmine nella terra che apre i baratri da varcare per le vie dell'inferno o di ogni sguaiato rapporto umano. Le mani dello zio Paris si muovevano meccanicamente senza esitazioni quando Sonia lo sfiorava, frugandola in fretta nel seno, sentendo le cosce sotto le sottane nel tentativo di arrivare all'inguine, e lei si sottraeva scoppiando in brevi risate, buttandolo in là a spintoni, gettandogli in faccia frasi mozze: «smettila», «non ti voglio», «lasciami in pace». Il loro doloroso affetto si era rovesciato nella volgare e lasciva caccia tra serva e padrone, complici gli usci semichiusi, i momenti in cui la signora Marianna usciva a fare la spesa. Sonia lottava mentre le mani dello zio affondavano nella camicetta, mentre diceva «morbida, bella, fatti toccare...» e riusciva a strizzarle un capezzolo, a torcerle un braccio per farla gemere. Allora lei s'imbizzarriva, come una puttanella da commedia: – Basta, vattene, lo dico alla mamma –. Gli sbatteva la porta in faccia o rideva di botto, o si riaffacciava a invogliarlo nella fregola.

Era una corsa all'orrore e nessuno ne aveva colpa. Per richiamarla, quando lei era fuori, Paris si sedeva al pianoforte e, da invasato, inventava arpeggi che s'inseguivano in onde furiose, riempiva di accordi l'aria che risuonava del suo desiderio.

Sonia sapeva che i suoni insensati erano un richiamo. Le si stringeva il cuore tornando verso casa, ma affrettava il passo per correre verso quella passione come se lí fosse la battaglia, lí la vita.

Un giorno Paris l'agguantò per la nuca e portò il suo collo e la sua testa vicino alle sue labbra.

– Ora, – le disse, – tu mi dai un bacio. Poi non ti chiederò altro.

– No, – disse Sonia fissandolo, ma si sentí invasa da un formicolio che la paralizzò. La resa dei conti era arrivata e lei non poteva e non doveva sottrarsi perché non aveva fatto nulla per calmare quella violenza.

– Un bacio non è niente, – disse con voce soffocata lo zio Paris. – Per me è tutto. Non lo rifiuterai.

Sonia rimase zitta fissandolo abbacinata. Senza piú battere le palpebre lasciò che lo zio Paris si avvicinasse con la bocca alla sua fino a che in uno strappo si sentí succhiata via, avvolta e chiusa strettamente, ribaltata indietro sul suo stesso dorso e in quell'abbraccio quasi svanita. Quando si scostò le labbra di lui tremavano e gli occhi erano lucidi. Balbettò: – Anche tu lo volevi... – ma lei era già scappata. La corsa, il piú lontano possibile, durò fino a che il suo cuore e le sue gambe si pietrificarono di fatica e le sembrò infine di aver dimenticato per sempre ciò che era avvenuto. Ma la stranezza fu che da quel momento lei rimase fissata in una perenne corsa: con le lacrime che si schiacciavano sulle guance e si asciugavano da sole, senza niente vedere o pensare, solo tesa ad andare avanti e dimenticare, quindi vivere.

Di tutto questo la signora Marianna non si accorse. Sonia ripensandoci molti anni dopo provò rancore e sospetto. Rancore perché cosí clamorosa assenza dimostrava che la madre non provava nessuna attenzione, quindi nessun amore, per lei. Sospetto perché si era insinuato il dubbio che forse la madre aveva capito la passione del fratello ma un legame piú fondo di quello con la figlia la costringeva a una losca omertà, quasi a un distaccato rispetto.

Ben presto il silenzio ricadde sui loro giorni perché Paris, toccato il fondo del dolore e del desiderio, si risolse a partire. Con le lacrime agli occhi, baciandole affettuosamente sulle guance, da buon fratello e da buon zio, e consolandole dei singhiozzi che scuotevano le loro spalle, afferrò la vecchia valigia logora e se ne andò verso il nord, dove il fratello piú ricco lo avrebbe aiutato a trovare un lavoro.

La città che attraversò era linda e fredda, piena di bruni luccicori, di nuvole e di spiragli d'azzurro; tra temporale e schiarita, come sempre fa in Toscana nell'ultimo autunno. Dal tram le strade erano bene assestate, giustamente formicolanti, la gente non mostrava povertà o squallore, era viva e attiva senza impudente benessere. Le ragazze, secondo la moda del 1952 o giú di lí, portavano impermeabili lucidi e trasparenti, stretti alla vita da una cintura, sottane lunghe e larghe, anche strette, tacchi a spillo, frange e zazzere carine e mostravano vite sottili e fianchi rotondi, seni alti. Non c'era piú traccia di polvere, terriccio e vecchie macerie. Dai nuovi ponti sull'Arno ben spazzati dal vento che d'inverno gela le poche pozze piovane, agevolmente si scendeva di là d'Arno in antiche strade per fermarsi a negozi nuovi e quasi ricchi. La miseria dileguava.

Cosí osservò, portando la vecchia valigia verso la stazione. Sotto la pensilina, con la gola stretta da un groppo di lacrime, si accorse di quanto tempo era passato. Non aveva contato gli anni della sua sosta in questa città perso nell'amore e nell'incantesimo. Ma adesso meditava sul fatto che ogni traccia di guerra era sparita e che in un certo senso del lontano conflitto solo lui era rimasto quale una vecchia maschera e che anche se stesso, pena la fine definitiva, doveva far rinascere dal letargo. Il treno arrivò sul binario mentre tentava di convincersi che tutto poteva ricominciare ma si accorse che voltando le spalle a questa città lasciava anche in lei e nelle sue strade erte, prima polverose e ora nette e lavate, un affetto amaro come fiele ma dolce come l'ultima primavera. Poi con decisione salí verso il suo orizzonte.

La vita di Sonia era intanto avanzata parallela a questa strana storia e alla vita dello zio. In questi anni si era inerpicata verso gli amori, l'università, la laurea. Come molti giovani di allora non riusciva a concepire un futuro se non glorioso e disperato. Ma sulla casa sporca e senza mobili cadde di nuovo il silenzio inesorabile della rovina.


Sul letto, come la pelle del leone che fissa ancora con gli occhi di sangue, come la coperta di finto guanaco che spela, come un enorme cane a cuccia o una bestiaccia che dorme: la pelliccia stava davanti al suo sguardo di repulsione. Per un caso, e per paura, non vomitò. Ormai aveva passato troppi anni ad arzigogolare sulle femmine e su ciò che lei voleva essere di contrario nella vita, e troppo tempo sul come amarissimi erano i suoi rapporti con il padre ex colonnello a riposo, per arrendersi a un'evidenza cosí bruciante di volgarità e di assurdo.

Da quando era nata, la visita del padre era stata annunziata da evocazioni di ansia.

Con mani inesperte la signora Marianna tolse con pervicace e anche colpevole distrazione la polvere ammassata sui mobili in disarmo di modo che rimasero scie bianchicce di lanugine che provavano la sporcizia di sempre, e con uno straccio bucato e lurido cercò di passare acqua negli angoli dai quali il vecchio sporco non si muoveva, anzi s'infittiva assiepato verso la parete. La tovaglia risultò lisa e con strappi impossibili al rammendo, i bicchieri due, tanto che non essendo tre lei diceva «pazienza, non bevo».

Gli squilibri della loro miseria erano, a pensarci, inventati da un pazzo: la pulizia non raggiungibile come il numero dei bicchieri, di contro spese improvvise e superflue che significavano «almeno una volta nella vita!» Sull'altalenante diagramma economico, tra buio e sole, il padre quando annunciava una visita provocava un precipitarsi di mosse e sentimenti diseguali e violenti. Sonia si trovava impegnata a contrastare l'inquietudine e il disagio, far fronte al desiderio di fuga. In tanta agitazione una serpentina allegria cercava di farsi largo, la speranza in un debole e mai dato arcobaleno cozzava contro l'impazienza e la rabbia.

Immersa in contraddittori impulsi, faceva il possibile per arrivare in ritardo. Il viso che l'attendeva sarebbe stato già chiuso dall'offesa ricevuta, dall'omaggio mancato, avrebbe stabilito una riprova che lei era manchevole e il perdono difficilissimo: lui lasciava la propria città, prendeva un treno, percorreva dalla stazione a casa un tratto in solitudine e lei, che era la figlia, non si trovava a correre giú per le scale, a porgere la guancia, a riconoscerlo.

Il rito richiesto, e non sempre accordato, pareva parallelo, se vissuto in epoche precedenti, al ritorno iterativo del guerriero nel castello per il quale è impensabile che le donne non si slancino ad accoglierlo ma bensí, in peccato di indipendenza e superbia, vadano autonome a schiena girata sui prati a cogliere fiori, lasciando che da solo il guerriero debba liberarsi dal manto, dalla corazza, dai gambali.

Il rito era stato ripetuto tante volte e l'iterazione aveva preso, con il passare degli anni, qualche cosa di sinistro e spergiuro. Eppure l'ex colonnello non si stancava mai di ricevere il bacio di Giuda, di obbligare al sorriso, neppure riconoscente, già distratto, già irritato o dal caldo o dal freddo o dal treno o da qualche altro contrattempo. Per queste ragioni Sonia aveva stabilito un gioco di dadi tra il consunto omaggio e la stupefacente eccezione di arrivare a casa dopo di lui.

– Ti ha portato un regalo, – mormorò a fior di labbra la signora Marianna aprendo la porta. – Ringrazialo, mi raccomando!

La voce della madre era allarmata. Un'aspettativa aleggiava nella casa, nell'aria fresca e verdolina di primavera: un indovinello di fate o di streghe, prova di fortuna o di sventura.

– Dov'è? – chiese pianissimo e cauta.

– Sta leggendo il giornale e ti aspetta. Vai prima da lui. Il regalo è in camera tua. – Per non farsi sentire nell'altra stanza si era aiutata con una mimica da convento e da prigione.

Di fronte alla prospettiva del regalo Sonia fu per dimettere l'angoscia. Si sentí riconoscente perché il padre aveva grandiosamente festeggiato i suoi ventiquattro anni, ma il fiotto di rancore si riversò sulla madre e sul suo viso conventuale: l'amore, che la faceva pronta a morire per lei, si tramutava in nausea e schifo per le mani corrotte dall'artrite, per la faccia devastata dal tempo e il vestito macchiato. C'era nella signora Marianna e nella casa un'impudenza che andava al di là della necessità; era la messinscena ostentata di un deforme palcoscenico costruito da lei e dagli anni, con l'aiuto della sua volontà, in cui lei stessa, cosí vestita da povera e truccata da martire, la costringeva ad agire, a entrare di prepotenza nella rappresentazione che si doveva tenere sempre sotto il livello della vita normale. Nessuna miseria, infatti, aveva bisogno di quel sudicio, di quella polvere, di quella sottomissione e di quella immobilità. Era un sogno putrido e appiccicoso che non era possibile allontanare svegliandosi ma solo scappando verso altro.

Il padre le venne incontro nel corridoio con un'aria di malizia maschile molto nuova.

– Hai sempre la stessa giacca? Ma è scolorita, è rotta!

Sonia intuí con gioia e gratitudine che appoggiata sul letto, con le formalità affettuose di un bel regalo di compleanno, c'era una giacca nuova, di buon taglio, decorosa e giusta per le sue scarpe logore, per la modestia e la poca retorica dei suoi amici e delle sue abitudini. Gli sorrise.

– Già, già, – disse. – È un po' vecchia. L'ho tinta l'anno scorso ed è scolorita. Tanto è caldo...

– Caldo? – Il padre si meravigliò, come in una fiaba. Con lo sguardo superò le finestre aperte sulle colline e non colse il solicello di maggio. – La primavera è ballerina! – Cosí dicendo portò Sonia nella stanza dove sul letto c'era la pelliccia di volpi rosse.

La pelliccia di volpi, appoggiata sul letto, aveva preso una forma. Si era gonfiata nella schiena e nelle maniche e pareva una donna bocconi, riversa in un atteggiamento di abbandono. Dietro alle spalle Sonia avvertí che la madre fissava la pelliccia con sguardo perplesso. Lei rimase ferma, paralizzata: avrebbe dovuto sopportare questo ludibrio pubblico, indossare la pelliccia di volpi sulle calze rotte e le scarpe scalcagnate, uscire dalla loro casa, squassata dal sudicio e dalla miseria, ammantata nel simbolo piú vile della grassa ricchezza, nella volgare pretesa di una vecchia e artefatta femminilità.

Sentí sotto le mani, come se il suo corpo fosse di cera o di creta, la grana del proprio viso pallido e senza rossetto, dei suoi capelli lisci e lunghi, del suo busto quasi senza seno, dei suoi fianchi magri e delle gambe sottili. Niente di lei poteva avere a che fare con quell'animale rosso che stava là. Qualche cosa di piú l'attirava nel brutto mistero della pelliccia: la fissava e dentro, nel pelo protuberante, ci vedeva nascosta un'altra donna che si beffava di lei, che a lei mandava questo dono lubrico di cui si era disfatta per disprezzo; come a una pezzente, che deve sempre ringraziare. Inghiottí la saliva e cercò di ribaltare tutte le emozioni.

– Ti piace? – disse il padre avvicinandosi alla pelliccia con un sorriso affettuoso e accattivante. Sonia sentí nella voce un suono falso, un'incertezza e un inganno prepotente.

– È bellissima, – riuscí a dire.

– Provala, – suggerí il padre, disinvolto, – può darsi che ti stia un po' grande perché sai, – e intanto aveva sollevato la pelliccia e si avvicinava, – è stata un'occasione. Una signora, mia conoscente, me l'ha venduta per un prezzo molto modico perché ne ha comperata una nuova.

Sonia infilò la pelliccia e sentí sulle spalle il peso di un giogo. Lo fissò. Gli parve imbarazzato e non ricambiava il suo sguardo: si tirava indietro e osservava minuziosamente la pelliccia.

– Ti sta benissimo. Sei contenta della sorpresa?

– Grazie papà, tanto, – disse con le lacrime agli occhi mentre la signora Marianna misurava la pelliccia con ostinata svagatezza come se tentasse di vederci dentro qualche cosa o qualcuno che non era Sonia. Faceva sempre cosí in casi sospetti: gettava le pupille verso gli angoli e di lí le abbassava e le alzava con le sopracciglia inarcate.

– È un po' lunga e un po' larga, – osservò il padre sollevato e ilare, ora che Sonia aveva acquistato la nuova proprietà. – Certo questa signora è piú robusta di te, piú alta è vero... un pellicciaio te la può restringere con poca spesa... – Chiese persino un parere alla signora Marianna. – Ti piace Marianna?

– È bellissima, – confermò la signora Marianna strisciando cautamente una mano per il verso del pelo. – Conservata molto bene.

Anche Sonia strisciò le due mani verso il basso. S'inquattarono come su un animale vivo e repellente. Pensò: non è mia, non è mai stata mia, non la voglio. È di un'altra.

Appena pensò questa parola guardò suo padre e lui girò con distrazione gli occhi fuori dalla finestra. Mormorò:

– Sono contento che ti piaccia, di avere indovinato i tuoi gusti.

Si affacciò al davanzale e Sonia sfilò la pelliccia. Rivolse gli occhi pieni di lacrime verso la madre, scappò in bagno per non farsi scoprire.

Verso le undici di sera il padre ripartí. Sonia aveva indossato per tutto il giorno la pelliccia. Il tormento e il peso l'avevano fiaccata, era stata costretta alla gogna di fronte al popolo che simbolicamente, per ore e ore, aveva sputato sulla sua faccia solo guardandola.

– Mamma, mi sento male.

Senza chiedere ragione la madre portò un'aspirina e un bicchiere d'acqua.

– Di chi è secondo te la pelliccia?

– Te lo ha detto, – rispose con voce indifferente la madre. – È di una sua conoscente –. Fece una pausa e divagò: – Una pelliccia di volpi rosse... oggigiorno non è di moda...

– Non la metterò mai!

– Magari una giacca...

– Mi fa schifo, mamma! – Urlò una cosa che non era preparata a dire: – È una pelliccia da ricca puttana! Mi ha fatto un regalo da puttana! E non abbiamo i soldi per mangiare domani! Di chi è la pelliccia, secondo te, di chi è la pelliccia?

La madre sviò lo sguardo e rispose a casaccio. – Per me hai la febbre. Non ti agitare cosí.

Aveva la febbre e stava male. Di notte le parve di delirare. La madre era al corrente che il padre stava con un'altra donna ma a lei, solo a lei, doveva essere nascosto. Scivolava nel sogno in giardini scombussolati dalla guerra tra liane che strisciavano nel suo collo e si allacciavano alla sua persona fino a stringerla e sollevarla da terra. Voleva toccare il suolo con tutte le forze, ma non era possibile. Alghe da acquario si avviticchiavano alle caviglie in modo che mai e poi mai avrebbe potuto toccare il solido fondo. Non era una novità: gli assassini la rincorsero, la presero, l'ammazzarono, conficcandole i pugnali nella schiena e nel collo e lei cadde in un deliquio ancora piú fondo che però non riusciva assolutamente a disgiungere nelle sue caratteristiche dalla propria realtà.

Il confronto con il padre prima si profilò e infine scoppiò in tutta la sua forza. Lei si comparò a Orlando nella sua ira, al pelide Achille nella sua forza, a Ercole che regge le colonne, a Davide e cosí via. Quando la vita s'incaricò di provare che tutto ciò era stato prevalentemente un sogno dovette ammettere che da quel giorno però gli dei moltiplicarono le prove che lei, benché in difficoltà sempre piú notevoli, riuscí a superare. La sua vita dunque si trasformò in un mito.

La nave che dalla Corsica naviga verso Piombino e riporta i turisti in Italia costeggia tante isole senza toccarle. In settembre le vacanze finiscono ma il cielo diventa piú roseo, il mare piú malioso e trasparente, una liquidità speciale circonda la terra, i gabbiani si alzano in cerchi sognanti e nella scia della nave i delfini si rotolano insonnoliti e beati mentre la natura si riposa dal caldo fragore dell'agosto e gode dolcemente prima di velarsi del grigio e del rosso autunnale.

Sonia cambiò la sua espressione. Qualche cosa che non aveva previsto l'afferrò. Stava con la faccia protesa in fuori verso gli spruzzi, tra il fruscio delle onde che si dilatavano e si perdevano dalla prua e dai fianchi del battello lasciando bolle di schiuma. L'isola avanzava sull'orizzonte e si rese conto in modo definitivo che il presente era infimo e povero quale lei voleva e aveva voluto. L'uomo che fingeva di amare, come spesso fanno le donne che non hanno in mano il bandolo della loro vita, le stava accanto ma niente di lui le arrivava. Le sensazioni – segnali radar, ectoplasmi, bisbigli di altri mondi, voci di dentro – venivano invece dal mare, dai delfini che si rotolavano, dai gabbiani che giravano in tondo e infine dall'isola che si avvicinava. Bruscamente si staccò dall'uomo e si spostò verso la prua per essere almeno sola e prendere in faccia il vento insieme al sole e vedere in dettaglio l'isola ora gigantesca. L'uomo approfittò della sua immobilità per scattare una fotografia che rimase a lei: con l'aria concentrata e fissa, apparentemente presente, tesa invece a ristabilire un ricordo.

La fotografia testimonia solo a lei lo sforzo di questi attimi per unire nella mente sentimento e verità e nessun altro lo può indovinare; con infinita amarezza, quando l'isola, una grande nave azzurra spruzzata di verde in cima all'unica collina, si dileguò nella larga scia, lo riconobbe inutile e vano. Eppure se la vita è fatta di epifanie che avvenute scoloriscono nel nostro cielo come le stelle al mattino senza lasciare se non cicatrici e simboli, queste epifanie possono anche ritornare.

Cinque anni prima Sonia era scesa nell'isola insieme a un gruppo di amici per una vacanza. Si accorsero che i legami con il resto del mondo si scioglievano naturalmente e lo spazio ristretto e circoscritto aiutava a vivere cosí come siamo.

Il gruppo si stabilí in una parte isolata dentro a una casa in abbandono, con sacchi e tende. Al di là del molo il paese allineato in ovvie e gentili case bianche stava affacciato sul porto inutile. In fondo una strada portava in alto, ad altre case radunate su una piazza e un albergo. La strada non asfaltata si allontanava sulla collina brulla e si perdeva tra pini e bassa vegetazione mediterranea, cespugli di foglie taglienti e lanceolate. Dicevano al paese basso che la parte opposta dell'isola, ignota come l'altra faccia della luna, era scoscesa e selvaggia, senza case e senza strade.

L'acqua era limpidissima. Al molo erano attraccati motoscafi non di lusso. Si nuotava facilmente sott'acqua e il fondo che si osservava dalle maschere degradava in strisce cupe verdi o ghiaiose o sabbiose, rosei luccicori facevano sognare coralli, i pesci si fermavano a fissare gli uomini senza paura. Il silenzio era proprio silenzio, e passando sul lungomare veniva fatto di seguire le mani delle donne che rammendavano le reti. Si sa che lo sciacquettare delle barchette attraccate ai piccoli moli è una nenia, una musica. Lo sfavillio era prepotente, gli occhi si abituavano a rimanere contro il sole, pieni di luce, e per cercare ombra e riposo si tuffavano aperti nell'acqua che rappresentava l'aspetto misterioso del mondo. La qualità della vita si rivelò subito bella e buona. Nessuno di loro pensò piú a nulla e i discorsi diradarono. Sonia aveva appena finito l'università. Il tempo per un poco lasciò, con calma estiva, che lei vivesse.

Alla sera nella casa abbandonata erano sette o otto. Uno di loro suonava la chitarra. Le ragazze tenevano appoggiate le teste alla spalla del compagno, ma nella promiscuità che li rendeva tutti intimi ogni altro atto o approccio pareva dimenticato e dormivano uno accanto all'altro nei sacchi a pelo. Le ore parevano vissute come all'inizio del mondo, tra acqua e sole, quasi nudi, dimenticavano sesso e amore, in una perdurante distrazione. Ma poi, mentre i giorni passavano, Sonia avvertí che fili su fili la serravano sempre piú vicino al ragazzo che lei per anni aveva rifiutato, in cerchi sempre piú stretti quasi che due campi magnetici nelle loro ellissi tendessero a unirsi e avessero ormai bisogno uno dell'altro e non potessero viaggiare nello spazio da soli. Stavano quindi accanto, se erano distanti si cercavano. Si contentarono per un poco di questo tacito bisogno. Se la mano del ragazzo entrava nella sua orbita e arrivava vicina al suo corpo, Sonia non si ritraeva ma la seguiva: un capello da togliere, una spallina caduta, l'olio sulla spalla arrossata. Lui si avvicinava, la toccava; non sostava piú del necessario eppure ognuno dei due era attentissimo, sospendeva le sensazioni.

Infatti era cosí: per Sonia e per il ragazzo, se parlavano o si guardavano o si toccavano per caso, si manifestava un vuoto di attesa, invece il sole l'isola l'acqua la notte le stelle la strada polverosa e il monte sconosciuto penetravano sotto la pelle e pareva che in uno specchio enorme si riflettesse l'intero mondo. O lui stava acquattato come una volpe, come un uomo di fronte a una donna da rubare, ma Sonia era propensa ad accogliere questo sospetto senza amarezza, quasi che lei avesse riconosciuto i fatti piú di lui.

Sonia andò ad abitare all'albergo povero e strambo. Le camere erano senza chiavi, la padrona non c'era mai, una donna alla mattina scuoteva le lenzuola dalla parte del mare che si vedeva a strapiombo dalla roccia e di sera, dal portoncino aperto, si saliva a tastoni e si ritrovava la propria stanza. Chi abitava l'isola oltre gli isolani? Dove erano gli ospiti? Aprendo gli occhi, Sonia era già abbacinata dal sole; dalle stanze vuote non venivano rumori. Quando il ragazzo la riaccompagnava su per la strada, il buio confermava che la notte è nemica degli uomini soli e bisogna cercare solo il sonno.

Una sera il ragazzo propose di esplorare la strada che portava dietro il monte. La notte era stellata e brillante, con la luna piena. Si inoltrarono per la collina: i rumori, staccati o uniti, parevano di una foresta. Il verso della civetta, soffocati soffi di cani e di lupi, ululati lontani, fruscii improvvisi di chiome d'albero scossi da folate di vento che non c'era, stridori e scoppiettii come di rami spezzati da un uomo. La notte in montagna è cosí e loro erano intrusi che camminavano. Il ragazzo prese per mano Sonia e le raccontò che poteva distinguere uno per uno tutti questi rumori.

Sonia cominciò il gioco. – Qualcuno scappa.

– È un cane randagio che si allontana.

– Un uomo mugola.

– È un'upupa. Porta male ma noi siamo in due.

– Uno soffia come se avesse l'affanno, fa paura...

Il ragazzo le circondò le spalle con il braccio. – È solo un serpente, un serpentone che ti mangia.

Si mise a sedere, si sdraiò, guardò il cielo. Anche Sonia si sdraiò vicino a lui: imitava i gesti dell'altro senza accorgersene e provando un gran piacere nell'ubbidienza.

– Se credi che io adesso ti baci, – le disse, – devi sapere che non lo farò. Ho deciso che sarai tu a chiedermelo, se mai.

Sonia ridacchiò. Quello che dicevano era un gioco che rimandava a una verità analoga da raggiungere.

– Non ci pensavo. E io non lo farò mai per dispetto.

– Non vedi al di là del tuo naso.

Il ragazzo si alzò sul braccio e si guardò in giro: era una

piccola radura circondata da pini marittimi e sotto i pini una macchia bassa verde e scura rendeva il posto drammatico di notte: lí potevano acquattarsi il gatto selvatico, la biscia, la serpe, il cane incattivito e affamato, il ragno velenoso, lo scorpione. La terra era calda, coperta di aghi di pino. Il cielo, con le sue stelle, stava appoggiato sopra di loro, non c'erano distanze.

Sonia alzò un braccio verso una stella.

– Sono vicinissime, hai ragione, – disse il ragazzo e alzò il braccio anche lui, prese la mano di lei e l'abbassò vicino ai loro fianchi.

– Vedi? – disse Sonia.

– Vedi cosa?

– Ci stai provando, – osservò Sonia con una puntigliosità da bambina.

Il ragazzo si sporse sopra di lei.

– Non ci sto provando. Sto solo prendendoti una mano perché qui si sta bene. Tu stai bene qui?

– Sto bene, – ammise Sonia e questa verità le riuscí tanto evidente nel suo stesso corpo adagiato che fu costretta a tacere perché la gola si riaprisse dopo l'emozione.

– Adesso zitta, – ordinò il ragazzo abbassando la voce, – e vedrai quante cose succedono.

Rimasero zitti. Sonia ascoltava i rumori, staccati e uniti, il silenzio formicolante, lo sbattere flebile delle onde in basso sulla spiaggia e sugli scogli lontani. Si girò verso il ragazzo. Avrebbe potuto facilmente tentare di baciarla eppure non lo faceva. Sonia non si pose nessuna domanda. Lui lasciava che il tempo se ne andasse, i suoi occhi restavano chiusi, i suoi pensieri erano impenetrabili. Stava chiuso nella sua malizia perché Sonia da sola cedesse o davvero non aveva pensieri.

Si sollevò da terra e le chiese: – Posso mettere la testa nel tuo grembo? La terra è durissima.

– Certo, – rispose Sonia.

Lui si sistemò con la soddisfazione di aver trovato un buon cuscino e ritornò a fissare le stelle o il boschetto o a chiudere gli occhi. Il silenzio si dilatò cosí tanto nella notte che diventò fresca, umida, respingente. Loro non riuscivano piú a parlare e neppure avevano il coraggio di lasciarsi e tornare indietro.

– Ti voglio dire una cosa che non ho mai detto a nessuno, – mormorò il ragazzo. – Vorrei essere uguale a mio padre e non ci riuscirò mai.

Lí per lí Sonia pensò che ciò che aveva sentito era importante, bellissimo, anche perché tale desiderio non avrebbe mai potuto sfiorarla. Provò quindi una specie di ammirata invidia; una devozione quasi, un riflesso di ringraziamento e di preghiera, come se fosse magico che esistesse una simile volontà dentro al ragazzo che cosí era posseduto da una forza, il riflesso di antichi riti e di antiche stregonerie. Insomma, con una brevissima intuizione, le apparve quasi un essere consacrato. Lo strano fu che molti anni dopo proprio questa frase si rivelò fonte di rancori e diversità; annullava ciò che c'era stato di profondo nel loro reciproco amore e all'incirca suonava per Sonia come una sentenza di morte che il ragazzo aveva dato ai propri impulsi, alla propria vita.

– Che cosa pensi, – le chiese il ragazzo, – che sia uno sciocco?

– No, – disse Sonia, – penso che tu abbia detto una cosa molto bella ma difficile da raggiungere.

Il ragazzo bruscamente si girò verso di lei, balzò in piedi e le tese le mani. Le scostò i capelli dalla fronte, osservandola con cura flemmatica. Scesero verso le case a mezzo monte. Davanti all'albergo si fermarono e rimasero a guardarsi.

– Vai avanti tu.

– Avevo già deciso di scrivere una lettera, domani. Avevo già deciso di non sposarmi piú.

– Io non c'entro con questa decisione. Domani potrei partire con un battello –. Si voltò verso la baia e puntò il dito verso il motoscafo buio.

– Non mi importa niente di quello che fai tu.

– Potrei lasciarti tra quindici giorni.

– Non sostituisci nessuno.

– Io non voglio che ti sposi, – disse il ragazzo alzando la voce, – lo sai benissimo da molto tempo. Tu non sei fatta per sposarti.

– Non mi sposo piú. Non mi sposerò mai piú.

– Invece tra molti anni ti sposerai, – esclamò con agitazione il ragazzo, – verrò a cercarti e tu farai all'amore con me.

Sonia scoppiò a ridere. – Scordatelo, – disse.

– Accadrà cosí, – riaffermò lui con gli occhi pieni di gelosia. Sonia rimase con un sorriso stampato sulla bocca. Neanche lui poteva niente su di lei da questo momento in cui era pronta a dargli persino la vita. Le decisioni erano in mano sua.

Il cielo s'inquadrava con le sue stelle nel vano della finestra. Il ragazzo avvicinò le imposte. Accese la luce che era debolissima e giallognola, moribonda.

Stava in piedi di fronte a lei tranquillo e sicuro. Si levò la camicia e i pantaloni e restò nudo. Sonia adesso tremava.

– Di che cosa hai paura? – le chiese con molta dolcezza. – Voglio che ti spogli e voglio vederti.

Sonia si levò la sottana, la camicetta e le mutandine. Drizzandosi si accorse che il pudore l'aveva abbandonata, il suo corpo era lí senza peccati da nascondere cosí come lei stessa. Scivolò con gli occhi lungo l'altro corpo fino al pene eretto. Il ragazzo le tese le mani e lei mise le sue in quelle di lui, si avvicinò fino a che i loro corpi si toccarono e con lentezza si abbracciarono.

Quando sul letto il ragazzo la penetrò con forza Sonia rimase in ascolto di sé mentre la sua mente e il suo corpo si facevano accoglienti come valli.

Per questa prima volta fecero all'amore senza parlare perché tale era il desiderio che qualunque parola l'avrebbe disturbato e tante erano le cose inespresse sulla collina che dovevano rifluire da uno all'altro attraverso i loro corpi e rimanervi.

Eroe: prode, forte, coraggioso.
Semidio, paladino, cavaliere, guerriero, grande uomo, campione; modello, esempio.
Personaggio, protagonista.

In un battibaleno dalla luce marmorizzata di settembre si passò a un buio effettato: rimase la striscia bianca sulle colline ma l'ombra di mille draghi, nuvoloni fitti, invase il cielo.
Il padre con un colpo secco chiuse la finestra della squallida stanza in un tintinnio di vetri e urlò:
– Di qui non uscirai fino a che non mi dirai che ti sposi!
Fuori rotolarono cavalli al galoppo, in un rombo assordante i tuoni si avvicinarono e si persero. La luce accecò di guizzi funesti, lampi che inceneriscono; sconvolse il misero volume della stanzetta, abbagliò gli occhi di Sonia che stava distesa sul letto disfatto, sudicio pagliericcio della cella in cui era prigioniera.
Il padre incrociò le braccia davanti alla finestra e la fissò. Il suo corpo contro i vetri si moltiplicò di misura. Aveva preso questa posizione per dominarsi, ma l'ira era tale che si vedeva emergere da tutto il suo peso. Mimetizzati sotto il vestito di grisaglia, la cravatta a righe rosse e blu, la camicia celeste e il colletto floscio, affioravano i segni della sua sovranità, che in passato potevano essere usati a scopo di tortura: in controluce sotto la giacca si disegnarono molto bene il cinturone e la fondina, nella mano la rivoltella d'ordinanza; appoggiato penzolante, sulla tasca di dietro, lo spadino, poi gli stivali e gli speroni, i gradi d'oro e le mostrine con la fiamma svettante, l'alto berretto con la visiera. Con furia un giorno aveva gridato ordini a soldati inermi, galoppando su e giú davanti alle loro teste rapate, fissandoli come colpevoli, accogliendoli benevolmente come cani da accarezzare. Per anni un servo soldato sera e mattina si era inginocchiato davanti a lui per mettere e togliere gli stivali puntando il

piede su di sé e facendo forza con lo stomaco sulla punta e sul tacco.

Il padre fece due passi, le scarpe di buona pelle scricchiolarono appena. La mascella si era indurita però il viso asciugato dagli anni, quasi glabro, era ancora bello. Sonia rimase seduta, chiusa nella sua volontà. Si assomigliavano molto. Sembrava che si scontrassero con la loro diversa immagine che per odio volevano distruggere. Il padre era deciso a piegarla e lei era decisa a vincerlo.

La signora Marianna aprí la porta con cautela e guardò dentro.

– Vieni! – ordinò il Colonnello.

La signora Marianna si sedette e rimase attenta, con attitudine di testimone. Non si vedeva per chi tenesse tanto la sua faccia era atona e lo sguardo opaco.

– Che temporale, – osservò tentando una divagazione. La pioggia si rovesciò a diluvio sui vetri. Un residuo di sole forava il nero e permetteva un brillare d'oriente in mezzo a tanta violenza. Venne anche la grandine.

– Allora? – urlò il padre. Le vene del collo si gonfiarono anche se non aggiunse altro; si conteneva per non passare troppo presto ad altri mezzi: la frusta, la catena, la ruota.

– Papà, – disse Sonia con decisione insultante, – ti ho già detto che non mi sposerò. Non mi sposo piú. Non mi voglio sposare.

– Lo sai almeno che non ho piú un soldo? Lo sai almeno che in questi anni mi avete dissanguato? Che non posso mantenere te e tua madre? Lo sai che sono in pensione? Che cosa pretendi da me?

– Mi manterrò da sola.

L'ex colonnello scoppiò in una risata raccapricciante.

– Tu sei solo un povera pazza! e anche presuntuosa! Che cosa credi di fare da sola nella vita? Niente, niente... e tua madre poi... – Un gesto di disprezzo cancellò la signora Marianna riducendola a ciò che era diventata: un peso morto. Con due passi si avvicinò a Sonia e le prese il polso torcen-

dolo. – Voglio sapere che cosa è successo! Perché hai cambiato idea? Rispondi! Perché, si può sapere?
– Perché non sono piú innamorata di lui.
– Chi è che ti ha fatto sragionare in questo modo, da un giorno all'altro, si può sapere chi è?
– Sono io, – urlò Sonia, – che sono cambiata!
– Sei fuori di te e io ti faccio tornare in te! Non uscirai di qui fino a quando non ti convincerai che sei cieca, che stai sbagliando e che tra un mese ti sposerai come era previsto.

Il lampo illuminò il giaciglio di Sonia, la stanza diventò identica alla cella disadorna e fredda in cima al castello, da dove la natura appare paurosa e nemica e la vita risulta impossibile da raggiungere. L'ex colonnello passeggiò a grandi passi su e giú a braccia conserte. Si avvicinò a Sonia e alla signora Marianna:
– Mi avete succhiato il sangue per tutti questi anni. Adesso sono rovinato. Non ho piú le terre e ho solo da vivere per me stesso. Pensate a quello che fate perché da me non avrete piú niente.

La signora Marianna si guardò le unghie spezzate e rivoltò le mani sul palmo per nasconderle a quegli occhi poi alzò lo sguardo slavato e mormorò con un fil di voce:
– Non si può obbligarla. Deve decidere lei...
Sonia la interruppe altezzosa: – Alla mamma ci penso io!
L'ex colonnello la squadrò e scoppiò a ridere.
– Tu, eh?
– Io! Io! – urlò Sonia alzandosi e perdendo la calma. La signora Marianna rimase senza un fremito. Si sarebbe detto che la sua sorte le fosse indifferente oppure che nutriva la massima fiducia che qualcuno si sarebbe preso cura di lei. Da gran tempo aveva deciso che la sua vita era un possesso degli altri e cosí non aveva piú diritti ma nemmeno doveri.
– Perché: tu come ci hai pensato fino a oggi, eh? – urlò Sonia. Senza volere il padre gettò uno sguardo intorno, sulle rovine, sul muro nero, sulla macchia d'angolo di muffa e terriccio giallo scrostato che pendeva come una pelle e si raggrumava a squame repellenti; sui batuffoli di polvere che

volavano non fermati da niente, se non dal vecchio pianoforte che restava da un tentativo illusorio di rinascita quando fu preso a nolo e conservato attraverso gli anni dello zio Paris e dell'adolescenza di Sonia. La signora Marianna chiuse le mani in grembo perché lo sguardo di disprezzo dell'ex colonnello non cadesse anche sulle sue crepe e sui suoi danni.

– Tua madre è un'incosciente, lo vuoi capire?
– Chi l'ha ridotta cosí? – urlò Sonia.

Il padre la fissò a occhi sbarrati e con terrore Sonia ebbe l'impressione fulminea che questa furia fosse disperazione accumulata in anni di fuga, di ansia, di crepacuore verso la sua vita che vedeva privata di una meta. La realtà del padre poteva essere un'altra, ignota. Ma subito la sua realtà l'afferrò. Il padre aveva taciuto e lei vinceva.

– Tu mi costringeresti a sposarmi, – l'incalzò, – e non ti importa niente se faccio un matrimonio sbagliato. Vuoi che diventi come te, che sbagli sempre e rimanga sola?

Il padre dette l'impressione di indietreggiare, di soffrire e insieme avere un capogiro o perdere la testa. Si portò la mano alla fronte e fissò la figlia.

Sillabò: – Ti proibisco di parlare di queste cose. Tu non sai niente e non capisci che cosa è avvenuto. Sai solo quello che vuole farti intendere tua madre...

– Non ho detto niente, – interloquí con vivacità la signora Marianna, – che cosa c'entro io?

– La mamma non c'entra, – riaffermò Sonia con voce adirata.

Il Colonnello andò alla finestra e guardò fuori. La grandine intramezzava la pioggia, il nero nascondeva le colline. Tra poco le macchie nelle stanze avrebbero buttato umido come avviene nelle segrete. Si girò di scatto e fece cenno alla signora Marianna di andarsene. La signora Marianna uscí.

Fissò la figlia con calma apparente.

– Solo un mese fa intendevi sposarti. Il tuo cambiamento non è giustificato e lo capirai. Ti chiudo qui dentro e ti aprirò solo quando avrai cambiato idea.

Uscí e chiuse la porta a chiave. Sonia si comportò come qualsiasi prigioniera, né lei né il padre scoppiarono a ridere considerando che ciò avveniva nel 1953. Balzò verso la porta e cominciò a scuotere la maniglia e urlare: – Aprite! Aprite! – Di là si sentiva un bisbiglío che veniva dalla cucina. La signora Marianna si provava a dire:
– Non riuscirai a niente con la forza, è meglio prenderla con le buone, credimi.

Sonia si buttò sul letto disfatto e fissò le pareti della prigione. Il tempo sarebbe passato ma lei aveva già vinto. Nessun tormento poteva piegare la sua mente e nessuna tortura il suo cuore. Aveva estratto dal padre la crudeltà e l'insensatezza di cui era capace e si sentiva felice. Si proiettava in un avvenire da gigante. La gioia, e non la preoccupazione o l'amaro senso dell'ingiustizia, era la forma del suo stato. I contenuti erano gli anni davanti a lei, moltissimi. Si addormentò per sognare meglio.

Le ore erano passate. La chiave girò nella toppa. Sonia si svegliò di soprassalto come un qualunque condannato su cui pende una sentenza. La madre entrò avanzando con una candela accesa, riparava con la mano la fiamma che ondeggiava nel buio. Sussurrò:
– È partito, alzati...

Il galoppo del tuono si avvicinava e si allontanava. Il lampo invase i vetri e sopra la fiamma vide la faccia della madre ingigantita e tormentata dalla miseria fino allo spasimo.

– Vedrai che ce la faremo, – disse con tenerezza alzandosi a sedere e fissandola attraverso il buio.

– È andata via la luce, – divagò la madre. – La provvidenza c'è per tutti.

Sonia si mise a ridere di malavoglia. Questa frase tendeva a ridimensionare la sua impresa. Non le piacque.

– La provvidenza, – osservò con sarcasmo, – dovrei essere io.

La madre non le rispose. Era già previsto che avrebbero sofferto la fame per sempre. Da bambina Sonia aveva ripetuto molte volte «quando sarò grande penserò io a te». Pensata e ripensata, detta e ridetta, adesso la frase era diventata vera secondo un logico e naturale percorso. La madre infatti era sempre stata sua, soltanto sua.

Seguirono cinque anni di fatiche e di ricostruzione: l'aspetto della casa cambiò, ma ciò che conta è il legame tra Sonia e la signora Marianna. Il periodo comincia con l'entusiasmo didattico di Sonia che fa molti piani di guadagno e di spese e ne partecipa alla signora Marianna: i piani predispongono a una ricostruzione che comprende loro stesse, i mobili, l'ambiente.

La signora Marianna sorrideva e annuiva. Si capí in seguito che non tollerava su se stessa e su Sonia avvenimenti che non fossero di rovina. Per la signora Marianna non era cambiato niente. Sonia si era immaginata una storia di collaborazione e progresso e invece, subentrando al nemico, era diventata il nemico. Adesso lei era il carnefice ma la signora Marianna era rimasta la vittima.

Un nuovo sogno cominciò: Sonia lavorava, lavorava e la povertà durava senza fine. Sul palcoscenico disastrato della casa la polvere per nessuna ragione sparí. Le pentole nuove riproponevano il sozzo grasso delle vecchie, il bagno la riga lurida della vasca, la ripugnante ombra grigia nel lavandino, l'unto del pettine. Sonia pagò una donna che s'introdusse senza garbo nella casa, pronta a fare il suo dovere. Ma contro ogni previsione, s'infiacchí: la signora Marianna la seguiva dappertutto, chiacchierava in continuazione con lei raccontando di nobili e cavalli, di giardini e di ville. Quando vedeva che cercava di darci dentro con straccio e spazzola, l'interrompeva: – lasci, lasci, si stanca –. Le offriva il caffè, pagava con generosità sottolineando: – Si è stancata troppo, domani faccia meno.

La donna si trasformò in una rozza amica: arrivava sulle gambe disarticolate e dopo aver passato con sciatezza lo straccio nel mezzo della stanza, appoggiata alla scopa, sorrideva dalle gengive sdentate alla signora Marianna che novellava della giovinezza. Insieme prendevano il caffè e la signora Marianna la riaccompagnava dicendole – brava, brava. Non si stanchi però.

Dalla porta socchiusa della sua stanza, Sonia spiava con livore crescente la serva che lei aveva procurato trasformata in rispettata ospite. Rigurgiti di rabbia le chiudevano la gola e presto sbottava in urli altissimi, batteva i pugni sul tavolo, sbarrava gli occhi spiritati: – Perché butti via i soldi che guadagno? Perché non vuoi che viva in una casa pulita? Non vedi che faccio di tutto, che mi tolgo il sangue per farti riposare?

La signora Marianna alzava le sopracciglia con pazienza. Non credeva all'enfasi. Girava le spalle e non parlava. Ogni mese, con scrupolo, presentava a Sonia i conti della spesa, con un gesto impiegatizio e sottomesso, secondo il piano di risparmio insieme elaborato ma, in segreto, continuò a fare ciò che per il periodo di guerra era stato necessario: firmò cambiali pari a nuovi enigmatici debiti che continuarono, insieme a quelli vecchi, a rifluire.

Sonia non ebbe il tempo di riflettere sul serio a ciò che accadeva perché fu presa dall'ansia di procedere nel tunnel fino a vederne la fine. Pensò solo a sopravanzare i giorni e i mesi. Tutto il suo lavoro veniva metodicamente distrutto e le sue povere risorse annullate da gorghi silenziosi e punitivi che sfuggivano al suo controllo e alla sua ragione. L'amore e l'abnegazione per la madre, sentimenti che si erano esaltati fino allo spasimo, a tratti, come se intervenissero crampi furibondi nel suo corpo, furono interrotti da impulsi di odio e di violenza che lei subiva tremante nel letto, scossa da elettrodi, stringendo il lenzuolo tra i denti o il cuscino sotto la faccia fino a sentire le mascelle dolere. Si torceva sotto gli impulsi contraddittori come una cavia impazzita ma non capiva il senso di niente.

Tra questi sussulti pensava al padre e in una stretta di nostalgia senza senno lo invocava, gli sembrava di capire per la prima volta la sua fuga e la sua crudeltà, la trasformava in atroce e costretta solitudine di cui lei medesima era la colpa; sballottata tra i due carnefici della sua vita, che diventavano sue vittime, nel teatrino del delirio. «Papà, papà», invocava tra le lacrime ma lui non rispondeva di certo e lei sapeva benissimo che se si fosse buttata ai suoi piedi un'altra realtà le sarebbe piombata addosso.

Lavorava, lavorava per uscire dalla miseria e dall'abbandono ma i soldi fluivano via, depositati come foglie nel grembo della madre.

Di notte le accadeva di alzarsi per controllare e interrompere i suoi incubi, ma anche l'affanno e l'ansia. Non poteva fare a meno di andare nella stanza della madre e la fissava mentre dormiva sulla schiena, con la testa ieratica e severa, antica, chiusa nel sonno. In un impeto piú forte di lei, le si buttava addosso e tra le lacrime la scuoteva per toglierle quella fatalità da idolo, la svegliava, cercava di strapparle le lacrime mettendola di fronte allo spettacolo della sua disperazione, e determinare tra loro la verità.

– Mamma, ti supplico, dimmi, dimmi...
– Che cosa c'è, ma che cosa vuoi.
– Giurami...
– Che cosa insomma.
– Che non ci sono piú debiti. Dimmi la verità, quante cambiali hai firmato, quanto devo pagare: cinquantamila, centomila?
– Lasciami dormire. Non ho firmato niente ti dico.
– Ti supplico, mamma, non farmi vivere cosí, giuramelo...
– Te lo giuro. Non ce ne sono piú. Piú.
– Giuramelo sulla mia testa, sui miei occhi. Giuramelo su Dio.
– Te lo giuro. Basta ora. Vai a dormire insomma.

La signora Marianna si girava e Sonia tornava nel suo letto, gli occhi sbarrati si chiudevano.

L'indomani, con il sole, niente pareva che fosse successo. Capitava cosí che il postino, nella pace della mattina, incontrando Sonia che andava a lavorare, si fermava e per farle un piacere tirava fuori la busta con un sorriso: – Ecco signorina... – Sonia con le mani tremanti apriva la busta e ripiombava indietro nell'ansia perché entro due giorni, avrebbe dovuto trovare altri soldi per pagare.

Di fronte alla madre urlava, urlava: – Dimmi la verità, giuramelo, una volta per tutte...

Si buttava in terra, si rotolava, si rannicchiava su se stessa tremante, colpita da mille fulmini. La signora Marianna rimaneva immobile senza degnarla di uno sguardo, senza aver paura o commuoversi benché Sonia fosse impressionante della sua ira. Non si scuoteva benché trasparissero disprezzo e sospetto sulla veridicità di quella inutile disperazione.

– Alzati, che cosa fai in terra, alzati –. Di malavoglia si avvicinava e l'aiutava. Sonia balbettava senza piú voce:

– Dimmi, giurami...

– Ma sí, ma sí... – diceva con impazienza la signora Marianna.

Un giorno Sonia trovò una cambiale piú forte delle altre e alla quale suppose di non poter far fronte né ora né mai. Capí che non c'era speranza. Si buttò in terra per trovare un punto fermo. Cominciò a battere la testa nel muro, tenendo gli occhi sbarrati, sempre piú forte. La signora Marianna di colpo fu scossa da sussulti, messa di fronte a un fatto in cui oscuramente avvertí un grave pericolo. Si mise a piagnucolare scostandosi dalla figlia, e si rannicchiò lontano, in terra, vicino all'altra parete. Diventò piccola piccola e la bocca si atteggiò in una smorfia tremolante da neonata. Tirava su con il naso e teneva le braccia incrociate vicino alle spalle, per lo spavento. Diceva tra sé:

«Io non ho colpa, che ci posso fare... non ho colpa... sono disgraziata... non ho colpa...»

Sonia smise di battere la testa contro il muro. Una grande calma si frammise per il momento tra lei e il suicidio. La disperazione le sembrò qualche cosa di concreto come le cambiali, la fame e la povertà. Si risollevò con lentezza e andò verso la madre che piagnucolava, rattrappita nel suo angolo. La testa le doleva parecchio e le unghie si erano spezzate perché le aveva fatte scorrere sulle mattonelle del pavimento.

Lasciò passare sulla sua calma un'onda di tempo per prendere coraggio. Stavano sedute in terra, appoggiate al muro, agonizzanti, in mezzo alla distruzione che non si poteva ricostruire, solo in possesso dell'odio dell'amore della pietà. Non sapevano nemmeno, e tanto meno ci pensavano, a quali sentimenti reciproci andavano incontro.

Si inginocchiò vicino alla madre neonata e le prese le mani. Erano gonfie, fredde e ruvide. Le avvicinò alla bocca e le scaldò con il fiato. La madre cessò di piagnucolare e si alzò. Come niente fosse disse con voce senza inflessioni: – Devo mettere su l'acqua per la pasta... – e uscí dalla stanza.

Sonia rimase in ginocchio guardando le mattonelle. Sospese ogni giudizio. Andò nella sua stanza. Si buttò sul letto perché si accorse che il sonno la possedeva come se avesse bevuto una pozione o un narcotico. Si addormentò e in questo modo cancellò ogni possibilità di valutare con lucidità l'episodio.

Alcuni anni dopo una notte, mentre persistevano identiche le cause delle angosce, si alzò dal letto perché si sentiva soffocare in una morsa senza scampo e prima di deciderlo si trovò davanti al corpo della madre. Invece di scuoterla e di svegliarla, sospinta da una furia che le faceva battere i denti, strinse le dita intorno al suo collo. Doveva farle capire una volta per tutte che la tortura sarebbe finita a qualunque costo, che l'agonia aveva un termine. Doveva aver paura di ciò che le infliggeva. Lei era venuta al mondo per soccorrerla, non era il carnefice, era l'aiuto mandato da Dio. La madre le sbarrò gli occhi addosso.

– Se non mi dici la verità, una volta per tutte, ti ammazzo, – disse Sonia con una voce fuori di sé.

– Uccidimi! – esclamò inaspettatamente la madre senza paura, con un tono melodrammatico da film, con ira e sdegno nobilissimi. – Uccidi tua madre, se hai coraggio!

Il disgusto di ciò che accadeva rallentò la stretta. Sonia

chinò la testa e barcollando, al buio, tornò in camera sua.

L'insensatezza delle loro esistenze era arrivata al suo limite. Fuori dalla casa, al loro limite erano arrivati anche gli amori sbagliati di Sonia. Per istinto decise di fuggire.

Il giorno dopo, verso sera, prendeva il treno per Roma. Molti altri giovani, alla fine degli anni '50, lasciavano la provincia e si stabilivano a Milano o a Roma per cercare lavoro e fortuna. Per i piú ambiziosi o per quelli dotati di maggiore fantasia, si trattava di un percorso quasi obbligato.

Lasciava la casa delle torture, la madre, la città che amava come un essere umano e sentiva insieme gioia e dolore. Nello scompartimento vuoto, dondolando la testa dietro al rumore delle ruote, si compiacque delle lacrime e di tutto. Era sempre l'eroe e sulle sue insegne c'erano i colori della madre abbandonata. Sapeva a che cosa mirava: a ogni costo e contro di lei avrebbe rotto l'incantesimo e l'avrebbe costretta alla felicità che credeva perduta.

III.

— Mamma, — disse Sonia con voce senza espressione, — ti dispiace fare il tè? Sono ancora troppo debole per alzarmi.

Stava distesa sul divano con un plaid sulle gambe e il viso voltato verso il muro, appoggiato al cuscino. Una luce d'alba rosata entrava dalla larga finestra, eppure era il tramonto invernale di Roma. La signora Marianna, seduta in poltrona di fronte a lei, con uno scatto rapido si alzò e si diresse verso la finestra prima di entrare in cucina.

— Anche tu mamma, — mormorò Sonia che l'aveva seguita con gli occhi, — sei pallida e stanca.

— Non sono riuscita a piangere dopo che ho ricevuto la lettera di Blanche. Non mi pare vero che lo zio Federico sia morto cosí, e sepolto in terra straniera.

— C'era Blanche con lui...

— Chissà che cosa ha provato sulla nave, in mezzo a quella confusione...

— Cerca di non pensarci, mamma. Vuoi che mi alzi io a fare il tè?

— No, no —. La signora Marianna si scostò dalla finestra che dava sulla terrazza. Osservò, con uno sguardo indagatore le due piante di limoni, i gerani e le azalee, scrutò l'orizzonte in lontananza, la strada che si snodava in basso piena di macchine. I rumori al quinto piano non arrivavano e tra la strada e loro degradava un giardino di condominio, siepi, giovani pini, qualche bassa quercia. — Hai perso troppo sangue, non è il caso che ti muovi.

In cucina preparò il tè. Portò il vassoio e lo posò sul tavolino vicino a Sonia.

La luce rossiccia del tramonto picchiava negli occhi.
– Vuoi che chiuda le tende? – chiese la signora Marianna.
– No, mamma, mi piace.
– È proprio simpatica questa casa. L'hai messa cosí bene. Non si direbbe che sono gli stessi mobili...
Sonia non si mosse.
– Tuo marito quando torna, domani?
Sonia dai cuscini si protese con lentezza verso la tazza.
– Non ho pensato a chiederti se vuoi dei biscotti, mamma.
– E tu?
– Magari uno o due, ma sono ingrassata tanto, dovrei dimagrire...
– Macché dimagrire! Devi nutrirti, altroché! Per due biscotti...
– Sono nella credenza, vicino al riso e alla pasta. Nel barattolo rosso con i fiori.
La signora Marianna tornò con il barattolo dei biscotti, insieme bevvero il tè e mangiarono i biscotti. Sonia guardava davanti a sé, si muoveva con gesti rallentati, era chiaro che si sentiva depauperata di energia e aspettava nuove forze; depauperata anche di emozioni. Finito di prendere il tè, si riversò sul cuscino. La signora Marianna riprese il suo posto in poltrona, diritta. Pensava o ricordava. Teneva le mani in grembo una sull'altra scosse da movimenti minimi, piccoli tic che in altri tempi avevano voluto dire qualche cosa: emozione, insicurezza, dolore. Oggi erano stati assorbiti dalla sua norma ed erano diventati impercettibili avvisaglie di senilità, benché avesse i capelli grigi ben curati e rialzati con un'appropriata permanente e il suo aspetto fosse assai lontano dalla sconsolata vecchiaia: un gradevole golf grigio, tre fili di perle coltivate, una sottana di buona stoffa inglese, le scarpe di vitello nero. Girava tra le dita, per uno dei suoi tic, la fede d'oro e l'anello con la pietra dura, regali di Sonia.
Sonia aprí gli occhi e la fissò. Lei rispose con un sorriso

che le scoprí i denti curati. Dimostrava assai meno della sua età, era giovanile e distinta.

Sonia distolse lo sguardo e un fiotto di lacrime scese sulle sue guance.

– Su, su, – disse la signora Marianna con voce materna e comprensiva, – che cosa vuoi che sia un aborto? Anch'io ho avuto un aborto e poi sei nata tu che eri sanissima. È che sei debole, hai perso troppo sangue... e poi la morte dello zio Federico sarà dispiaciuta anche a te, no?

Sonia singhiozzò. Accennò di sí.

– Ti ricordi quando veniva a trovarci, in via Iomelli e in via Porpora? Era il fratello piú buono di tutti e il piú gentile. Non avrebbe fatto male a una mosca. Chissà Paris, che dolore!

– Che cosa fa lo zio Paris? – chiese debolmente Sonia.
– Si sa come vive?

– Sta a Milano. Lui scrive che lavora, che sta bene.

Sonia si asciugò gli occhi. Mormorò – Mi piacerebbe rivederlo...

– Che risate si facevano, tutti e tre insieme. Proprio Paris ti ha insegnato a leggere. Sbagliavi sempre la emme con la enne, ti ricordi? Saltava in piedi sul divano e cantava «enne! enne! enne!» facendo delle tali smorfie... che matto! Però ti voleva bene.

Le lacrime di Sonia ricominciarono a fluire.

– È la pressione bassa, – disse la signora Marianna. – Vuoi che chiami il dottore?

– No, no. Passerà.

– Vuoi che telefoni a tuo marito, che torni prima?

– Ma per carità, – la interruppe Sonia, brusca.

– Ti vuole bene? È buono con te?

Sonia si spazientí, solo una sfumatura. – Certo che è buono con me, vuoi che sia cattivo?

– Dicevo per dire...

Sonia girò la faccia un po' chiusa verso il muro e la signora Marianna tacque, i suoi occhi si fissarono con una sorta di magnetismo prensile su un portacenere e i pensieri o i ricordi o il dolore per la morte del fratello si rimisero in moto. Passò il tempo, il rosa della finestra sparí e venne la prima sfumatura di buio.

– Bisognerà chiudere –. La signora Marianna con uno scatto si diresse verso le vetrate, agilissima sui tacchi, e chiuse una per una le persiane, tirò le tende. Con la mano, prima di sedersi, distese una piega del tappeto e prese da terra un filo bianco.

– Che cosa stai facendo? È sporco? – Sonia scrutò il pavimento con apprensione.

– Figurati! Ho visto un filo bianco... – le scappò una risatina. – Da piccola eri tu che tiravi su i fili bianchi, quando li vedevi. Ti ricordi?

– No, – disse Sonia recisa interrompendo il discorso.

La signora Marianna si immerse nel passato. – ... si era rifatto una vita, aveva lavorato tanto. Con la guerra aveva perso tutto e aveva ricominciato da capo... e pensare che da ragazzo era il piú timido, chi l'avrebbe mai detto che avrebbe avuto la forza di mettere su un'azienda di quel genere, e per finire buttato fuori da casa sua come un brigante, addirittura morire sulla nave... che destino!

Finalmente la signora Marianna stava piangendo. Sonia la fissava. Benché una morsa preoccupante, un profondo magone le ostruisse la gola, disse pacatamente:

– Mamma, lo so che è un grande dolore, ma tu hai me. Adesso stai bene di salute. Non ti manca niente, non hai preoccupazioni. Vedrai che tra un po' di tempo sarai anche nonna. Non sei contenta? Basta che non ti rimetta a fare sciocchezze...

La signora Marianna prese un'aria assennata, decisa e infantile. La interruppe con vivacità:

– Non faccio piú debiti. Lo scorso anno ho incontrato quella brutta gente, mascalzoni che mi hanno preso in giro...

– Lo so, lo so... non volevo aprire questo discorso, adesso. Stai bene in pensione dalla signora Luisa? Avrei voglia di venire qualche giorno a Firenze...

La madre prese a raccontare di sé. Diventò allegra, fece

ridere la figlia e cosí chiacchierando arrivarono all'ora di cena.

– Io poi me la cavo benissimo da sola. Non voglio impegni fissi, invece loro mi starebbero sempre intorno. Capisco che è per affetto, ma insomma...

– Insomma vuoi fare la ragazza...

– Proprio sí, – fece la signora Marianna molto civetta.

– Oh, brava! – gli occhi di Sonia si posarono sul golf della mamma all'altezza del seno. Il golf era vuoto da un lato. La signora Marianna chinò gli occhi verso il punto dove mancava la mammella e aggiustò qualche cosa.

– Che cosa guardi? – chiese scrutando la superficie del golf. – Oggi non ho messo il reggipetto che mi hai fatto fare. Si vede molto?

– Macché, va benone...

– Non si nota la differenza, vero? – Dopo una pausa prese un piglio sportivo. – E poi non m'importa. Quello che conta alla mia età è la salute.

– Si capisce, mammerottola. La ferita ti fa male qualche volta?

– Un po' quando cambia il tempo, ma niente, figurati! Mi dà noia la cura di ormoni, invece. Mi si abbassa la voce, mi crescono i peli, i baffi, che vergogna!

– Macché vergogna, mamma. Non vedi che sei ringiovanita dall'anno scorso? Guai a te se non la fai... – La voce di Sonia diventò ansiosa, si raggrumò intorno a una carta vetrata. – Hai capito?

– Adesso non ti agitare. La faccio, la faccio –. Tra sé disse: «Ah, volevo farti leggere la lettera di Blanche».

Prese la borsa e tornò. Tirò fuori la lettera e la porse a Sonia. Sonia si mise a leggere.

«Rouen, 15 octobre 1963
Ma chère Marianne,

c'est avec les larmes aux yeux que je t'écris. Je suis seule. Fréderic est mort, il y a quinze jours, dans le bateau que ramenait les dernieres européens en France. L'Algerie a fait sa révolution et pour nous c'est impossibile rester encore à Bouira. Fréderic était très malade. Nous sommes partis de Bouira avec deux valises seulement. Tout est resté là: notre richesse, notre félicité, notre pays, notre vie. Nous nous sommes émbarqués au milieu de la nuit. Le bateau était plein de familles, de gens, de bruit et de larmes. Je suis arabe, mais pour moi Fréderic a été ma race et ma patrie. Il souffrait de asthme et il est mort, apres d'une crise, avant de voir et toucher le sol de France qu'il tellement aimait. La malchance et Dieu ont voulu comme ça. C'est vrai qu'il était malade mais je suis sûre qu'il est mort de *crepacuore*. Tout cela que il avait édifié a été détruit. Seulement moi je reste pour pleurer et j'espère que très vite le bon Dieu me rappelera à lui. Il dorme dans un petit cimitière près de Marseilles et maintenant je suis dans la maison de ma sœur à Rouen. Mais j'espère de aller habiter le petit pays ou Fréderic repose après tant de travail. Ma chère Marianne, jamais je t'ai vu, mais je t'embrasse comme une sœur, je te serre dans mes bras. Que nous réserve l'avenir?

Blanche»

– Mamma, – disse Sonia con voce tremante, – non scrive dove sta a Rouen, non c'è l'indirizzo e non dice nemmeno di che cimitero si tratta...
– Proprio cosí, – mormorò la signora Marianna. – Bisognerebbe chiedere attraverso l'ambasciata...
– E poi?
La signora Marianna non la sentí e non rispose.


Il vascello dalla prua ornata di una scultura dipinta d'oro a forma di sirena naviga verso la costa dell'Europa. Viene dalle colonie, dai paesi tropicali delle spezie e delle foreste, degli alberi del pane e del melograno, e delle notti senza pari. Il silenzioso e vasto vascello è carico di gente e masserizie, sono i profughi riversi sui sacchi, addormentati in gruppi sudici, le donne proteggono i bambini con le loro braccia e gli uomini cercano di non ricordare il nesso tra la loro vita passata di schiavisti e ciò che hanno visto durante la rivolta. I cavalli sono stati inseguiti e uccisi da frecce avvelenate, le donne stuprate, gli uomini che per tanto tempo avevano usato la frusta e la corda, pugnalati. Gli schiavi avevano tirato fuori le penne e le piume dei riti di guerra, avevano infranto le catene che li serravano alle caviglie, avevano di mano in mano preso e passato lance, frecce, archi, pugnali, scuri e avevano maneggiato veleni mortali, silenziosi come ghepardi e padroni delle notti che potevano percorrere senza fruscii circondando e osservando ciò che accadeva nelle case dei padroni bianchi, nelle ville recintate e percorse da cani ferocissimi e da servi armati e crudeli. Le donne dei bianchi e le indigene che avevano tradito la loro razza per amore o per denaro, stavano nell'arco dei balconi e delle finestre appoggiate le une alle altre, nello sfavillare pacifico di gioielli e pizzi madreperlati. Gli schiavi della terra avevano preso le vanghe e i rastrelli, avevano drizzato le schiene, fermato i lavori che producevano grappoli dai chicchi straripanti, banane e datteri dolcissimi, grano alto come un uomo, e devastando le loro stesse colture, avevano affamato con loro medesimi i padroni bianchi. Via, via! Li avevano inseguiti fino al mare e i tam tam avevano inseguito le golette che alzavano in fretta vele su vele e prendevano il largo verso la patria. Si videro i falò punteggiare la riva abbandonata, cadde anche su loro la notte e li spense.

La nave fendeva i flutti con la prua ottocentesca bene intagliata nel legno. Il fragore delle onde e del risucchio arrivava fino alla lettiga issata sul ponte vuoto e spazzato dagli spruzzi. Sotto coperta gli altri coloni dormivano, ammucchiati. Pochi marinai ai cordami e alle vele. Nella cabina dei comandi il timoniere era attento alla rotta e il capitano vicino a lui controllava la bussola.

Federico, il più potente colonizzatore di tutta la costa, dall'enigmatico passato, era stato colto da un attacco della misteriosa malattia che gli toglieva il respiro vitale. Nessuno sapeva che cosa fare per lui. Nel buio della notte spalancava i tondi occhi acquerello, teneva la bocca aperta per trovare aria, ma intorno aveva un muro di tenebra e di freddo, il tonfo delle onde sulla chiglia nel silenzio perfetto dell'acqua. La mano chiusa su quella della sua compagna era pallida e scheletrica, percorsa da macchie livide di morte; gli occhi si perdevano verso la terra dove sarebbero approdati. La sua compagna, la bella indigena, avvolta in veli bianchi spruzzati d'oro, gonfi al vento notturno, si chinava trepida su di lui, alzato dai cuscini per respirare. Da rughe profonde levava lo sguardo di terrore verso il nero massiccio della costa che si avvicinava e prendendo forma copriva il cielo con una grande ombra temporalesca. Il suolo che aveva lasciato alle spalle, dalle viti basse e tronche, fertilissimo, assolato, aveva chiuso invisibili porte e si apriva verso una storia che non comprendeva.

La bella indigena reclinò la testa sulle dita già livide e lui sbarrò gli occhi in una visione che rifiutava: l'alto spettro del continente, dell'Europa che lo soffoca, sta per divorarlo un'altra volta e per sempre, l'Olimpo venerato che racchiude e nasconde città tumultuose e ostili, strade paesi campagne uomini e donne nuovi con i quali fare i conti nel restituire la libertà concessa. Un Olimpo capriccioso che punisce e uccide chi aveva protetto e rassicurato. Boccheggia, il terrore e la disperazione gli offuscano la vista. Sul corpo riverso la bella indigena piange, i veli bianchi spruzzati d'oro fluttuano alla brezza notturna e si cancellano nella notte; gesso sulla lavagna, si dissolve perché inutile incarnazione del paese abbandonato.

Il vecchio colonizzatore, per sua fortuna, morí dunque prima che il vascello arrivasse in porto, mentre il capitano ordinava di ammainare le vele.


Algeri: la nave a cui era diretta tutta quella gente era attraccata in un punto molto comodo del porto. La notte era cosí buia che gli oblò illuminati sembravano fori di luce nella parete del cielo. Una carovana di gente, curva sulle valige, agitata, silenziosa, aggressiva, proterva, si snodava verso l'imbarco.

Lo zio Federico dà il braccio a una donna piú giovane di lui, di cui non si vede il viso: è alta, snella. Un fazzoletto verde le copre i capelli, sulle tempie escono ciuffi grigi e neri. Tiene gli occhi rivolti verso lo zio Federico e quando li rialza si vede che sono circondati di un'ombra scurissima, come tutti gli occhi delle arabe, e una cortina di lunghe ciglia li circondano e li velano. Lo zio Federico non è sicuro nel passo e il braccio che tiene la valigia trema per lo sforzo. È debole, la sua vecchiaia ha qualche cosa di non vero, di forzato, perché infatti è cosí che si sovrappone la malattia al fisico quando non combaciano i tempi. La sua magrezza e la sua eleganza sarebbero patetiche per chi lo amasse. Il collo magro, teso, da pollo vecchio, esce rossastro e segnato da righe bianche trasversali, porta il segno di un sole avvampante. Il colletto floscio di una camicia finissima segnala in taglie il suo dimagrimento. I polsini sono chiusi da anacronistici gemelli con le cifre; il vestito di ottima fattura, chiaro, cade a pieghe sul corpo cosí debole che dentro alla stoffa trema. Gli occhi spalancati e acquosi traballano stupefatti e cercano sgomenti la nave, l'imbarco, gli altri, Blanche. Un respiro corto apre la bocca invecchiata e violetta quel tanto che gli è necessario senza apparire in cerca di vita. Rade ciocche biondicce, forse tinte, si appiccicano di sudore, sbiancano. Il braccio, che non si vede quasi dentro alla manica, si appoggia senza ritegno a quello di Blanche; la mano aggrappata si artiglia con ansia; un grosso anello con lo stemma è un punto di riconoscimento del tutto fuori posto in quel buio fatto per i poveri e l'umiltà.

Prima di salire Blanche fa un gesto verso la valigia che lui sostiene con tale sforzo che pare inaudito. Scuote la testa con dinieghi recisi, senza parlare. Salgono sulla nave che da Algeri partirà per Marsiglia e porterà gli ultimi pieds noires in Francia.

In alto mare le onde sono morbide, la traversata è calma. La nave sale e scende con regolarità sulle onde lisce, il cielo è senza luna. Ma nella notte di carbone le stelle sono cosí fitte e piene di bagliori che paiono diamanti nella miniera, occhi di fate e di elfi nel fitto del bosco, di faine e di gatti; i tonfi delle macchine, il ron ron, il fluttuare e frusciare, l'ansimo dei motori: la Francia al di là della notte si sta avvicinando e alla mattina loro la vedranno verdeggiare, l'abbracceranno intera con lo sguardo, non potranno che provare una gioia angosciosa perché nella loro sconfitta il suolo dell'Europa porta al proprio principio e alla giusta fine. Un vento caldo e bizzarro batte sul loro viso, sopracoperta. Blanche ha avvolto lo zio Federico in uno scialle, lo fissa per percepire il ritmo del suo ansimo. Non lo interroga ma lo ascolta, guardando gli occhi di porcellana che stanno sgranati come quelli di un bimbo dentro ai suoi, chiedono ciò che lei non può dare: aria e respiro. Blanche gli accarezza i capelli sudati, gli prende le mani, le avvicina alla sua bocca, le bacia. – Mon amour...

Il respiro diventa roco e breve. La notte che batte con il suo vento caldo porta paura. Dove sarà il medico? Per cercarlo deve lasciare Federico, affondare dentro alla nave. E se non lo trovasse piú, e se lui morisse... Si china su Federico, gli aggiusta lo scialle, gli mormora qualche cosa. Tenta di alzarlo, lui prova ad aiutarla, ma ormai niente è possibile. Il corpo cosí leggero è diventato di piombo. – S'il vous plait, s'il vous plait...

Arrivano alcune ombre. Un uomo porta la mano al berretto e saluta. Si china sullo zio Federico. Con un cenno ordina qualche cosa. Due marinai prendono lo zio Federico come un fuscello. Rimane abbrancato al braccio di Blanche che gli è vicino. Gli occhi cilestrini sono spalancati, il respiro è un rantolo senza ritorno.

Federico era un signore. Abitava in Algeria e di rado veniva in Italia. La signora Marianna raccontava che, persi tutti i suoi averi e rimasto senza un soldo, nel 1928 aveva avuto una buona idea: aveva preso la nave, era sbarcato in Algeria, si era messo a fare il contadino, si era innamorato di un'araba bellissima, figlia di un capotribú, e da quel momento era vissuto felice e contento.

Alla signora Marianna non sembrava un controsenso che si potesse fare il contadino mantenendo mani affilate e bianche dalle unghie a mandorla, portando la caramella cerchiata d'oro nell'incavo dell'occhio e convivendo con la figlia di un principe capotribú, ma a chiunque altro sí. L'interpretazione verosimile è questa: nel 1928, con l'aiuto di influenti amici francesi vicini al governo, Federico riuscí a prendere in affitto un appezzamento di terreno coltivato a vite da indigeni mal pagati a giornata. Anno per anno, con un oculato sfruttamento della terra e degli uomini, quindi con molta intelligenza, allargò gli appezzamenti affittati, aggiungendo di conseguenza fellah, fino a comperare una casa soddisfacente o villa. Diventò quindi un colono riuscito e stimato.

Biondo, scialbo, viso troppo scarno, occhi tondi celeste acquarello, lineamenti tracciati da un debole tratto a matita per mano di un disegnatore neoclassico che aveva aggiunto, sigla del liberty, la caramella incastonata nell'occhio, attaccata a una finissima catena d'oro; vestiti di lino bianco, polsini candidi chiusi da gemelli, cravatta di seta foulard a fiori sfumati, profumo di acqua di colonia, maniere dolcissime; sussurra invece di parlare, dimentica l'italiano via via che gli anni passano e aggiunge molte frasi di francese.

«Signore» è un attributo del cuore, del fisico e della mente. I «veri signori» sono pochissimi, s'incontrano di rado e non rappresentano una fetta precisa della società. Non si qualificano per la ricchezza; al contrario, la ricchezza ostentata spesso è la negazione della signorilità. Se ne deduce che si tratta di uno stato prezioso, raro, tramandato nel sangue da filtri sconosciuti, codificato nei geni da secoli e tanto piú evidente quanto piú l'elaborazione è stata lunga.

Di fronte al «vero signore», polo opposto e contrario, sta la «volgarità». La «volgarità» però non è il popolo. Il popolo è «un'altra cosa», nato da un'altra provetta, può essere «buono, onesto, lavoratore, fedele, rispettoso, coraggioso». Davanti al «vero popolo» il «vero signore» si toglie il cappello, porta rispetto. La volgarità si annida nel mare di plasma che sta tra il popolo e il signore, quell'indeterminato fluttuamento di cellule umane che assume via via forme eccentriche di meschinità e avarizia, ambizione di salire e possedere.

Il regime fascista fece ondeggiare l'ormai infinito e onnipresente mare del plasma, ma Federico, benché fosse un «signore», non trovò seri e profondi motivi per giudicarlo troppo male da lontano: l'Italia era la Patria, la Grande Madre che un giorno avrebbe rivisto, ricco e felice.

È probabile che diventasse un esempio ben riuscito, anche come mentalità, di «colono».


Dice Franz Fanon, lo psichiatra che nasce nella Martinica ed è uomo di colore discendente dagli schiavi trasportati dall'Africa occidentale nelle Antille: «Il colono fa la storia. La sua vita è un'epopea, un'odissea. Lui è l'inizio assoluto: "Questa terra siamo noi ad averla fatta!" È la causa continuata: "se partiamo noi, tutto è finito, questa terra tornerà al medioevo". Di fronte a lui, esseri intorpiditi, travagliati all'interno dalle febbri e dalle consuetudini ancestrali, costituiscono una cornice quasi minerale...»

Per quanto riguarda gli avvenimenti strettamente connessi alla partenza dello zio Federico e di Blanche da Algeri, si trova in una «Storia della rivoluzione algerina»: «Il programma di trasformazione in senso sociale, fu propiziato dalla fuga improvvisa della popolazione francese... le residue terre dei coloni vennero confiscate in autunno e il 1° ottobre 1963 il presidente Ben Bella poté annunciare alla nazione che neppure un ettaro di terra algerina era più posseduta da un proprietario straniero».

Federico fu tra gli ultimi. In questa ostinazione si può leggere e l'interpretazione di Fanon e la precisa «non coscienza» del grande rivolgimento che era accaduto e del suo stesso passato. Per lui forse la parola «colono» aveva conservato il senso di una grande avventura, di salto di qualità accompagnato dalla buona sorte. I fellah restarono una massa compatta e indifferenziata al di là dei filari delle viti. Su di lui piombava il peso di trentacinque anni spariti in un ciclone che portava via beni, terra, trascinandolo con la sua compagna in un mare ribollente e nemico. Partiva da una matrice incomprensibile, dato che la parola «storia» non aveva per lo zio Federico alcun significato concreto; poteva essere solo l'imperscrutabile ingiustizia di Dio.

Nel 1950 era venuto in Italia. Sonia lo vide per poche ore: osservò che era identico all'immagine che lei ricordava: vestito beige, gemelli d'oro, cravatta di seta, gesti lenti e cauti, sorriso soave. Solo piú acceso nelle guance scavate, rosso cuoio. Raccontava della sua vita alla signora Marianna e Sonia afferrò e ricordò con chiarezza queste frasi:

«C'est terrible, hanno distribuito i fucili, ma io non lo porto mai con me... bisogna stare attenti, n'est pas?, a non girare la schiena... i fellah sono vendicativi, si deve essere giusti e severi nelle punizioni... mi hanno sempre rispettato... ancora un buon raccolto e verremo via...»

Che cosa era rimasto a Sonia dello zio Federico? *Cuore* di De Amicis e *Pinocchio* di Collodi. Su un quaderno di aritmetica, quadretti di seconda elementare, il disegno a tutta pagina di un colibrí dalle penne sfumate con la massima cura in rosa e celeste. Lo zio Federico resta una larva sconosciuta tra ciò che avvenne laggiú, le sue apparizioni, la sua morte, la lettera di Blanche. Di lui c'è solo il disegno di un colibrí.

«Tu ti affatichi, ma cherie?» direbbe, azzardando una timida carezza sui capelli e un bacio appena posato sugli occhi, lui che non ebbe figli e se ne doleva moltissimo; come diceva appunto, chinandosi sulla nipotina Sonia che studiava Garibaldi.

Giaceva sul fondo della debolezza dove implacabili la raggiungevano le ossessioni, le immagini, i ricordi deformati da specchi. L'aria della stanza si impregnava di gemiti immaginati, di incubi diventati affabulazione, di colpe e di delitti; era sonora e piena di strumenti di tortura. Per una notte di blando sopore avrebbe dato qualunque cosa. Sognare era peggio.

Nella sua mano aperta il bimbo minuscolo e repellente agitava le gambe e le braccia da topo, ma i suoi contorni e il piccolo muso non si individuavano con precisione perché era nello stato inesatto del feto. Ma non era un feto, era nato e viveva, si muoveva. Pesava due o tre etti. Intorno a lei alcune persone guardavano il piccolo mostro in silenzio. Nella mano il bimbo incompleto squittiva. Con orrore capiva che chiudendo la mano lo avrebbe schiacciato e ucciso come un animaletto. Teneva la mano concava e tremante. Non si distingueva il sesso. Era assai probabile che il mostruoso bambino inerme e infelice fosse nato senza pene. In quella culla viva e piena di pericoli aveva freddo, ma come coprirlo? Tutti lo fissavano e lei si sentiva immersa in una colpa spasmodica che non riusciva a esprimere tesa a scrutare il respiro della creatura. Le cadde di mano. Ritenne probabile che si fosse infilato tra lei e il bracciolo della poltrona. Si alzò cauta perché poteva essere ancora nel suo grembo e sarebbe rotolato in terra. Ma in grembo non c'era. Era scomparso, forse lo aveva schiacciato con il suo corpo. Cercò, alzando i cuscini. Dov'era? Dov'era? L'aveva ucciso, l'aveva schiacciato, il bambino topo che aveva partorito...

Si levò a sedere sul letto ansimando e con il cuore in pezzi. La stanza era troppo calda. Si trattava di convincersi che le notti portavano di norma deliri. La verità era circoscritta:

ciò che si subisce nel fisico dentro di noi stampa una mostruosa e dilatata idea.

Due anni addietro, quando Sonia abortí per la prima volta, lei e il marito non erano ancora sposati. Di fronte all'eventualità di un figlio ambedue si erano ritratti con decisione ma le cause vere e reciproche non se le dissero. Per tutt'altre motivazioni, abbastanza casuali, si sposarono sei mesi dopo. E di questa nuova decisione, cosí contraria alle loro caratteristiche e a quelle del loro disagiato rapporto, non si sorpresero troppo. Sonia ben presto decise anche di avere un figlio benché niente facesse supporre che il matrimonio sarebbe durato. Quando erano soli, infatti, pareva che si odiassero da quanto soffrivano ed erano infelici. Certo è che qualche cosa li univa, quasi a loro insaputa.

Comunque, allora, l'incidente venne prestissimo dimenticato. Agirono rapidamente e senza indugi. Amiche esperte e consapevoli convinsero Sonia dei limiti che la cosa porta in sé. L'intervento da subire, sveglia, era rapido perché clandestino. Le informazioni prese da chi lo aveva subito rassicuravano. Il male fisico assai relativo, il pericolo nullo. Il dottore scelto garantito. Durata della faccenda dieci minuti, un quarto d'ora al massimo. Nessun trauma, molto sollievo.

Sonia entrò nello studio medico nel primo pomeriggio. Tra poco, disse il ginecologo lavandosi le mani, avrebbe potuto andarsene a casa con le sue gambe e d'altra parte lo studio sarebbe stato pieno di pazienti come tutti i giorni. Sonia ricambiò il sorriso dell'infermiera. Si levò il vestito e rimase in sottoveste. Si accorse che la sua sottoveste, che aveva trovato decente fino a pochi minuti prima, era nera e bellissimi pizzi correvano all'orlo in fondo e al seno. Si turbò. Si chiese come mai non aveva pensato a scegliere qualche cosa di piú adatto alla situazione. La sua mente in un certo senso rimase appiccicata alla sottoveste quando si stese sul lettino e allargò le gambe cercando di sorridere di nuovo all'infermiera che si avvicinava. Il ginecologo girava le spalle e stava infilandosi i guanti di gomma. Vide la mano alzata, le dita spalancate, schifose nella gomma gialla trasparente da preservativo. Una morsa di apprensione e di nausea le strinse la gola, ma cercò di mutare atteggiamento e ritrovare la calma che si era proposta. La morsa corrispondeva a una trappola. L'infermiera aveva preso una grossa cinghia di cuoio dal lettino e l'aveva agilmente passata intorno al polso fermandolo a tradimento.

— Che cosa fa? – chiese Sonia con paura. – Mi lega?
— È necessario, signorina, si fa sempre. Cosí lei non si muove.

Le sorrise freddamente, posta di fronte alla sgradita sorpresa di una paziente che poneva domande insensate. Passò dall'altra parte del lettino, prese il laccio e con rapidità fermò anche l'altro polso.

— Ma io non mi muovo di certo! – esclamò Sonia guardandola. – Non sono mica pazza...
— Non si sa mai, – disse l'infermiera sbrigativa e passò alle gambe. La sottoveste di pizzo venne rivoltata indietro fino alla pancia e lei rimase con il pube scoperto e le gambe allargate su due appoggi. L'infermiera, con la stessa destrezza, passò una cinghia intorno al ginocchio sinistro e lo fermò troppo stretto.

— Fa male, – gemette Sonia.
— Signorina, stia attenta, – disse con rapidità il ginecologo e l'infermiera allentò un poco il laccio con un minuscolo gesto di rabbia. Sonia si pentí di averla accusata, perché ora avrebbe potuto vendicarsi, ma un impeto di gratitudine le faceva intendere che il ginecologo avrebbe difeso la sua persona, prigioniera e nelle loro mani. L'infermiera legò l'altra gamba. Andò al carrello e lo spostò verso il lettino. Sonia fissò il carrello. Sulla tovaglietta bianca, in appositi recipienti di acciaio, c'erano tubi di ferro, allineati per grandezza, pinze, lunghi cucchiai. Il cuore cominciò a batterle. Si guardò la pancia appena arrotondata: palpitava come se il sangue e l'emozione si fossero annidati dentro.

Il ginecologo prese il dilatatore e allargò le labbra della vulva. Sonia si lasciò sfuggire un gemito. Il ginecologo alzò gli occhi con stupore e preoccupazione.

– Non mi dirà che ha sentito male!

– No, no! – lo rassicurò Sonia con vergogna. – No.

– Stia calma, allora, – disse secco, – se no mi complica il lavoro. Non vorrà che la sentano...

Avvertí uno strappo nella vagina: un brano di lei era stato afferrato da un pinza, che era rimasta attaccata, e tirato verso l'esterno. L'infermiera estrasse dal recipiente un tubo di ferro che il ginecologo infilò con rapidità premendo. Un pugno entrò nel suo enorme utero. L'infermiera passò un altro tubo piú grande. Il ginecologo scandiva: «Dilatatore», pausa, «Dilatatore», pausa... sentí un fuoco, era frugata da una mano di ferro.

– Stia rilassata, la prego. Lei è contratta e se continua a stare cosí, sarò costretto a farle piú male. Dilatatore... – Infilò un tubo di proporzioni maggiori.

Sonia sbarrò gli occhi in alto. Qualche cosa di mai sofferto si era messo in moto dentro al suo corpo.

– Lei non è di due mesi, – disse seccamente il ginecologo, – è quasi di tre.

– Di due, – balbettò Sonia con un fil di voce. – Di due...

– Quasi di tre, – ribadí lui. – E le pareti del collo uterino sono rigide e mi rendono il lavoro difficile.

Sonia si sentí sbranare, due mani le spaccavano la vagina e l'utero: era una tortura e lei tanto abietta che non riusciva a sopportarla come le altre donne. Una lacrima colò sulla guancia. Nell'abbassare lo sguardo per nasconderla vide le sue gambe legate al lettino con la sottoveste di pizzi rivoltata in su, le braccia che si tendevano senza che se ne avvedesse. Il ginecologo nel guardarle dentro con attenzione, sorrideva compiaciuto di sé. Un sorriso teso, rivoltante.

– È finito? – chiese debolmente.

– Finito? – disse il ginecologo senza distogliere gli occhi e modificare il sorriso. – Ancora no. Leviamo questo ovino e poi sarà tutto a posto. Si rilassi. Pinza, – chiese con tono piú netto, come se fosse una parola d'ordine.

L'infermiera passò le pinze e da quel momento Sonia cominciò ad ansimare. Dentro all'utero, con colpi di denti che la sbranavano, i lunghi ferri salivano piú su, laceravano con beccate crudeli i tessuti, lasciavano solo sangue. Sentí che il suo ventre a ogni colpo si contraeva e si dilatava in spasimi furibondi che lei non riusciva a controllare e a ogni spasimo, a ogni morso, gemeva sempre un poco di piú, ma stava attenta a contenersi e non gridare. Il ferro penetrò ancora piú in fondo e la punta la raschiò fino al centro del ventre.

– Per favore la maschera, la maschera...

L'infermiera arrivò con una mascherina. Ansimò dentro alla maschera per provare sollievo ma sentí che le premevano anche la bocca, le impedivano di respirare, cominciò a dire di no con la testa e a mugolare perché allontanassero la nuova morte. Vedeva la stanza velata, lucidi gli strumenti vicino alle mani del carnefice, bianca e rosea come una bambola l'infermiera. Il carnefice manteneva lo strano sorriso, appena piú tirato che le parve di un diavolo libidinoso. A ogni colpo che sentiva dentro al suo utero, che doveva essere ridotto a uno sbrano sanguinante, si rattrappiva con tutto il ventre e si rilassava per un attimo di sosta. Gemeva in modo ritmico sempre piú forte perché sempre piú forti e vicini erano gli strappi all'interno di sé. Il coltello di tortura entrò ancora piú in fondo e con il dolore l'attraversò tutta folgorandola fino al cervello. Fuori di sé, lasciò che il suo spasimo uscisse in un anelito disperato, simile a un infernale orgasmo, prima di perdere le forze.

– Ecco fatto, – disse sorridente il ginecologo. – Cotone, tampone.

Aprí gli occhi. L'infermiera aveva già sciolto i lacci. Intorno ai polsi vide due strisce rosse quasi spellate. Il lettino di tortura stava diventando, con un'abile e sciolta manovra, un lettino vero. Le sue gambe furono ricomposte una vicino all'altra.

Il ginecologo alzò la mano con il guanto insanguinato sulle dita e con un solo strappo lo tolse e lo buttò in un recipiente. Sonia lo fissava. Lui si girò, le venne vicino. Passò leggermente una mano sulla coscia scoperta. Se era una confidenza impudica Sonia non reagí. Nessuna parola arrivava alle sue labbra.

– Bella signorina, – disse il ginecologo con aria svagata e mondana. – Lei è molto pallida. Si riposi dieci minuti prima di vestirsi. Non avrà nessun disturbo, vedrà. Ho fatto un bel lavoro.

Cosí dicendo fece scivolare la mano lungo la coscia nuda. Sonia chiuse gli occhi. Li riaprí. Si accorse che la sottoveste era rimasta arrotolata in modo osceno, né l'infermiera, né il ginecologo l'avevano abbassata. Con uno sforzo avvicinò alla sottoveste la mano pesantissima e riuscí a coprirsi. Quindi ripiombò nel torpore.

Dopo aver riportato la madre dall'ospedale alla pensione dove da poco abitava, fatta la prima medicazione, salí in macchina e partirono per Roma: il terreno correva troppo vicino, l'avvolse un senso di fatica perché si sentiva su un tappeto che invece di volare rimaneva raso terra. Le sue labbra cominciarono a tremare. Gli occhi si rattrappirono sulle case, sui muri dei giardini, sulle colline che sfilavano, e si riempirono di lacrime che non uscivano; erano pieni della madre appena lasciata. Come spilli, pruni, frecce, le strade della città amata, i muri delle strade percorse da adolescente, la strada di campagna che conosceva passo passo e infine le donne in bicicletta dei sobborghi che le ricordavano la bicicletta venduta in tempi remotissimi di fame, si affastellavano provocando una lacerazione, un nodo di sentimenti e sensazioni che la straziava. Altro? L'infelicità che non ammetteva, la strozzatura del suo destino.

La piccola macchina diventò tutt'uno con lei, lanciata per una strada che non riusciva a valutare come in sogno. Le

lacrime scoppiarono e le visioni strazianti la invasero. Si prese la testa tra le mani scuotendosi, gridando:
— Basta! Basta! Non voglio! Il suo corpo no!
Si ripiegò e singhiozzò in modo selvaggio.
Il marito rallentò, calmo e senza sorpresa.
— Non fare cosí, è inutile.
— Non hai visto. Tu non hai visto —. Sonia si batté i pugni sugli occhi, sulle tempie, facendosi del male. — Non lo dimenticherò piú. Ha una ferita che le attraversa il torace dove non ci sono che ossa. Sanguina, geme, butta fuori roba bianca. Devono lasciarla in pace! È vecchia, è vecchia... dovrà sempre soffrire, fino in fondo? — Si rovesciò indietro sul sedile. — Perché lei? Io, io, ci sono io per soffrire, io!
Fu presa da conati di vomito. Il marito fermò la macchina. Sonia scese, si allontanò barcollando sul ciglio del fosso. Vomitò. Il marito le venne vicino e le tenne la fronte.
— Adesso basta, fare cosí, — disse con voce atona. — Vedrai che la ferita si chiude. Il chirurgo non dice che tutto va bene?
Sonia barcollò, senza forze. Raccontò a se stessa:
«... quando ho visto la ferita ho pensato subito che non si sarebbe riavuta mai piú...» Ricominciò a piangere senza limiti. Il viso si era congestionato, gli occhi erano diventati sporgenti, si asciugava il muco e le lacrime con un fazzoletto fradicio. Era snaturata da sé, niente distingueva ciò che accadeva dentro di lei da quello che esprimeva. Lei stessa era una ferita purulenta che attraversava il torace esile della madre al posto della piccola mammella che l'aveva allattata. Ruotava la testa come un'indemoniata per togliersi l'immagine dagli occhi, i ferri che frugavano, il disinfettante che colava sulla carne viva mentre la madre stralunava gli occhi e senza un solo gemito stringeva la sua mano. Tolto il cerotto e la garza, piano la madre aveva sollevato la testa e aveva guardato la seghettata riga rossa per la prima volta.
— Mamma, non guardare adesso. Si cicatrizzerà presto, vero dottore? Guarda me, invece —. Ubbidiente la bambina

inerme tra gli adulti aveva alzato gli occhi buoni nei suoi e aveva stretto la sua mano, brava e coraggiosa.
– Passerà, – aveva concluso.
Sonia aveva sorriso, annuendo.
– Certo che passerà.
Spostandosi di un passo si era messa in modo che gli occhi della madre si stancassero di seguirla perché si sentiva impallidire sempre di piú.
Rimase intontita, attaccata al marito, con gli occhi sull'asfalto che seguivano meccanicamente le macchine che passavano.
– Ci siamo sposati e dopo quattro mesi le è venuto un tumore.
– E allora? – disse il marito senza inflessioni.
– Allora... – Sonia era stanca da svenire. – Allora –. Si perse in sé. Calava in una solitudine senza fondo. Le lacrime ricominciarono a fluire. Singhiozzò mestamente.
– Non lo dimenticherò mai, non lo dimenticherò mai...
Tenendo il fazzoletto sugli occhi barcollò verso la macchina che le parve un rifugio, una casina. Si rannicchiò al suo posto e lasciò con sollievo e mestizia che le fiancate delle colline si mettessero in moto, che i pioli della statale segnalassero i chilometri del percorso, che le biciclette fossero sorpassate e insieme a loro i ricordi e i pensieri evaporassero in una nebbia.

Per quali ragioni nelle brutte notti senza sonni, nei sogni, nei fulmini che nella mente tagliano le giornate serene magari vicino a persone amate, in giardini o strade o case o teatri, solo per un attimo alcuni rimorsi privilegiano il pensiero come veleni senza scampo?
Anche Sonia fu perseguitata dai rimorsi e avrebbe dato molto per cancellare i suoi ignobili comportamenti, scelti però da una logica non morale. Per esempio non ebbe mai orrore delle sue stesse mani intorno alla gola della madre, né il rimorso lo ricavava dallo sguardo di lei che rivedeva

consapevole di sé e vittoriosa. Il rimorso nasceva invece dal passo di bambina che saliva con lentezza la scala della buia pensione di piazza Aspromonte, dalla vocetta crudele e specie dal gesto umile che aveva scansato, confinando per sempre la madre nel carcere del peccato da scontare. Negli anni risentiva la propria voce, «non mi toccare», e vedeva dipinto e proiettato davanti a sé il proprio sguardo che la trasformava in carnefice della persona piú amata.

Questo era un rimorso a cui non c'era riparo. Ma nella seconda metà della vita, quando diventò madre essa stessa, il buio notturno fu presto funestato anche dai rimorsi a proposito del bambino. Quale madre era stata mai ed era, proprio lei che dall'infanzia aveva ricavato tutto il dolore possibile, per procurare giorni tanto aridi a suo figlio, per punirlo, condizionarlo e piegarlo? Si affrettava a spostare il pensiero, a rassicurare se stessa con l'amore che gli portava.

La casa di Milano, abitata per alcuni anni prima del 1970, è il centro di una vita quasi bella se vista nel suo insieme, con squarci di serenità che sono squarci di luce, angoli di finestre aperte, lunghi silenzi tra pareti, passi perduti sui marciapiedi di corso Italia e via Manzoni. Sono l'alzare gli occhi ai colombi in piazza del Duomo, l'annidarsi dell'azzurro che è quasi un proprio sentimento invece di un colore, o il gusto sopraffino di mimetizzarsi nella nebbia e nel freddo, nel far pensieri rassicuranti chiudendo il bavero della pelliccia di castoro cosí adatta a chi si trova a esser benestante in questa città. Eppure furono anni di rimorsi a cui lei già pensava da prima ma prendevano immagini piú vive e tormentose; altri li maturava e creava spargendo da sé atti che la straniavano e ritornavano come frecce nella sua vita interiore e vi rimanevano ficcati dentro.

Che grande casa! Dalla stanza del bambino la trama di un albero si alzava al di sopra delle finestre. Quando osservava il cortile della chiesa, affacciandosi, godeva di questo albero pieno di fronde. Usciva insieme al figlio che dondolava incerto le gambe grassocce fino a un tiepido giardinetto dove la sua apprensione saliva e cancellava ogni benessere, la prendeva alla gola e l'ansia si concentrava nei gesti degli altri bambini che lei vedeva predatori e nemici. Suo figlio era inerme, nato da lei. Cedeva il giocattolo e piangeva nascondendo la testa, come se fosse in colpa, continuamente lo ferivano mentre a lei la voce usciva dalla gola squarciandola, come da una lupa, e prima di poter controllare le proprie mosse già vedeva le proprie mani che tremando dall'ira strappavano all'altro il giocattolo e sguardi di odio si riversavano sui gruppi sorridenti e distratti delle donne senza cuore che chiacchieravano e non si degnavano (lo facevano astutamente) di controllare il male irreparabile che accadeva. Il suo bambino, piú spaventato da lei che dagli altri, tremava, stringeva le braccine intorno al suo collo e piangeva per cercare in lei sicurezza, fino a che lei non impazziva all'insopportabile pianto che la torturava e scuoteva il figlio con ira senza misura per farlo tacere, «non piangere, smettila, non devi piangere!» Lui si tratteneva soffocando il pianto in gola, a occhi sbarrati. Lei ingoiava quello sguardo che ben presto avrebbe rivisto nelle immagini dei rimorsi. Chissà quali pianti sovrapponeva a quello di suo figlio! Pianti intollerabili che erano rimasti come grappoli inaciditi dentro al cuore.

Che bella casa, pensava! Ma com'era grande, silenziosa e sperduta: un castello dove la castellana a occhi sbarrati gira e diventa pazza; dove il cavaliere si siede gelido, un convitato di cui non si conosce il nome e l'identità, e si alza, poi con passi senza rumore si cambia d'abito, si spoglia, dorme, accudisce a sé, sparisce chiudendo con un tonfo sordo il pesante portone e allora resta l'enorme giornata distesa tra sole e foglioline d'albero e città, che pure è lí con la sua bellezza e nella sua bellezza è vissuta, naturalmente in solitudine, fino in fondo.

Per due volte in tre anni Sonia ebbe il coraggio, benché diventasse vaga in sé, senza sicurezza ma anche senza dolore, di passare davanti all'Istituto delle suore di San Giuseppe dove una volta aveva conosciuto suor Teresa, cercare piazza Aspromonte e altri posti dell'infanzia. Un'ottusità sorda e senza lacrime la raggiungeva e la circondava e dopo si accorgeva dai gesti che questi ritorni non le facevano bene. Dov'era il passato? Proprio a questo non bisognava rispondere. Non si poteva certo ritrovare. In quanto alla vita si spandeva dalla casa spaziosa, dove il salone aveva tre alte finestre, in episodi e anche dolcezze.

Tempo dopo definí questo periodo «anni di confino» e nel dirlo sapeva benissimo che cosa intendeva: niente di lamentevole e tetro. Una passiva solitudine forzata dagli altri, un godere mesto delle cose permesse (e quindi della casa e delle stagioni, dei negozi e del passeggiare insieme ai cittadini, dei soldi bastanti), un silenzio ovattato che però faceva proliferare pensieri. Un periodo monacale ma pieno di atti demoniaci. Come potrei spiegarlo? Non ci fu mese che non fosse funestato da malattie e da angosce. La brutta morte dello zio Paris. La malattia di suo padre e la visita alla clinica fecero tremare insieme odio e amore, costringendola a un ripiegamento, che giudicò ingiusto, verso di lui. Perse il secondo bambino al sesto mese di gravidanza, cosa che mai piú si cancellò dalla sua mente di donna. E accumulò rimorsi come si accumulano demoniache ricchezze.

Raggi, gli episodi partono dal sereno centro della casa. Le braccia di Sonia imbolsita dalla seconda gravidanza si alzano lente per spostare un quadro. Il corpo disfatto e gonfio si appoggia a fatica a un bel mobile stile Impero, per correggerne la posizione; la mano grassoccia, pallida, da matrona, drappeggia con cautela la tenda di velluto. Intorno a lei ci sono passi. Una donna pulisce e sfaccenda. C'è una ragazza bruna che attraversa il corridoio tenendo per mano il bambino.

Lo zio Paris, appena si trasferirono a Milano, si fece vivo e con commozione la baciò sulle guance.

– Mia cara Sonia, – disse con disinvoltura, – sono cosí felice per te –. Conobbe il marito. – Naturalmente, carissimo, mi chiamerai zio Paris –. Sorrise al piccolo nel vederlo quieto e senza capricci. – Lo educhi bene. Brava.

Stabilí, con la nota esperienza di mondo, il modo per non

pesare sulle abitudini della famiglia e vedere Sonia: una volta alla settimana, a pranzo. Dato che Sonia aveva poco da fare, spesso camminavano per la città, prima del pranzo. L'accompagnava nei negozi.

C'erano nello zio Paris segni che Sonia in parte riconosceva, in parte le giungevano nuovi e inquietanti. Lo zio Paris era invecchiato: quasi bianchi i baffi, i capelli ancora folti, magro ora della magrezza dei vecchi e appena curvo, ma il passo restava elastico e rapido, il sorriso come sempre e lo sguardo altero. Le diceva osservandola: – Sei una bella donna.

Sonia in questi casi pensava che solo lui aveva ragione; solo lui vedeva ancora ciò che agli altri e a lei stessa era ormai precluso. La malattia della vecchiaia l'aveva raggiunta anzitempo, la rodeva e nessuno la poteva guarire salvo lei immobile. Aveva un figlio di tre anni e non pensava mai a buone novità. Una estraniazione la divideva da sé, dagli altri, dal mondo, dal marito, dal figlio e anche dallo zio Paris.

Perché aveva ostinatamente voluto il nuovo figlio contro il marito? Come per tante altre decisioni della vita di Sonia cerco di penetrare sconnesse analogie o sentimenti a lei sconosciuti e cangianti. La morte sovrasta il suo matrimonio: forse era cosí. L'odio e la morte. E l'ombra che si stendeva da ciò sulla bella casa, sulla città e sul mondo intero, sul suo fisico deformato e sugli occhi infossati in bolse palpebre, si stendeva anche sul piccolo figlio che costringeva a una esistenza il cui equilibrio era l'invenzione della ragione stravolta. Del tumultuoso e casuale passaggio delle cose e dei fatti non c'era niente. Per lui Sonia desiderava astratta salvezza e la salvezza veniva dal procreare altra vita. O era un messaggio verso il marito con il quale di rado parlava. Intendeva dire: se tuo è un altro bambino, noi rimarremo uniti, non correremo rischi e non lasceremo mai piú la casa silenziosa.

Comunque non so. Quando usciva con lo zio Paris a braccetto (e nessuno di loro due accennava alle passeggiate del dopoguerra, al glicine e alle rovine), e si fermavano ai negozi, parlavano del piú e del meno, avvertiva l'enigma di lui o l'imbroglio. Diceva di fare il rappresentante, ma perché era sempre a disposizione nell'ora e nel giorno fissato? C'erano i polsi lisi, la cravatta sfilacciata e ben nascosta, il leggero tremolio della mano che era tensione, a tavola; nel momento in cui portava la prima forchettata di spaghetti alle labbra, il controllo teso delle dita e del braccio che rivelava uno struggimento di fame; avidità che veniva dopo digiuni.

Entravano nel vasto e ricco negozio di formaggi. Torte rosse al salmone, candide al brie, alle noci, al pepe, al caviale; granulosi pecorini stagionati o con la lacrima, caciotte a goccioloni, forme rotolanti di parmigiano. Lo zio Paris saluta con troppa cordialità e sottolinea: – In questo negozio di delizie mi conoscono tutti –. Sonia sospetta qualche cosa nelle risposte troppo confidenziali dei commessi e vede nello zio una figura limite, il vecchio che entra a guardare, chiede un pezzetto di assaggio sottobanco da questo o da quello dopo esserseli fatti amici.

Sonia scansava con vergogna la sua vile immaginazione. Però lui nel farle comperare qua e là qualche cosa scopriva un modo fiero, penosamente patetico da vecchio reietto che si fa vanto di frequentare ricche signore che acquistano, che danno quindi garanzia per minuscoli intrighi e debiti di povero affamato. Lei sospettava un inganno nei sorrisi troppo affabili dello zio. Uno disse: – Ecco il conte, – e si mise a ridere. «Conte» pari a un soprannome, interiezione offensiva; uno dei modi crudeli di presentare il pagliaccio o il mendicante.

Forse lo zio Paris ispirava a Sonia tante inquietudini perché a Milano è brutta la vecchiaia. Il commesso con i capelli grigi si mostra piú rapido del giovane. Un vecchio settantenne prende un passo bizzarro e allegro sotto la pioggia. Durante una nevicata un pover'uomo gesticola e parla a testa scoperta, quasi in delirio, ficcando gli occhi in quelli assenti dei passanti; cammina nella strada ghiacciata e ride. Il garzone del droghiere porta negli appartamenti i pacchi e le

bottiglie. Lascia sotto casa il triciclo pieno di roba. È gennaio: il grembiule grigio mimetizza golf e sciarpe incrociate sul petto; anche il giornale, alla moda dei poveri. Un giorno Sonia gli chiese quanti anni avesse; il brutto ansimare e la tosse facevano impressione. – Ottanta, – rispose il garzone, – e non mi manca la salute.
– Non è un lavoro troppo pesante, d'inverno?
Il garzone la fissò con paura. Agitò la mano rossa e screpolata davanti alla faccia per cancellare Sonia.
– Ci mancherebbe altro! – esclamò, soffocato dalla sorpresa. – Ci mancherebbe altro!
Quel giorno non volle essere aiutato. Portò i pacchi in cucina, si raddrizzò con disperazione, uscí sbattendo la porta nonostante la mancia. Sul triciclo pedalava con la finta allegria che teneva a negozio quando dal magazzino faceva squillare la voce ai richiami ruvidi e insultanti della padrona. – Pronti!
Tra il vecchio che aveva visto gesticolare sotto la neve, altri vecchi, il garzone del droghiere che l'anno dopo morí e lo zio Paris i rapporti l'inquietavano procurandole un dolore che non voleva. Per lo zio Paris, infatti, non aveva intenzione di soffrire.
Lo zio Paris prese a chiederle soldi. Piccole somme e saltuariamente. Venne a sapere dalla madre che giocava di nuovo. Non fu mai capace di rifiutare i soldi perché gli vedeva stampata addosso la fame, ma gli dava questi soldi con rancore e la considerava un'ingiustizia del destino perpetrata ai suoi danni e un'insidia alla calma raggiunta. Ogni volta lui ripeteva: – Per una settimana, due al massimo. C'è un riflusso nel mio lavoro, passerà.
Dove abitava lo zio Paris, come ai tempi andati, non lo sapeva nessuno; nemmeno la signora Marianna a Firenze.


Davanti al televisore, in sala da pranzo, aveva messo una sedia a dondolo che teneva per sé. Vide nell'acqua rapida un'auto sbattere contro la fiancata del Battistero e poi di piombo sparire in gorghi non so dove, vide le onde oleose e putride piene di oggetti avvolgere il Duomo, il campanile di Giotto, Santa Croce e cosí via. L'inondazione di Firenze le sembrò un sogno infantile o un allagamento della fantasia non di una città, come se le volessero cancellare l'adolescenza e come se il cataclisma riguardasse solo lei, dentro, e perciò fosse il simbolo della fine del mondo. Tutto si distruggeva sotto l'acqua a cominciare da se medesima.

Si dondolava ancora, si fermò. C'erano i particolari. Elencavano disastri. Negli stessi giorni un terremoto aveva fatto vittime e interi paesi erano crollati. Bambini, donne, uomini erano rimasti senza casa al freddo. Sonia aveva seguito con distrazione le notizie della catastrofe. Adesso ciò che vedeva era la proiezione di un pericoloso sogno di dissociazione e di follia.

– L'hanno conciata male, la tua cara città!

Il marito usò un sarcasmo affettuoso. Tanta acqua lo rendeva euforico.

Lo spettacolo era stupefacente per chiunque, quindi chiunque poteva avvertire il disagio per qualche cosa di stabile e accertato che va in frantumi.

Gli occhi di Sonia restarono larghi e increduli. Il sogno diventò piú acerbo fino a che lei si risvegliò nel dolore. Si sollevò sul busto, quasi per parare il danno, quando le mani pietose di molti ragazzi si affaccendarono intorno al Crocifisso di Cimabue e piano lo smossero dalla melma e dalla nafta, lo alzarono e lo posarono su assi di legno, un rozzo catafalco per il grande corpo ucciso. Infatti il crocifisso era stato per i tre quarti distrutto.

Velato sul sesso da un leggero e trasparente lino, arcuato sulla croce, con la pelle ambrata e sottile come se la debolezza della carne, e quindi dell'uomo, che era stata dentro al Cristo vivo, rimanesse ancora nel corpo in pace; e benché stravolto dal martirio il viso parlasse per sempre della pietà possibile negli uomini e dell'amore. Nell'adolescenza e nella giovinezza molte volte era rimasta ferma di fronte a questo corpo e a questo viso, con gli occhi rivolti all'immagine per cercare forza e pietà, e sempre le aveva trovate; non per la forza di Cristo, che non cercava, ma per la forza dell'immagine che da un secolo amaro dentro di lui Cimabue aveva visto e dipinto. Il miracolo era che passati i secoli stava tra noi per aiutarci.

Piegò la testa singhiozzando: la faccia maculata, il fango, il nauseante petrolio penetrati nei fianchi e nelle gambe, sulla bella fronte e sulle palpebre abbassate.

– Ma che fai? – Il marito era stupefatto. – Piangi per il crocifisso?

– È distrutto! – balbettò Sonia. – Non vuoi piangere?

– Piangere? – ripeté lui, incredulo ancora di quanto vedeva. Rise. – È incredibile!

– Questa immagine non c'è piú, non c'è piú!

La macchina da presa mostrò di nuovo il fango, Sonia singhiozzò. Si ricordava troppo di se stessa, è vero, e della città dove dentro di lei arte amicizia amore avevano fatto un tutt'uno cosí inestricabile e pasticciato che non era riuscita piú a veder chiaro. Si rese conto che le sue lacrime erano eccentriche e nessuno piangeva per un'immagine cancellata.

– Se noi distruggiamo le immagini che ha creato l'uomo di sé, che cosa diventa l'uomo? Che cosa rimane?

Balbettò queste domande per giustificare un dispiacere che sembrava disumano. Il marito non afferrò che cosa lei chiedeva. Continuò a scuotere la testa ridacchiando.

Sonia ripeteva dentro di sé, sgomenta: che cosa rimane?

Non c'è ricordo di ricchezza e di sperpero che superi il Natale del 1968 nella gigantesca città di negozi e di luci. Si trattava di una moda, fatto sta che le vetrine traboccavano di vestiti, camicette e sottane d'oro e d'argento, di calze infiorettate e luccicanti; anche le palpebre delle donne diventarono d'oro. La ricchezza correva a rivoli per via Montenapoleone e via Manzoni, piazza della Scala e la Galleria, quasi un'inondazione pazzesca. Era diventata un manto, un gioco di lampadine e di festoni, e chi passeggiava per comperare e regalare ne possedeva un lembo, afferrava un taglio o una pezza. I soldi venivano estratti e ridotti a monopoli insensati, i dischi urlavano nella Rinascente inebriante.

Ciò che accadeva dietro a queste quinte, lo si sappia o no, non riguardava la manifestazione teatrale, riguardava i tecnici degli oscuri recessi del teatro che è anche il mondo o lo Stato. Tra le guglie del Duomo volava il fantasma del palcoscenico come un pipistrello attaccato a corde e cordami ma nessuno ci faceva caso perché nessuno faceva mente locale al possibile urlo che spegne le luci e prelude al fuoco.

Ma poi! Com'è diversa sempre la realtà dalla metafora: le luci non vengono mai spente tutte insieme, a meno che non rovini il mondo intero.

Nel 1968 Sonia possedeva due pellicce. Usciva in media quattro o cinque volte al mese, dopo cena. Possedeva un anello con brillanti. Mi sforzo, mentre ricordo insignificanti particolari, di sistemare in me ciò che mi preme. Dato che la successione temporale non la so, dovrei seguire una successione di pensiero, invece tre episodi stanno davanti come tre piste, tre simultanee apparizioni.

– Signora, c'è suo zio.
– Il signor Paris, a quest'ora?

Sonia guardò l'orologio, il marito voltò di scatto la faccia verso lo specchio mentre stringeva il nodo della cravatta. Il gesto era stato efficace perché esprimeva in pieno il fastidio verso un'irruzione non prevista. Sonia chinò la testa con imbarazzo. Ciò che la riguardava, e riguardava la sua famiglia, rappresentava per sé e nei confronti di lui, un insopportabile peso di vergogna che nessuna abnegazione avrebbe mai cancellato. Il marito non fece commenti, questo era nei suoi modi.

Sonia nel corridoio s'infilò la pelliccia per rappresentare meglio il poco tempo che voleva dedicare allo zio. Si guardò nello specchio: il collo di visone le stava bene intorno al viso truccato. La sua eleganza era calibrata ma non avrebbe fatto spicco perché a teatro sarebbe stata uguale a quella di altre donne, né meglio né peggio. Lo zio Paris questa volta era rimasto nell'ingresso, scosso da un tremito che produceva intorno a lui un effetto di miraggio, di deserto.

– Zio Paris, – cominciò Sonia con un accento distaccato e poco affettuoso, – stavamo uscendo, mi dispiace. Tra cinque minuti dobbiamo andare, se no comincia lo spettacolo.

– Cinque minuti mi bastano. Devo parlarti, Sonia.

Aveva negli occhi una liquidità che non era lacrime ma umidore di vecchio. Il viso era concentrato e rattratto, le rughe cosí stanche che dimostravano in modo inequivocabile che qualche cosa non andava. Si mise la mano davanti alla bocca e tossí, piegandosi. Era piú curvo, molto curvo. La tosse si dimostrò stizzosa benché volesse contenerla.

– Sei malato? – chiese Sonia. – È una brutta tosse!
– Bronchitella. Ci vuole altro!

Le sorrise. Sonia non capí niente dello sguardo strano che al di là di quel velo, che era anche enorme stanchezza, esprimeva il desiderio prensile di ricavare un'impronta, il perenne segno di una persona. Aveva in mano un piccolo fagotto, avvolto in una cartaccia da pacchi usata, legato da pezzi di corde. Su alcuni nodi, a casaccio, timbri di ceralacca colata male da mani distrattissime e incerte.

Rimasero a guardarsi, a Sonia cadde un guanto. Lo zio Paris si chinò con rapidità e glielo porse.

– Grazie zio, non dovevi chinarti...
– Non sono ancora cosí vecchio sai. Posso chinarmi per una bella signora.

Il viso dello zio Paris tremava, le sue labbra anche. Sonia per questa intrusione provava solo distacco e fastidio mentre il tempo passava. Il distacco era dovuto anche a una forza che si sprigionava dentro di sé. Una mano le copriva gli occhi costringendola a non vedere niente al di là del fastidioso episodio: tutto doveva essere normale, invece in mezzo a loro c'era qualche cosa che stava avvenendo. La mano le teneva nascosto il cuore, le copriva la vista, serrava le proprie mani intorno al bavero della pelliccia, la costringeva a movimenti crudeli: guardava spazientita l'orologio, sbadigliava educatamente e sorrideva arcuando la bocca con il rossetto appena spalmato contro quel sorriso di fronte che pareva sorgesse da fiumi trattenuti di lacrime.

– Vieni di là in soggiorno, mentre aspettiamo mio marito. Noi abbiamo già mangiato, tu?

Lo zio Paris esitò. La tosse ricominciava.

– No, – disse, – non era previsto e non ho fame.

– Qualche cosa c'è in casa, – continuò Sonia, abituata a non credere a queste frasi che riteneva bugie. – Adesso vado a vedere. Ti faccio preparare prosciutto e formaggio?

– Non ti disturbare, – rispose con calma lo zio Paris. – Mangiare è di secondaria importanza.

– Allora? – Sonia con una punta d'impazienza guardò ancora l'orologio.

– Ti chiedo un prestito per l'ultima volta.

Il viso di Sonia diventò duro. Dietro alla durezza, che rasentava l'odio, sapeva che cosa c'era: voleva eliminare da sé i parassiti, le cavallette fameliche della sua famiglia, sua madre, anche suo padre che invecchiava e scriveva lettere in cui si lamentava per l'abbandono.

– In casa ho pochissimo, cosí all'improvviso.

– Quello che puoi. È l'ultima volta, te lo giuro. Me ne vado e non mi farò vedere mai piú.

– Che esagerazione, – lo interruppe Sonia con rabbia. – Chissà dove vuoi andare!

– Via, all'estero, – spiegò con voce bassa Paris. – Ti chiedo i soldi proprio per il biglietto del treno.

– Andrai a giocarli, come al solito, e perderai!

Gli occhi dello zio Paris le circondavano la testa, le spalle, le braccia con uno strano effetto visivo di moltiplicazione.

– Ti ricorderai di me? Tu sei stata molto...

– Zio, ti prego, – lo interruppe.

– Anche ora sei l'unica persona che amo, da quando è

morta mia madre... lei sola, adesso... – S'interruppe e Sonia restò sospesa un attimo, divisa tra la rabbia e l'ansia che saliva dietro alla mano che chiudeva gli occhi e il cuore.
– Posso darti solo trentamila lire. Bastano?
– Va bene. Quello che puoi.
Sonia uscí dal salone e si diresse verso la stanza da letto sperando che il marito fosse in bagno. Cosí era infatti. Svelta prese dal cofanetto i soldi che sottraeva al mensile destinato alla casa e li nascose nella borsa. Mai avrebbe voluto rivelare al marito anche quest'onta. Tornò dallo zio che stava in piedi stringendo il pacchetto. Gli dette i soldi.
– Bada, – disse con durezza, – questa è l'ultima volta.
– È l'ultima volta, Sonia, te lo giuro. Non dovrai piú preoccuparti per me.
La guardò ancora. Intorno a lui tremolò il deserto; intorno a loro si poteva afferrare la verità ma Sonia stava di fronte chiusa come una statua: con una mano stringeva al collo il bavero di visone, con l'altra la borsetta di raso. Entrò il marito.
– Buonasera, – disse urbanamente. Sonia avvertí che ci metteva tutta la freddezza di cui era capace. – Mi dispiace che tu venga proprio mentre stiamo uscendo. Resta e mangia qualcosa. C'è qualcosa?
Sonia assentí.
– Quando ci vediamo? – Il marito si avviò verso la porta.
– Parto, – disse lo zio Paris fissando Sonia, – e starò via un pezzo. Un lavoro all'estero.
– Davvero? – Il marito lo disse senza curiosità. Sonia ci sentí il disprezzo di chi non crede ai parassiti che non hanno mai saputo lavorare. Si avvicinò allo zio Paris e gli dette la mano.
– Ciao, zio.
– Non mi dai nemmeno un bacio?
Lei avvicinò la guancia senza affetto e lui posò con timore le labbra sulla sua pelle. Non era un bacio, era l'impronta di un disperato bisogno, di un disperato richiamo.

Rimase in piedi dietro di loro senza parole.
– Ah, – si ricordò. – Il pacchetto. Sono cose molto personali. Tienle tu.

Il marito era già sulle scale. Sonia si girò, fissò il pacchetto e si smarrí:
– Che cosa c'è, zio, che cos'è...
– Non preoccuparti, Sonia. E pensa al vecchio zio.

Allora di botto la strinse sul cuore con grande forza affondando il vecchio viso nella pelliccia. Ma fu un momento tanto breve che Sonia pensò in seguito di averlo inventato mentre restò fissa nella memoria l'immagine di lui in piedi, con quell'effetto di tremore desertico, curvo, segnato, con il pacchetto stretto nella mano destra. È cosí infatti che si generano i ricordi, che si alterano e si mescolano e che gli altri esseri umani vivono nella nostra vita.

Paris, quando tornò in Italia e rimase anni in casa della signora Marianna e di Sonia, spesso si divertiva a descrivere la propria morte. La descriveva alla sorella e alla nipote come un fenomeno straordinario e felice ma spesso, nei giorni di tristezza, trovava accenti commoventi perché si compiaceva di immaginare che cosa avrebbe fatto lui stesso del suo corpo qualora piú niente l'avesse trattenuto in questo mondo.

Diceva che al di fuori della volontà la vecchiaia e il nulla l'avrebbero raggiunto e quindi, prima che il mondo diventasse tetro e opaco nello spirito, avrebbe scelto una morte da assaporare come un amore fino al deliquio finale. E raccontava che in una notte illuminata dalla luna, quando il mare batte in onde invitanti sulla spiaggia, al di là della frontiera, a Nizza o a Cannes, dopo aver distrutto etichette e segni di riconoscimento, si sarebbe spogliato, avrebbe inghiottito le giuste pastiglie di sonnifero, si sarebbe allontanato dalla spiaggia piano piano immergendosi nell'acqua e godendo della sabbia sotto le piante dei piedi, delle brevi onde, dei riflessi argentei. Con le mani avrebbe toccato la schiuma che si disfaceva e avrebbe giocato rimuovendo i piccoli flutti, scompigliando il silenzioso ordine del mare. Fino a che, arrivato al punto dove si nuota, con il colpo di reni che piace ai nuotatori quando si alzano e rimangono a galla sull'acqua, una bracciata dopo l'altra si sarebbe allontanato osservando per l'ultima volta l'arcata gigantesca del cielo stellato e là l'Orsa Maggiore, qui Venere, là la Minore, e le altre stelle che insieme alle donne amate e desiderate aveva fissato nei momenti del piacere e ora, da solo, per l'ultima volta, ne avrebbe goduto per intero la straordinaria bellezza, l'intensa luce.

Bracciata dopo bracciata: alzando e immergendo le braccia a pinza e flettendo la testa dentro il buio e fuori nel chiarore delle stelle, respirando a pieni polmoni, e lasciando che il sonno, anzi la sonnolenza, si facesse avanti e le bracciate si facessero di conseguenza piú stanche, rade, basse a pelo dell'acqua, e le stelle che prima, vividissime, avevano svelato il loro segreto, si velassero di nebbia argentina. Era dunque arrivato il momento di non nuotare piú, rivoltarsi sul dorso e galleggiare portato dall'acqua buia col viso rivolto in alto per attendere che il cielo sprofondasse in lui e lui nell'acqua. Avrebbe voltato indietro la testa e visto allineate le luci della costa tremare non come un miraggio che si vuole raggiungere ma al contrario finalmente fuochi fatui che mostrano la vacuità che per l'intera vita ci sfugge. Pesce o vecchio tronco, non piú uomo, dentro alle cose, fino a che il sonno, senza strappi, lo trascina in fondo.

Nell'estate del 1968, l'anno in cui accaddero molti fatti in Europa e a Parigi c'erano le barricate, i giovani facevano la rivoluzione e volevano l'immaginazione al potere, si seppe che lo zio Paris si era suicidato, ma Sonia non riuscí mai a far parlare sua madre e scrisse inutilmente a un altro zio, quasi sconosciuto, che abitava a Pavia e che aveva diramato la notizia (quindi era anche il meglio informato su come e quando fosse stato ritrovato il cadavere).

Erano passati quattro mesi da quando Paris l'aveva lasciata. Aprí il pacchetto malamente legato, spezzò le ceralacche schiacciate e informi. Dentro c'era la carta d'identità dello zio Paris e la fotografia incorniciata della nonna contessa, bella nei nivei capelli, con la perla al lobo dell'orecchio, chiusa nel soggolo di pizzo crema e con lo sguardo regale, da quadro. Per uno strano effetto proiettivo pianse su quella fotografia e non su Paris. Singhiozzò sui bianchi capelli, sulle labbra simili a quelle dello zio e forse tante lacrime le sprecò per non ricordare niente dell'ultima sera, per non fissare nella mente ciò che per sua dannazione aveva sempre saputo e non aveva impedito, quasi giustiziera e mandante, passiva interprete della fatalità.

Da allora non rifletté a come poteva essere stato ritrovato il corpo di Paris e dove. Non chiese e non s'informò. Si convinse di una burla: lui era al solicello della riviera, seduto su una panchina del lungomare ad aspirare il profumo degli oleandri e dei ciclamini; lui passeggiava, piú curvo e centenario, appoggiato al bastoncino di canna, e salutava giovani signore togliendosi il panama bianco; forse aveva elaborato un teatrino per i miseri mortali, si era ritirato in un ospizio e lí, sconosciuto e dimenticato, viveva e se il caso portava qualcuno di conoscenza a incontrarlo diceva inchinandosi: «Lei si sbaglia, carissimo amico, non sono io...» e ridacchiando svoltava l'angolo.

Per lei tornava. Nei sogni. Lo trovava seduto al tavolino di un caffè e il suo cuore si spezzava nel petto per l'emozione. Gridava «Zio Paris, sei tornato! Sei tornato!» Lo zio Paris s'inchinava come sapeva fare tanto bene, le baciava la mano, ridevano. Era sempre piú vecchio ma non moriva. I sogni dicevano che «altrove» aveva una vita gioiosa e solitaria, nascosta agli altri mediocri individui, e che avendo travalicato la vecchiaia in una propria eternità, sempre un tantino declinando ma mai morendo, l'avrebbe conservata come un dio.

Ma intanto, quando sopravvenivano periodi di titubanza e per mesi e magari per tempi ancora piú lunghi non aveva mai pensato allo zio Paris, la lancinante fitta dello sguardo «vero», non di quello sognato, dell'abbraccio, dell'umidore che copriva le rughe solcate della vecchia faccia, il pacchetto legato malamente dalle corde stretto nelle mani lentigginose, la percorrevano con la forza di un delitto che lei aveva perpetrato.

Eppure tutto contraddiceva questa ipotesi e le confermava che Paris nel momento meno probabile poteva apparire e riapparire, se lui lo aveva deciso nella sua vitale immaginazione. Al lembo estremo della Sicilia lo vide di spalle e si trovò, come faceva nei sogni, quasi per urlare «Zio Paris, sei tornato!» Per fortuna si rese conto che se lui stava seduto sulla panchina e fissava con tanta concentrazione il mare sotto un sole a picco che scioglieva natura e sguardi in un magma candido, aveva le sue buone ragioni per non parlarle viso a viso. Era l'unica persona sulla spiaggia e il lungomare, portava una magnifica giacca di lana blu e pantaloni bianchi, sulla nuca i capelli grigi erano ben pettinati indietro e un po' lunghi, teneva lo sguardo fisso (cosí, senza vederlo in faccia, lo rappresentava) all'isoletta dei Fenici che si poteva raggiungere con un salto come i castelli fatati.

Mozia: verde riva a cui approdare, tutta alberi fitti, e che lei per l'intero viaggio aveva pensato di raggiungere perché un conoscente, che vedeva poco per ragioni di vita diversa e di diverso lavoro, aveva descritto benissimo, abbassando la voce e creando un segreto tra loro sul rito necessario per superare il tratto di mare. Le aveva confidato che dal molo di legno che si stendeva tentennante sull'acqua bassa e lattiginosa per il fondo di sabbia chiara, bisognava sventolare con un largo e lento gesto un fazzoletto bianco. Dall'isola dei Fenici, allora, si sarebbe distaccata una barchetta con un vecchissimo marinaio del luogo e sarebbe arrivata a prendere i gitanti che potevano restare nell'isola quanto volevano per essere poi riportati a riva.

Sonia era dunque arrivata fin lí con suo figlio che già era un ragazzo e poco s'interessava ai casi fatati, per sventolare il fazzoletto nel grande silenzio del sole, vedere la barchetta staccarsi dall'altra riva, venire a prenderla e sbarcare quindi sul suolo dei Fenici.

Che cosa c'era nell'isola? Perché l'amico aveva abbassato la voce in una confidenza che era quasi l'alone fonico di un passato? Staccò il piede dall'acceleratore, rallentò e si fermò, ma non scese. Il vecchio, elegante signore, stava immobile di spalle, seduto sulla panchina, nella distesa deserta del lungomare che continuava per chilometri e chilometri a pelo dell'acqua senza presenze umane.

Fissava Mozia, la sua riva e le sue piante. Era probabile che lui avesse chiamato la barchetta e aspettasse «lei» per il traghetto. O al contrario, il viso girato verso il mare era l'avvertimento di non disturbarlo ancora e non unirsi (ciò forse sarebbe stato scandaloso) e continuare il viaggio.

– È Mozia, l'isola dei Fenici! – esclamò Sonia con una voce che voleva essere tranquilla. Il figlio osservò l'isola e abbassò di nuovo la testa sul giornale poiché non c'era niente di cui meravigliarsi. Sonia per alcuni minuti fissò l'acqua, l'apparizione dello zio Paris e Mozia che galleggiava e dondolava come una nave. Quando rimise in moto fece uno sforzo per staccarsi dalla malinconia: a chi avrebbe spiegato mai che mentre gli anni camminano e giustamente tutto si rinnova e cambia, restano dentro a ognuno imprevisti accadimenti inspiegabili? L'amico o conoscente, suo coetaneo (precocemente invecchiato perché troppo uguale al padre), che non vedeva quasi mai e che le aveva indicato Mozia sottovoce, il fazzoletto bianco, la barchetta e il vecchissimo marinaio, quindi l'aveva spinta verso un miraggio dove aveva ritrovato quell'esatto tempo passato tanti anni prima, e lo zio Paris, non era altri che il ragazzo amato in un'isola di cui ora non ricordava che una strada in salita e un porticciolo.

Accelerò e fece un atto per andare incontro ai segni e penetrarli piú a fondo fino a vederli, se possibile, sbiancare dentro di sé perché illuminati: nel sole che naufragava in cielo sciogliendosi in luce che rendeva apparenti le forme delle cose e le distanze, con un gesto lento si levò gli occhiali da sole e lasciò che gli occhi, lungo la strada lambita alla sua sinistra dall'acqua opalescente, si riempissero di una realtà totale quasi bruciandosi. E cosí facendo, con grave rischio, si avviò verso Trapani.

La lampadina oscillava dall'alto soffitto annerito dagli anni e dall'incuria dell'ospedale, almeno in quell'ala. Nella volta nera fece eco un urlo strozzato e chiuso da cloroformio o da una mano. Gemiti e singhiozzi costretti in gola e tronchi. Voci. Un grido di bestia. Silenzio. Il vagito s'inghiottí tra scricchiolii di carrelli e voci normali.

Sonia guardò gli angoli della stanza irraggiungibili da quanto era vasta e loro in ombra. Il letto risultava piccolo per uno spazio sproporzionato. Non pensava alla facile operazione del giorno dopo. Non provava niente per sé da quando aveva saputo, ventiquattro ore prima, che la gravidanza si era interrotta; anzi, che il bambino era morto da un mese. Non le passò per la mente di immaginare (forse perché aveva preso su questo punto una drastica decisione) che cosa era successo di questo bambino già formato e vivente, lasciato a giacere in uno stagno putrido. Non pensò che poteva essere disfatto o marcito, deformato, gonfiato. Chissà! Non aveva idea di ciò che succede di un feto morto che non viene subito estratto dal liquido amniotico.

Dunque non pensò a quello che ho immaginato adesso con orrore, scrivendo. La meraviglia si riversava sulla coincidenza grottesca e fortuita tra l'enorme e nera stanza vicina alla sala parto, la sua situazione e i gridi, i gemiti e i vagiti della vita. La colpiva il fatto che aveva deciso, a casaccio, di venire all'ospedale da sola, con un taxi, la valigetta, e lasciare il marito a casa con il bambino perché era domenica, giorno di libera uscita della signorina. Lo aveva convinto con calore che accompagnarla era una formalità inutile ma adesso che era notte e che si ricordava delle ore precedenti, e doveva aspettare la mattina, ancora si stupiva che non le avesse impedito un'azione sconsiderata.

Chi le voleva bene allora? Doveva rispondere «nessuno», perché l'amore e l'affetto difendono da noi stessi e dai propri errori di valutazione. Capiva che aveva compiuto uno sbaglio grave ma non ne afferrava la qualità.

Si raggomitolò sotto le lenzuola umidicce e seguí i rumori. Fissò gli angoli e la lampadina. Scacciò il sospetto che l'avessero assegnata proprio lí perché nessuno era venuto con lei a difenderla e chi non è difeso da un affetto è disprezzato e punito. Trattato come una cosa. Suonò il campanello per un sonnifero ma l'infermiera non venne. Rivide la sua giornata: aveva preso il taxi e prima aveva detto al marito che non importava che l'accompagnasse con la sua macchina. Nella notte scrutava il viso del marito che prima aveva visto perplesso e indeciso; a distanza di ore le si presentava assente e senza emotività come se l'episodio non lo riguardasse. L'atteggiamento era insensato perché lei, la moglie, doveva andare di corsa all'ospedale per subire lo svuotamento di un bambino morto da un mese, che era già di sei mesi e anche suo.

Il figlio e il marito erano rimasti seduti in terra a giocare. Il figlio la guardava senza interesse, il marito rimetteva diritti i soldatini caduti.

– Vado.

– Ti telefono stasera, se mi passano la stanza. Comunque vengo domattina.

– Non preoccuparti. Mi opereranno presto.

– Cercherò di essere lí. – Rimetteva in piedi il capitano a cavallo e fu costretto a concentrarsi sul suo equilibrio. Cosí quando Sonia uscí dalla stanza i loro occhi non la seguirono.

Nella penombra piena di forme in moto si stupí che anche la signorina, trattata maternamente, fosse sparita senza chiedere se aveva bisogno di aiuto e senza farle gli auguri. Che cosa credevano quindi gli altri? Che ciò che le era accaduto fosse disgustoso, da non trattare, e in qualche misura lei ne avesse la responsabilità? Nessuno mostrava interesse per il suo dispiacere. Arrivò all'ospedale quasi euforica per la solitudine ma in un tempo brevissimo perse l'euforia perché capí che la norma prevedeva altri comportamenti.

Dietro alla scrivania l'infermiera alzò il viso:
– È sola?

Sonia si meravigliò: – Certo. Non è stata prenotata una stanza?

L'infermiera guardò con scrupolo la cartella. – Lei è venuta troppo presto –. Si affrettò ad aggiungere: – Lo so che l'abbiamo chiesto noi ma per un disguido dovrà aspettare. Anche se sono le tre del pomeriggio la stanza è ancora occupata.

– Come mai? – Sonia cominciò a sentirsi vittima di un sopruso. – Non è nel regolamento di nessun ospedale.

– Il regolamento signora!... – L'infermiera s'interruppe per non lasciarsi prendere da inutili impazienze. Con voce piú decisa ripeté: – Mi dispiace, non c'è che aspettare. È sola?

– Mio marito, – mentí Sonia, – verrà piú tardi.

– Ah, bene, – concluse l'infermiera rassicurata e la fece entrare nella sala d'aspetto dove Sonia vide per prima una donna incinta.

Negli interni o negli esterni, la giovane famiglia è sempre composta, in simbolo e nella realtà, da una giovane incinta, da un piccolo o una piccola figlia di tre o quattro anni e da un uomo goffo ma attento a porgere le mani, ad alzarsi e aiutare se il bambino cade o corre a sproposito. L'uomo si china, ha la giacca corta e tagliata male che si apre, si vede che sta ingrassando. La moglie quando gli parla abbassa la voce, bisbiglia; o dialogano fitto fitto concentrati su cose pratiche da decidere; si dànno dei compiti o si rassicurano sulle preoccupazioni. In chi ha una famiglia sbagliata questo gruppo insinua invidia e rabbia verso qualche cosa di semplice rozzo e umano che sfugge e non si possiede. Sonia, nel momento stesso in cui posava la valigia di cuoio grasso e chinava la testa in un saluto distaccato, misurò la distanza che la divideva da loro e che era una distanza non sociale ma di qualità nei rapporti reciproci.

Si sedette. Non riusciva a capire perché aveva voluto dare a sé e al marito tale prova di coraggio e non capiva perché la prova era stata accettata. Passava gli occhi da uno all'altro dei componenti della famiglia mentre in normalità giocando la bambina che aveva tre o quattro anni, l'età di suo figlio, ridacchiava e sgusciava dalle mani lente della mamma e veniva acciuffata dal papà che la riprendeva mentre apriva la porta e voleva scappare tra i lettini a rotelle che passavano. Spiava gli sguardi di intesa tra i due, il fatto che lui rimettesse a posto la ciocca sulla fronte di lei e che lei gli dicesse qualche cosa e poi sospirando si toccasse il collo sudato e la grossa pancia. Soffriva. Allora il marito le teneva lontana la bambina, che trastullava alla finestra e baciava.

Sonia e il marito avevano deciso di comune accordo che il figlio non doveva vedere un ospedale alla sua età, che non era il caso di chiedere alla signorina di rimanere con lui. Di comune accordo avevano anche deciso che era meglio che il bambino non vedesse la mamma che scendeva al portone dell'ospedale con la valigia. Era stato un seguito di ipotesi psicologiche e di buone maniere che l'avevano sacrificata ad affrontare una cosa avanzante come un'ombra.

Rimase un'ora immobile. La donna con la bambina e il marito se ne andarono verso il posto letto assegnato, vennero altri: donne sofferenti vicino alle loro madri o al padre o a persone di famiglia. Sonia insospettiva nell'angolo. Con sguardo atono lei osservava questa promiscuità. Qualche volta entrava un dottore in camice, una volta il professore che doveva operarla. Sonia scattò in piedi.

– Professore! – esclamò, di fronte a colui che dimostrava a tutti che lei era sotto la protezione di un essere umano.

Il professore si guardò in giro. – Sola? Suo marito non c'è?

– È rimasto con il bambino, – spiegò, sollevata di potersi giustificare. – Sa, oggi è domenica.

La guardò senza capire: era evidente che non gli piaceva questa scelta. Sonia si sentí quasi offesa. Non bastava lei, che doveva operarsi, a interessarlo?

– Voleva parlare con mio marito? – avanzò timidamente. – Telefona stasera.

– No, affatto, – fece il professore con una voce che a Sonia sembrò piú staccata del solito. – Stasera, comunque, non gli passeranno la stanza. È la 190. Sarebbe lungo da spiegare, però ci starà solo questa notte. È stato un disguido. Domani mattina dopo l'operazione avrà una stanza piú moderna e confortevole –. Fece un bel sorriso con sollievo sproporzionato di Sonia.

– Per carità, professore, per me è lo stesso!
– Bene, bene, – tagliò lui. – Domani sarà la prima. Faremo prestissimo. Mi dispiace che sia andata cosí. Ci voleva anche il guasto del cervello elettronico per ritardare la decisione! – Allargò le braccia. – Io avevo fatto il possibile. Si vede che non era destino.
– Lo so, lo so, – si affrettò a dire Sonia. – Non è certo colpa sua!
– Eh, no! – Dal tono capí di aver sbagliato frase e le montarono agli occhi lacrime di abbandono che ricacciò. Si accorse che stava in piedi come una postulante e che lui non aveva neppure detto «stia comoda».

Il professore uscí, Sonia si sedette guardandosi intorno con un mezzo sorriso. Le facce la fissavano con serietà innaturale, aria di riprovazione; erano gruppi isolati tra loro e uniti all'interno. In un quadro lei sarebbe stata messa in un angolo e gli altri della saletta, una società intera, di fronte, nello schema del processo, a fissarla con sospetto.

Entrò di corsa l'infermiera e disse brevemente – Venga!
Sonia prese la valigia e nessuno pensò ad aiutarla benché dalla pancia si poteva supporre che andasse a partorire e le mani e le gambe erano gonfie in modo anomalo. Percorsero corridoi sempre piú stretti finché entrarono nella stanza vicino alla sala parto.

Quanti parti erano previsti quella sera e quella notte? Si aggricciò nei lenzuoli freddi fino a che si addormentò insieme al minuscolo cadavere che portava nella pancia.

Quando prese coscienza di sé era in una stanza modernissima e di normali proporzioni, l'operazione era avvenuta, la mattina era inoltrata a giudicare dal sole e dalla luce, sulla sedia distante dal letto la fissava il marito. Sul tavolino davanti a lei c'era in un vaso un mazzo di gladioli.

Debolmente gli disse «grazie» perché capiva che lui aveva fatto uno sforzo per compiere questo dovere. Tant'è vero che nella scelta dei fiori non c'era ombra di tenerezza, ma l'impronta di un dovere formale.

Il marito non si era mosso, non era venuto verso di lei che aveva aperto gli occhi. La luce della stanza era bella, sapeva di vita regolare ospedaliera.

L'infermiera entrò, la scosse con delicatezza e chiese:
– Tutto bene?

Sonia sorrise di gratitudine: – Tutto, tutto.

Proseguí l'infermiera: – Adesso non ci pensi piú, è passato...

Sonia si ricordò che le avevano tolto il minuscolo cadavere che era suo figlio e si mise a piangere di struggimento. Dove buttavano i feti morti? Singhiozzava come le contadine tenendo una mano sugli occhi per non mostrare le lacrime e sulla bocca perché le si storceva nel pianto.

– Su, su, – disse il marito rimanendo seduto lontano. La fissava ma non si muoveva. Lei abbassò la mano e lo guardò a sua volta per capire la ragione di una lontananza assurda che le parve disgusto o disprezzo. Oltre a sentirsi una tomba scoperchiata si sentiva colpevole e carnefice; un vuoto loculo e un assassino.

Si asciugò gli occhi. – Di che sesso era? – chiese debolmente.

– Ma che cosa vuoi... – la interruppe il marito. Sonia non capí.

– Non te lo ha detto il professore? Non lo hai visto?

– Non ho chiesto, – disse il marito impaziente. – E poi non ha importanza, ti pare?

Non si sentí il coraggio di proseguire.

Entrò il professore con il suo seguito, il marito uscí. Il professore le prese il polso. Lei ricominciò a piangere.

– Su, su, non deve prenderla a questo modo. Era brava ieri. Non è la fine del mondo, le pare?

Cercò di farsi coraggio e con voce che non riconobbe balbettò:

— Vorrei sapere una cosa.

— Dica, dica —. Il professore era distratto già da altro, le parve per cautelarsi da domande imbarazzanti.

— Vorrei sapere se era maschio o femmina. Si vedeva?

Il professore la fissò un momento, si voltò di scatto andando verso la porta insieme al corteo e salutandola con la mano.

— Ma lasci perdere il sesso! Pensi a rimettersi, cara signora, pensi al figlio che ha! A proposito, quanti anni ha suo figlio?

— Tre...

— Chissà che bel bambino, eh?

— Sí, — ammise Sonia sorridendo suo malgrado. — È un bel bambino, ma...

— E allora! — la interruppe. — A presto! — e uscí.

Tornò il marito e si sedette di nuovo lontano guardando l'orologio.

— Fai tardi? — chiese Sonia con apprensione.

— Tra un quarto d'ora sarà meglio che vada. Torno oggi.

Si accorse che tra le altre voci sentiva anche la sua. Le parole non le pensava piú, le udiva solamente. Era una novità.

— Se vuoi non venire.

— Per poco magari.

— Portami la settimana enigmistica.

— D'accordo.

Se ne andò.

Con lentezza, nelle ore, si formò e prese consistenza la convinzione che le tenevano nascosto qualche cosa di piú di quanto sapeva. Il bambino era un mostro o, peggio, non c'era. Una gravidanza isterica: era gonfiata, gonfiata, le mestruazioni si erano fermate, aveva avuto nausee e perdite e minaccia d'aborto, le prove di gravidanza confermavano i dubbi: c'è o non c'è, c'è o non c'è. In realtà il bambino non c'era per niente e lei era pazza. Perciò il marito stava lontano, cercando di vincere la preoccupazione e il disgusto che gli ispirava; perciò il professore sgusciava via e non rispondeva. Si toccò il corpo sotto le lenzuola e si accorse che il grasso che l'aveva fasciata nei fianchi e resa deforme piú che nella prima gravidanza non era diminuito per niente. La dilatazione del ventre era identica. Di quanti chili era dimagrita con lo svuotamento? Quanto pesa la placenta e il liquido amniotico? Quanto un feto decomposto di sei mesi?

Il tempo passava in fretta in queste ipotesi. Che erano in alternativa all'altra eventualità, assai probabile per l'età avanzata: il bambino era mongoloide. È risaputo che le gravidanze delle donne di quarant'anni elevano il rischio. Se cosí era, sarebbe stato meglio saperlo, dato che il fatto non doveva costituire una colpa o una vergogna. Quando rientrò il marito e la guardò, la sua bocca non articolò sillaba perché era rimasta sigillata dalla paura.

– Ecco! – Riviste e parole incrociate. – Tanto è per poco, domani verrai a casa.

Sonia abbassò gli occhi sulle caselle delle parole incrociate e cominciò a compitare dentro di sé. Dopo un'ora si rese conto che il marito stava per andarsene e la guardava con curiosità.

– Non sapevo che fossi appassionata di parole incrociate.

Sonia non trovò risposta. Sorrise per educazione e riprese a scrivere nelle caselle.

Dei giorni che seguirono non c'è niente da privilegiare. Sonia uscí per andare dal giornalaio a comperare i fascicoli delle parole incrociate. Si dedicava a questo passatempo dalla mattina alle nove alla sera a mezzanotte. Quando il marito o la donna di servizio o la signorina con il figlio per mano la interrompevano li congedava con impazienza oppure si chiudeva in camera per non avere quel tormentoso disturbo. Il marito, steso vicino a lei, prima di spegnere la luce le chiedeva:

– E tu che cosa fai, non dormi?

Sonia in seguito si ricordò benissimo di come stavano, cioè in quale posizione, a letto. Lui sdraiato, sotto le coperte, con la mano fuori dal lenzuolo e posata sulla peretta della luce e lei seduta, diritta, anzi curva in avanti, con il fascicolo delle parole incrociate sulle gambe e sul comodino la gomma da cancellare e una matita di ricambio. Si spogliava in gran fretta perché pensava al problema insoluto: l'otto verticale o il dieci orizzontale.

Prima di rispondere concentrava lo sguardo sul marito, focalizzandolo.

– Tra poco, – e riabbassava la testa sulle caselle.

Quando il sonno la faceva cadere in avanti (avveniva dopo mezz'ora esatta dal momento in cui aveva preso il solito sonnifero), con meticolosità sistemava il fascicolo, la gomma e le matite per ritrovarle a tasto la mattina dopo, appena sveglia. Arrivò a fare le parole incrociate anche mentre mangiava, non rispose piú a nessuno e non si accorse di ciò che avveniva intorno. Nessuno venne a trovarla, è probabile, non ricevette telefonate e non ebbe occasione di parlare, oppure agli altri fu impossibile penetrare attraverso la sua passione. Passò quasi un mese.

Un giorno il marito le disse:

– Ti ho preso un appuntamento dal dottore.

Sonia cadde dalle nuvole. – Mi sento bene, però facciamo come vuoi –. Non si opponeva a niente perché sarebbe stata una perdita di tempo.

– Una visita di controllo.

– Bene, bene, – chiuse Sonia già nervosa perché il dialogo era stato troppo lungo.

Il dottore le fece molte domande e lei rispose con gentilezza. Le riuscí simpatico. Le chiese se aveva interessi e passatempi in un periodo un po' particolare, dopo circostanze tanto tristi. Gli spiegò che aveva un grande interesse per le parole incrociate. Il dottore si dimostrò a sua volta curioso e da ciò che diceva parve a Sonia un intenditore. Discussero di come questo gioco disprezzato ingiustamente abbia un profondo fascino e nasconda scoperte culturali inattese. Si impara dalle parole incrociate piú che dai libri. Esigono concentrazione completa e impediscono a tutti gli altri pensieri di interporsi. Il dottore non dette importanza ai dubbi sul fatto che il bambino non ci fosse o che fosse mongoloide, concluse che era solo affaticata, doveva distrarsi e prendere alcune pastiglie. Si sarebbero rivisti tra venti giorni.

Sonia non era infelice e le sue giornate erano rapide e corte perché le divorava l'attività. Un problema serio era che i fascicoli esistenti in commercio di parole incrociate erano troppo pochi. Diventata molto abile, alcune combinazioni la deludevano. Si interessò di sciarade per colmare gli spazi vuoti. Iniziò sbadatamente la cura. Dopo alcuni giorni un mattino non prese il fascicolo delle parole incrociate ma invece si alzò e si diresse in cucina a farsi la colazione. Riprese le parole incrociate nel pomeriggio. Si muoveva pilotata da una spinta meccanica: si vestiva, usciva, camminava, guardava i negozi, ritornava. Nel giro di una settimana abbandonò le parole incrociate e non le toccò mai piú.

Si rese conto del fenomeno quando era già avvenuto ed era irreversibile. La passione era finita. Passò molte ore agitata e valutò la possibilità di non prendere piú le pastiglie e vedere cosí se poteva tornare alla fatale passione. Ma capí che il filo si era interrotto ed eliminare la cura non sarebbe servito a niente.


La clinica frequentata in buona parte da ufficiali dell'esercito stava in collina, fuori e sopra la città. Il giardino si spingeva su un cocuzzolo panoramico, tra le aiuole poco curate ma simpatiche e casalinghe c'erano varie panchine di legno e le stanze, niente di moderno, erano arredate con rustica sapienza, comode. Per non arrivare a mani vuote, alla stazione aveva comperato un libro e i cioccolatini con trascuratezza e malavoglia.

Non sapeva che cosa era successo. La breve lettera, dove le erano stati indicati i giorni di visita e l'indirizzo, conteneva un segno allarmante: la calligrafia a sghimbescio quasi indecifrabile.

Trascinava con nascosta fatica la gamba destra. La spalla

destra che per difetto congenito tendeva ad abbassarsi rispetto all'altra ora franava su un corpo in bilico, teso nello sforzo di mantenere l'equilibrio senza usare appoggi. Il braccio destro si piegava verso la cintura, rattrappito. La giacca da camera color cammello, chiusa da un cordone di seta, nascondeva la magrezza eccessiva ma non il tremolio delle dita; la mano sinistra lisciava continuamente i radi capelli moltiplicando per senilità un gesto che era stato del tenente seduttore e adesso rappresentava l'attitudine maniacale per l'ordine e la pensosità senza contenuti.

Non c'era da sbagliarsi: suo padre aveva avuto una paralisi da cui tentava di riprendersi. Un mese prima doveva essere quasi immobile. Sonia si commosse solo della preoccupazione che serpeggiò negli occhi velati appena la vide nel giardino, che s'incuneò nello sguardo lanciato intorno per controllare se era stata notata. La trascinò in un punto riparato e lontano. Mentre parlavano spiava gli altri di soppiatto. Preso dalla sua ossessione non ascoltava quello che lei diceva, non rispondeva, perdeva il filo. Mascherava l'ansia con un finto interesse. Sonia sapeva troppo bene quanto lui soffriva al pensiero di dover ammettere questa esistenza scandalosa. Faceva finta di non accorgersi dello sguardo scrutatore, dei cambiamenti di posto, dei racconti troncati a metà e per gentilezza, anche per un impeto di affetto che proveniva in lei proprio dall'assurdo rifiuto, gli indicava i punti riparati. Quando lo vide al colmo dell'inquietudine, nonostante il solicello, il benessere primaverile e l'invidiabile rossa città stesa con le sue torri sotto il cocuzzolo, gli propose di continuare la conversazione in camera.

Ciò che dicevano era inutile. Vecchio o giovane, malato o sano, il padre stava distaccato da lei che cambiava età e rimaneva invisibile: un fiume scorreva tra loro da quando era nata e dalle rive, considerando ciò che può distrarre lo sguardo negli anni, si parlavano del piú e del meno senza riconoscersi. Infatti lui poneva domande e non afferrava le risposte. Sonia a sua volta interrogava e lui rispondeva distratto, breve. Alcune volte non la sentiva neppure, assorto in sé, e si stabiliva il silenzio. La malattia evidenziava il distacco invece di accorciarlo.

Montò sul treno al tramonto e subito l'attraversò la preoccupazione che il marito avesse fatto del male alla madre. Aveva paura del marito e si era convinta di essere odiata e che la sua presenza lo disgustasse; lui odiava anche la signora Marianna. Osservando di soppiatto gli occhi gelidi e carichi di repulsione, la bocca sigillata e tirata, si era convinta che solo un controllo senza pari gli impediva di trasformare in fatti il suo odio. E ciò poteva avvenire da un momento all'altro.

Una sera la madre aveva mangiato con gusto risotto alla milanese, arrosto con patate, vino, dolce e frutta. Aveva lodato Sonia con entusiasmo. Gli occhi del marito si erano dilatati per sopportare l'intollerabile spettacolo dell'ingordigia. La madre era propensa a ridere. Le guance da vizze diventarono colorite e lustre e gli occhi lucidi. È vero che qualche cosa d'impudico nell'allegria dei vecchi c'è, di ripugnante, che solo l'amore fa superare. Il marito uscí dalla stanza. Sonia approfittò per difenderla.

– Adesso basta, hai mangiato troppo.

Il marito tornò con la bottiglia del cognac e una scatola di cioccolatini. Sonia si mise in allarme.

– Bisogna chiudere bene questa serata! – esclamò il marito.

– Pochissimo, – mormorò Sonia, nonostante la paura che le impediva di discutere in qualsiasi maniera e per qualsiasi cosa. – Le fa male.

– Ma è un digestivo! Due dita?

La signora Marianna rideva. Avanzò la mano verso il bicchiere.

– Ho proprio ecceduto...

Versò una porzione doppia. La signora Marianna non era abituata a gradazioni alcoliche tanto alte. Tossí e rimase senza fiato. Sonia la costrinse a bere un po' d'acqua.

– Un altro sorso? – chiese il marito con gentilezza. – Va via il singhiozzo.

– Ti prego, – mormorò Sonia. – Ho paura che le faccia male.
– Male? Fa digerire.
– E poi è buono! – rincarò la signora Marianna. – Tu, – puntò il dito con il fare tipico di chi è brillo e si sente spiritoso, – non fare la suocera una volta tanto. Dico bene?
– Eh, se dici bene!

La paura di Sonia aumentava: lui si stava vendicando del fatto che sua madre a settantotto anni, sopravvissuta a un tumore, fosse felice e amasse la vita.

– Sono buonissimi, – continuò il marito aprendo la scatola e mostrando cioccolatini al liquore, al marzapane, al pistacchio, alle mandorle, alla nocciola. – Bisognerebbe assaggiarli tutti.

– Ah! Ah! ah! – La signora Marianna era felice con il genero loquace e cordiale. – Io e tuo marito ci intendiamo.

Sonia vide negli occhi della madre uno spiraglio di prudenza a cui si attaccò.

– No, – disse la signora Marianna. – Con il cognac la cioccolata è troppo.

– Se non li assaggi mi offendo, – ribatté lui. Additò con decisione il cioccolatino al kirsch. – Dopo, questo al pistacchio.

– Adesso basta, non voglio. Ti prego, mamma!

La signora Marianna era incerta. Non voleva dispiacere al genero.

– Forse è meglio di no, – ripeté.
– Questi due e basta.

La mano, rallentata dal dubbio, avanzò verso la scatola e Sonia credette di vedere lo sguardo del marito appoggiato con repulsione ai dolci.

La signora Marianna bevve il cognac a sorsi cauti e con lentezza, per dovere mangiò i cioccolatini. Dopo poco andò a letto. Nella notte si sentí male. Sonia alla mattina, assai preoccupata, chiamò il dottore. Aveva la febbre alta, disturbi d'intestino. Per dodici ore rimase rossa in faccia e imbambolata. Dopo tre giorni mormorò: – L'ho scampata bella!

Il marito non fece commenti. Non parlava mai di quanto accadeva, specie se gli avvenimenti smentivano i suoi atti o potevano sembrare da loro generati. Escludeva i nessi tra lui e il mondo esterno. Se avesse detto «abbiamo esagerato con la mamma!» Sonia non avrebbe avuto funesti pensieri. Invece tacque e si disinteressò.

Da tempo Sonia viveva in un mondo inesplicabile e spesso si trovava a considerare che il marito era distaccato e ostile perché desiderava la sua morte. Era sicura che lui trasformava in odio e punizione l'amore e i sentimenti. Non solo quindi odiava lei, ma anche tutte le donne e tutti gli esseri umani. Viveva vicino a lui costretta dal proprio incarceramento e non si chiedeva chi l'avesse incarcerata, dov'era la cella, chi le impediva la fuga, chi le aveva imposto tale vita e tali rischi.

Intanto nella sua mente impietriva l'immagine del padre come si era alzato dalla panchina e come le era venuto incontro. Magro, con i pantaloni del pigiama a righe che sbattevano sulle gambe traballanti. Per istinto aveva controllato sotto la giacca da camera che i pantaloni non si aprissero sul sesso. Sonia aveva immaginato subito il sesso del padre flaccido e inutile. Anche quando era ragazza e il padre rare volte aveva dormito sul divano della casa di Firenze, che era stato prima e dopo dello zio Paris, aveva immaginato il sesso del padre, penzolante nei pantaloni del pigiama; appunto alla mattina quando andava in bagno e faceva lo stesso gesto di controllo per non proporre alla figlia adolescente sgradevoli sorprese. Una cosa morta e brutta che provocava disgusto; lo stesso di quando i baffi freddi e umidi si posavano sulla guancia o peggio sulla bocca.

L'immagine si ripresentava insieme al racconto che le aveva fatto al solicello del giardino, con fatica perché il dolore lo sopraffaceva. Si trattava della morte del cane lupo Ralf, già da tempo ammalato.

«Cara Sonia, sono stato tante notti a vegliarlo che alla

fine ero stanchissimo. Ti assicuro che tutti avrebbero da imparare dalle bestie. Quando stava male mi dava la zampa. Io gli dicevo "Ralf, sono qui, vicino a te". Tentava di alzare il muso, mugolava e batteva la coda in terra. Ha lasciato un gran vuoto nella mia vita. Alla mattina mi portava le pantofole, il guinzaglio, il cappello. Correva avanti dal giornalaio. Voleva aiutarmi a portare il giornale. Mi divertivo, povero Ralf, a farlo soffrire e facevo finta di dimenticarmene per vedere come si comportava. Non ti dico! Mi annusava, guaiva, saltava e strisciava. Io continuavo a chiedergli "Che cosa c'è, povero Ralf, che cosa ti fanno?" Non si può capire che cos'è l'intelligenza e la sensibilità di un animale se non ci si vive insieme, cara Sonia! Davvero è il miglior amico dell'uomo, credimi...»

Si era incantato e fissava davanti a sé gli esseri amati: Tito, Woolf, Ralf, guardando senza vederle le torri rosse incendiate di luci calde e la città per metà in ombra perché il pomeriggio s'inoltrava. Scrollò la testa. Dimentico di Sonia seguiva il passo di Ralf, lo vedeva mentre scodinzolava, mangiava la pappa che lui aveva preparato, beveva a linguate dalla scodella e gli portava il giornale o si accucciava vicino nel solitario appartamento. Sonia non riuscí a distogliere gli occhi dal padre mentre le andava facendo questo racconto e provava uno stupore allargato in meraviglia perché l'assenza di lei era tanto perfetta da rendere la sua presenza finta, un sogno.

Il padre si riscosse e concluse con tristezza «... tutta la vita, in fondo, sono stato schiavo di un cane...»

Si appoggiò al braccio di Sonia ed evitando l'ingresso principale si diresse, appunto seguendo il consiglio, verso una porticina per salire in camera senza incontrare conoscenze moleste.

Il marito non chiese del viaggio e del padre. Sonia si rendeva conto che ciò che la riguardava non aveva interesse e in fondo al cuore gli dava ragione, anche del disprezzo e del disgusto che supponeva. La vita della casa la riassorbí, la figuretta sbilenca dell'ex colonnello diventò una delle immagini dei suoi rimorsi. La grande casa era bella, Milano splendida di primavera; il pallore trascolorante del cielo, il sole gentile, il piacere di camminare, la mestizia della tranquilla prigionia da «confino» che la rassicurava senza atti responsabili; pagava con l'assenza il fatto di vivere. È sempre un sollievo mettere in pari i debiti che altrimenti graverebbero su di noi. Come tutti gli esclusi, maturava a sua insaputa selvagge rivincite.

– Stasera proviamo a farlo dormire nel letto senza sponde.

Arrivata l'ora esatta della nanna, il bambino in pigiama fu messo davanti al divano basso e la mamma con dolcezza gli spiegò:

– Vedi che bel letto nuovo? È per te. Ci puoi dormire da stanotte. Vuoi provare a salire?

Il bambino guardò prima lei che sorrideva, la signorina che lo fissava con accondiscendenza, il vecchio lettino con le sbarre abbassate e infine il letto libero da spalliere e basso. Montò sul letto ed entrò sotto le coperte. Stette un momento cosí, poi concentrato in sé, piano piano, cautamente posò un piede in terra, anche l'altro, si alzò, corse verso la parte opposta della stanza e tornò al letto. Con piú sveltezza questa volta si arrampicò e si ficcò sotto le coperte. Si mise a ridere, ma con riserbo.

– Visto? – disse la mamma rassicurandolo, – puoi salire e scendere quando vuoi.

Il bambino tornò giú rapido, corse in tondo per tutta la stanza, salí con disinvoltura ed entrò sotto le coperte. La mamma sorrise di nuovo. – Va bene, prova pure, ma tra poco devi dormire, ricordatelo.

Il bambino rideva, gli occhi non la seguirono piú. In una sarabanda di gioia e di libertà prese a salire e scendere, a correre da un capo all'altro della stanza lanciando gridi di euforia e di eccitazione. Era diventato tutto rosso e pareva fuori di sé dalla meraviglia e dalla grandiosità del regalo.

Sonia lo osservava con sospetto, cosí la graziosa signorina. Mormorò una all'altra:
— Mi pare che si stia eccitando troppo...
Sonia diceva ogni tanto a voce bassa e suadente, come lei credeva si dovesse parlare ai bambini per convincerli a fare ciò che gli adulti volevano, – Ora basta. Adesso basta –. Lui non l'ascoltava. Le rendeva partecipi della propria gioia voltandosi verso di loro, ridendo e gridando come un sioux. Si vedeva che la libertà si impossessava del suo corpo e con ogni probabilità entrava in concetto nella sua mente. Le corse, le capriole, le grida diventarono allarmanti.

Le due donne si guardarono perplesse. La signorina azzardò:
— Forse non era ancora il momento, mi pare che non si renda conto che è un letto, lo considera un gioco...
— Già, – ammise Sonia, – che cosa facciamo?
Il bambino continuava la sarabanda. Alle esortazioni che lo invitavano a smetterla e a dormire, rispondeva correndo e saltando sul letto e sotto le coperte, fuori, all'altro capo della stanza con gridi e risate. Era diverso da quello di sempre.
— Ora, – disse con autorevolezza la madre, – o ti fermi e fai la nanna o ti metto nel lettino.
Il bambino non ascoltò e non si fermò. Il sonno, pareva rispondere, quando verrà lo considererò, visto che è cosí facile salire e scendere di qui. Montava anche in piedi e saltava su e giú, su e giú, cosa che non aveva mai fatto nell'altro letto perché subito le sponde di legno venivano alzate privandolo del mondo.
— Che cosa facciamo? – ripeté la signorina. – È passata quasi un'ora e non smette. Mi pare che non abbia piú sonno e stia perdendo le buone abitudini.
— Lo metto di nuovo nel lettino. Non c'è che da fare cosí.
— Io, però, non me la sento. Non se lo aspetta.
— Ci penso io, – la interruppe Sonia, cosciente dei suoi doveri. – Finirà per capire che un letto non può essere solo un gioco.

Si avvicinò al bambino e lo prese in braccio, lui rise e gridò alzando le braccia e divincolandosi per la voglia di tornare alla libertà.

– Senti, – la mamma gli parlò lentamente con un tono di persuasione e di affetto, – non puoi dormire nel lettone se fai cosí, bisogna tornare nel lettino, – e con una mossa decisa lo depositò nell'altro letto, in piedi. Con abilità e sveltezza in un attimo fece salire la sponda con le sbarre e rinchiuse.

Il bimbo si trovò prigioniero. Rimase un attimo sbalordito e senza fiato fissando il letto della libertà che stava all'altra parete, guardò la madre con due occhi disperati e di supplica, scoppiò in un pianto dirotto tendendo le braccia verso di lei. Sonia era andata alla porta della stanza e l'aveva chiusa perché il pianto non si sentisse nell'appartamento. La signorina era scivolata fuori con destrezza e con una rapida mossa aveva spento la luce. Si ritrovarono al buio. Si teneva vicina a lui e abbracciandolo al di qua delle sbarre, lo consolava.

– Ciccio, ciccino, non piangere, un giorno andrai a dormire nel letto basso, te lo prometto, ma adesso è troppo presto, è troppo presto. Dormi, come tutte le sere, la mamma sta qui con te e ti tiene compagnia. No, tesoro. Per stasera nel letto basso non ci vai piú...

– Voglio andare nel letto grande! Voglio andare nel letto grande! – singhiozzava il bambino e la fissava con gli occhi sbarrati. Pianse tanto a lungo che alla fine riusciva solo a gemere debolmente senza voce, quasi fosse ferito e morisse tra le braccia della mamma che non aveva smesso di parlargli con suadente fermezza sul fatto che non poteva tornare nel letto grande ma doveva rimanere lí, chiuso dalle sbarre. Erano al buio, dal buio sorgeva una lucina rossa e il letto basso si vedeva. Il bambino stremato si era disteso e teneva stretta una mano della mamma tra le sbarre per sentirla vicina benché non la comprendesse e non ne comprendesse l'insensata crudeltà. Sonia si accorse benissimo che lo sguardo non la sfiorava mai ma rimaneva attaccato al letto senza sbarre. Alla fine gli occhi del bambino si chiusero ma ogni tanto si sbarravano per un sussulto come quelli di una sentinella che deve vegliare su un tesoro per paura che venga trafugato. Infine si addormentò.

Sonia, bagnata di sudore, uscí dalla stanza con l'insopportabile peso di venire da una stanza di tortura, da un'insania. Non sapeva quanto tempo era passato. La signorina era sparita. Trovò il marito a tre passi nel corridoio, segno che era stato vicino alla porta tutto il tempo. Era pallido.

– Dorme? – domandò.

– Dorme –. Aggiunse: – Bisognava fare cosí. Non c'era scelta. Nel letto basso lo metteremo tra dieci, quindici giorni, quando avrà imparato che serve a dormire.

Il bambino lo imparò. La mattina dopo non guardò neppure il letto basso, non fece alcuna rimostranza quando si trattò di tornare nel lettino con le sbarre, ma mantenne la particolarità di addormentarsi fissando tra le sbarre il letto della libertà.

Dopo dieci o quindici giorni, una sera, fu messo nel letto basso. Non si mosse, non scese, non mostrò alcuna meraviglia e alcun piacere speciale. Alla mattina, quando si svegliava, chiamava, magari con allegria, ma non scendeva fino a che non veniva invitato a farlo.

Sonia, quando il figlio era già un uomo, si ritrovava a pensare ancora pressappoco: che non sappia mai di quella tortura! Ringraziava non so che Dio che il figlio fosse sereno, nonostante ciò che gli aveva fatto passare; che fosse senza odio per gli uomini, nonostante la spietata persecuzione degli anni milanesi.

Intorno al 1972 il luogo dell'azione è Roma: Sonia aveva arredato una casa ancora piú bella di quella di Milano perché dotata di molteplici doni: giardino, terrazze, lunghe finestre su una campagna collinare lussureggiante. Il bambino cresceva bene, si usa dire. La signora Marianna, che abitava a Firenze, si manteneva in ottima forma, allegra perché aveva recuperato da anni il suo naturale temperamento. Aveva all'incirca ottantadue anni.

Fino a che, un giorno, di nuovo, tutto cambiò. O meglio, una parte di questa vicenda si concluse.

Il tempo sulla vita di Sonia scorre con rapidità. È vero che saltando le premesse di alcuni avvenimenti, solo questi sembrano incisivi e stupefacenti; però si possono anche considerare naturali epiloghi o logiche spiegazioni finalmente date dai fatti ai fatti.

La prima volta che sua madre entrò in clinica e la vita prese un tran tran mai prima sospettato, la cosa che piú la colpí fu il silenzio: un silenzio interiore grandissimo come se il corpo fosse stato il teatro di una conflagrazione, di un rombo assordante uguale a quello di una bomba atomica. All'interno delle sue pareti umane c'era lo spettacolo di una distruzione che solo piú tardi si sarebbe potuta classificare in risorgenti brandelli di vita, anomalie forse mostruose.

Questo silenzio si spandeva al di fuori del corpo nello spazio intorno fino a depositarsi nel quadro che osservava dalla finestra, la collina sorgente dal vuoto della valle sprofondata al di sotto dei suoi occhi in uno spazio interstellare, sinistro e affascinante sipario che l'attraeva sia con il sole, sia con la luna e le stelle.

Non sempre stava seduta di fronte alla finestra del soggiorno ma il riscontro tra la supposta strage e il misterioso panorama senza volume le faceva pensare che esso fosse lievitato da lei per una proiezione mentale: vetrino da microscopio allargato, raggiungeva la dimensione della verde e bruna collina; e il microscopio che ci voleva a studiare il mondo devastato all'interno, girato verso il nuovo fuoco, si mutava in un telescopio per la scoperta di un pianeta inesplorato.

Proprio come da una terra percorsa dalle radiazioni attendeva qualcosa: di non mai visto, di stupefacente, che sollevi con l'orrore di un'apparizione senza antefatti. Per adesso non si avvertiva nessun suono o atto umano o moto meccanico; solo qualche volta strani rumori veri o immaginati: simili a un lungo guaito, al mormorio subito spento del vento, al secco trac di un ramo che si spezza.

Di solito stava seduta composta, con la testa diritta, le mani congiunte in grembo, immobile ma proiettata verso l'ignoto, chiusa in un'astronave in cammino. Poteva osservare il pianeta sconosciuto, il sipario verticale coperto di vegetazione, dove le strisce dei pini, il grosso castagno, le sfumature verdastre di erba bassa sul marrone di una terra di cui non sapeva la composizione, si inquadravano nei rettangoli di vetro della finestra. L'ultimo spazio era per il nero del cielo.

Dall'astronave il tempo non aveva valore: si accendevano o si spegnevano i chiarori delle stelle e della luna, se era notte; oppure navigava nella luminosità accecante di un azzurro che a fissarlo diventava pura trasparenza e inondava di intenso violetto il verde e il marrone, quando il sole già in tramonto proiettava con ultima violenza il suo calore, se era giorno.

Su tale scenario apparivano due uomini in movimento centrifugo da lei, l'uno di fronte, l'altro di spalle. Sonia li vedeva uno dopo l'altro, in due sequenze mute brevissime, legate senza possibilità di taglio. La prima di queste sequenze rappresentava il padre, la seconda il marito.

Il padre: si allontanava con un effetto di rimpicciolimento brusco fino a sparire. Cosí l'aveva visto quando si era girata verso il fondo del taxi che la portava alla stazione: la figura del vecchio signore, appoggiato di sbieco al bastone, in un atteggiamento di debolezza che poteva essere vanità d'altri tempi, aveva accumulato il senso di una vita e la certezza della morte imminente. Forse la velocità del taxi che correva aveva impresso quel significato di strappo e conclusione. Le lacrime avevano appannato tutto, fino a far tremolare la figuretta, mentre per un addio lei continuava ad alzare la mano, la mano, la mano anche quando sapeva che il padre non la poteva piú vedere. Dalla stazione sul treno, via dalla città delle torri che poco conosceva, con un allontanamento sempre piú rapido, impossibile a fermare.

Il padre era morto. Il ricordo si era bloccato in quell'immagine e quando appariva, sul buio sfondo della collina, la lacerava come un suono troppo acuto, un lampo accecante poiché dal vecchio signore appoggiato elegantemente al bastone, incorniciato da due piante e dal cancello del residence di lusso, emanava la crudele fissità e l'enigma di un totem; e da questo idolo uscivano forze repulsive e ingiuste; che possono tagliare il cavo dell'astronauta e precipitarlo nel vuoto.

Chi era stato il padre? Questa era una domanda di dopo e anche di dopo era il sogno di un'inversione di marcia di quel taxi e della forza centrifuga in una corsa ai suoi piedi per una prosternazione ansimante, per una richiesta urlata d'amore, che avrebbe scatenato chissà quali forze ostili, tali da maciullare il suo corpo in un tormento al quale non sapeva dare nome e ragione.

Ripiegato dalla malattia e dall'età, teso in uno sforzo virile e patetico di apparire diritto; con il viso già magro asciugato dalla fatica della malattia che lei non conosceva, nel quale le rughe intorno agli occhi e intorno alle labbra erano il riassunto della passata bellezza, del disprezzo per gli altri, dell'egoismo e della sconfitta insieme; ma tracciavano anche il sunto del viso di Sonia che aveva ancora margini per la devastazione. Vedeva benissimo il colletto della camicia a righe, troppo largo per il collo risecchito, il nodo stretto della cravatta di seta, il bel vestito di grisaglia che cadeva dalle spalle rimpicciolite sul corpo magrissimo; il cappello di panama e il brillio, che si notava persino dal taxi, dell'anello d'oro.

Nel fotogramma per incantesimo filtravano e finivano i ricordi di un'intera esistenza e il padre ormai minuscolo si trasformava nel marito: di spalle, con il consueto cappotto, con una valigia nella mano destra, che camminava senza rumore sul tappeto verso la porta d'ingresso che apriva e chiudeva dietro di sé per sempre. La novità di questa immagine rispetto all'altra era che egli aveva percorso quel corridoio con la valigia, con il cappotto, aveva aperto e richiuso la porta senza esitazione, ma questi movimenti e questi passi non erano stati fatti in sua presenza. Si riteneva certa tuttavia che nell'esatto momento in cui era avvenuta sul serio la breve azione, lei l'aveva immaginata senza errori.

La realtà e la sua mente si erano sovrapposte ma solo i suoi occhi erano stati veramente là, al fondo del corridoio, senza battiti, ingigantiti per fermare nella retina i particolari del rito, questa volta senza altra partecipazione perché gli altri sensi erano ormai assenti. Avevano colto le spalle, la nuca, il passo ma avevano cancellato il viso e l'anima. L'«uomo che usciva per sempre», per volontà di entrambi, aveva perso la sua identità in un passato che sprofondava.

Le due sequenze non sono la causa della conflagrazione: sorgono come lacerti del prima, fantasmi in una memoria buia. La scossa che aveva prodotto l'urto delle cellule era stata l'effetto di momenti che non avevano immagini, il primo dei quali fu la telefonata.


Dopo una settimana che si era separata dal marito, una sera Sonia ebbe viva l'impressione di aver mancato verso suo padre. Le accadeva di scordarsi di lui e questo non era giusto, anzi era profondamente colpevole dato che ormai a ottantadue anni ciò che si è fatto di male o di bene diventa privo di significato per sé e per gli altri. Da piú di un mese non riceveva sue notizie. Aveva scritto e il padre non aveva risposto. Si era dimenticata del silenzio anche perché la sua vita era stata densa di cambiamenti e azioni.

Fu dunque piú o meno con questi ragionamenti che, dopo aver guardato l'orologio e visto che una telefonata non avrebbe turbato gli orari della ricca casa di riposo, compose il prefisso e il numero. Una voce femminile, educata, chiese con chi voleva parlare. Disse il cognome di suo padre. Un'esitazione diventò una pausa. La voce chiese di nuovo chi de-

siderava e lei ripeté e scandí bene il cognome. Allora la voce, stupita e allarmata, riprese:
– Signora, il colonnello non c'è piú...
– Non c'è piú? Ha cambiato residence?
– No, no! Chi parla, prego? Chi parla?
– Parla... per favore, ci deve essere un equivoco, mi dia il colonnello...
La voce diventò netta e anonima.
– Il colonnello è morto venti giorni fa.
– Morto?...
Sonia si trovò la mente senza parole. Suo padre era morto solo perché nemmeno la figlia lo amava.
– Pronto, pronto... – La voce era allarmata dal silenzio. – È caduta la linea... Chi parla?
Ritornarono alcune parole:
– Come è successo...
– Dopo mangiato si è sentito male, lo abbiamo portato nella sua stanza e alla mattina si è spento senza soffrire... – La voce esitò e Sonia vide la solitudine e l'egoismo del padre come malattie che chiedevano amore e pietà, tragiche e senza scampo.
– Quando è morto chi c'era con lui?... era solo?... – (morire in solitudine dovrebbe essere risparmiato a chiunque).
Ci fu una pausa che Sonia percepí: un fiato caldo, una sospensione del respiro, un imbarazzo scandalizzato.
– Suo figlio, naturalmente!
Con sollievo Sonia esclamò: – Allora lei si sbaglia, non è il colonnello, non è il colonnello!
– No, signora, non mi sbaglio affatto! Conosco bene il figlio del colonnello, l'ingegner Rodolfo. C'era lui, con la moglie e i nipotini. Insomma, lei chi è?
Sonia abbassò la cornetta e alzò gli occhi dal telefono. Suo figlio con il cappotto e il berretto la guardava. Sorrise.
– Andiamo, – gli disse tendendo la mano.
Si rese conto che aveva gli occhi piú larghi del solito perché le dolevano le orbite e le avevano strappato le palpebre.

Accompagnò il figlio da un amico. Lo salutò e lo baciò. Si scusò con la padrona di casa perché non si tratteneva. Allargava gli occhi per paura che da un momento all'altro la sua faccia si deformasse o lei fosse capace di fare qualche cosa di insensato.

Arretrò per le scale verso l'ascensore senza girare il busto, si trovò nella brutta piazza di case moderne, negozi e supermarket. Aspettò che si liberasse la cabina del telefono, con il gettone pronto. Faceva freddissimo, sentiva sulla pelle delle striature ghiacce ma non riusciva a cambiare la disposizione delle dita. Non si chiese a chi avrebbe telefonato. Entrò e meccanicamente fece il numero del marito. Urlò senza riprendere fiato. – Mio padre è morto venti giorni fa. C'era suo figlio con lui. Mio padre è morto venti giorni fa...

– Vengo. Non muoverti di lí...

Rimase in piedi, ferma sul marciapiede, senza produrre movimenti, suoni, senza girare gli occhi che teneva fissi in un punto al di là della strada. Si concentrava sul respiro e non permetteva che si soffocasse in gola stritolandola. Arrivò il marito e non cambiò atteggiamento. Raccontò quello che sapeva senza accorgersi che urlava. – È morto venti giorni fa. L'hanno sepolto non so dove. Suo figlio, che non so chi è, era con lui.

Fu deciso che la cosa importante era usare molte cautele con la madre.

Tornata a casa fu presa da una sete di verità. Doveva ricostruire i fatti in modo da trovare una ragionevole spiegazione. Si sedette sul letto e per molte ore telefonò in varie città. Riuscí a quello che non aveva mai supposto: inseguire e trovare gli zii mai conosciuti, le loro mogli, le loro case in luoghi disparati.

Tutta la realtà intorno era da ricomporre; i personaggi da scambiare, i vestiti e le espressioni da ridipingere. Tanto irreale quindi appariva aver sofferto per un'intera vita da credere che la vita stessa fosse un'invenzione. Elencò alcuni cambiamenti, si stancò.

La donna con la rivoltella non era una strega cattiva che voleva ucciderla, ma era un'invenzione del padre per tenere lei e la madre distanti da lui e nella paura. La moglie legittima e abbandonata non aveva mai raggiunto questi eccessi.

La madre del padre, la nonna, non era una cupa signora che metteva paura ai bambini, chiusa in un'immensa villa, un fortino, ma al contrario una nonna che a suo tempo avrebbe voluto conoscere la nipotina, avere almeno una fotografia di lei. Era il padre che aveva inventato la sua crudeltà.

Il padre non era mai stato solo: prima aveva amato la signora Marianna, quindi aveva amato un'altra donna dalla quale aveva avuto un figlio, vera ragione per la quale lei e la signora Marianna erano state abbandonate al loro destino. Questo figlio, alla morte della madre, l'aveva tenuto con sé, l'aveva nutrito e gli aveva dato il suo nome, con il permesso della moglie, da lui era stato protetto in vecchiaia. Perché scriveva della sua solitudine? Perché accusava Sonia di amare solo la madre e abbandonare lui al suo destino?

Non aveva mai saputo il nome e l'indirizzo degli zii perché il padre asseriva che essi rifiutavano contatti con lei e con la signora Marianna. Scopriva che niente era cosí; il padre aveva inventato la loro assurda durezza sociale.

Il padre aveva costruito del mondo un teatro, per lei e la madre (o con la madre), dove tutti recitavano il rifiuto sociale e la crudeltà, dove solo le bestie apparivano protagoniste di una vita insensata. Si era preso il lusso di fingersi un uomo finito, solo; un vecchio senza affetti. Fino all'ultimo aveva tenuto fede alla parte estorcendole l'assenza anche dalla propria morte. Era stata una recita senza il minimo errore poiché aveva preteso persino il rimorso.

Sonia non versò una lacrima. L'odio cancellò l'immagine del padre. Con cautela dette la notizia di questa morte alla signora Marianna che a sua volta non pianse.

– Già sepolto, – mormorò. – Chi era vicino a lui?

Sonia la scrutò bene per capire se anche nella madre c'era un'altra verità, ma non capí niente.

— I suoi fratelli.
La signora Marianna si toccò il collo.
— Ho male proprio qui. Sento due nodi duri. Certi giorni ho l'impressione di soffocare. Sarà il dispiacere, adesso, che mi stringe la gola.
Sonia le accarezzò una mano.
— È morto senza soffrire, sai...
— Sí, certo, — disse la signora Marianna molto in dubbio.
In piena notte Sonia si drizzò a sedere sul letto svegliandosi di colpo. Guardò l'orologio: erano le tre. Le voci delle telefonate bisbigliavano brandelli di racconti confondendole la fantasia e i pensieri. Aveva maturato un rancore eterno. Il padre era riuscito a fare di lei un'invenzione, una proliferazione di cellule. È tornato il tumore, si gridò. Vide il gesto della madre, i due nodi rilevati nel collo, il dimagrimento eccessivo («È un brutto periodo, non mangio, non mi va. Mi si ferma tutto in gola»).
Rimase seduta sul letto e pensò senza pensieri concreti. Non poteva essere che cosí. Era troppo ma era cosí.
Il dottore confermò i sospetti. Il chirurgo che l'aveva operata dodici anni prima altrettanto. Una metastasi tanto rallentata rappresentava un caso raro. Si poteva ragionevolmente supporre che fosse un tumore diverso. Sonia propose alla signora Marianna di andare a stare con lei a Roma per qualche tempo, visto che non c'era piú il marito e la casa era grande. La signora Marianna accettò.
I medici, i chirurghi, il radiologo interpellati confermarono che si trattava di un tumore alle glandole con diffusione nei polmoni. Sonia discusse i metodi e le strade da prendere. Alcuni erano per operare, a costo di incidere sulle corde vocali, altri no. Sonia decise che la madre non sarebbe stata operata, ma insieme decise che per nessuna ragione avrebbe sofferto. Se ciò fosse avvenuto, lei stessa ne sarebbe stata responsabile e colpevole. La teneva tra le braccia, debole e difesa dalla sua debolezza; sarebbe dipesa dal nutrimento, dalla cura e dall'amore che la figlia avrebbe saputo offrirle.

Gli avvenimenti addensati e scoppiati, come un tifone senza precedenti e quasi grottesco nella sua forza, in una sola settimana proposero a Sonia analogie e richiami. Non era un caso stupefacente che la madre avesse avuto un tumore quando lei si era sposata e adesso che avrebbe dovuto iniziare una vita diversa il tumore tornasse? Non era il tempo pieno di circolarità e non era la madre stessa che la richiamava a sé con questo male? Non la stava defraudando, ancora una volta, di tutto per costringerla a vivere di lei? E contro il destino di essere senza alcuna ragione nel mondo, o contro sua madre, c'era qualche cosa da fare?

IV.

Fu trascinata fuori dal sogno da un rumore roco e fortissimo che durò anche quando aveva gli occhi aperti ed era seduta nel letto. Scartò varie ipotesi fino a che lo riconobbe identico a un ricordo. Il sogno, che era stata costretta a interrompere e abbandonare, consisteva in un dialogo con un uomo in cui l'argomento era lei stessa, cosa eccezionalmente reale; il risveglio era un suono che la trascinava verso l'incubo del ricordo.

Le mani tremanti riuscivano a trovare la levetta del campanello, la spingevano verso il basso e il suono potente invadeva la casa. Non poteva parlare e chiamare ed era nel terrore per la morsa che la soffocava o per i conati di vomito che la scuotevano o per i dolori che partivano dalle ossa. Alla sera prima di dormire posava il campanello sul tavolino vicino al letto. Alzata da tre cuscini per facilitare il respiro, allungava la mano e si assicurava che fosse raggiungibile con facilità. Il campanello, fatto a scatoletta perché conteneva una pila, era appeso a un nastrino colorato cosí per gioco e diventò necessario quando il tumore si sparse per il corpo simile a una nervatura montagnosa, dalle glandole ai polmoni al cervello alle ossa che furono l'ultima tappa.

Sonia osservò dalle fessure delle persiane che non era piú notte e suppose vicina l'ora di alzarsi.

– Già sveglia signora? – disse la cameriera entrando con disinvoltura.

– Hanno suonato alla porta? Hanno suonato al citofono?

– No, signora.
– Il suono di un campanello mi ha svegliato.
– Non ha suonato nessuno, proprio nessuno.

Sonia fece un calcolo e si ricordò che erano passati quattro anni da quando era morta la madre. Fu certa però che era stata la madre in persona a estrarla dal bel sogno e che lei stessa era d'accordo con la madre morta perché niente di reale, anche se sognato, disturbasse il loro dolore e la loro irrealtà. E cosí riflettendo, insieme al dolore le ritornò l'odio perché ora come allora sempre la madre la strappava a forza da qualunque cosa reale. Ma insieme all'odio tornò il rimorso che aveva ormai analizzato: dandole tutto di sé non era riuscita a darle mai un giusto sentimento umano.


Si svegliò di soprassalto per la terza notte di seguito alla stessa ora. La tosse veniva dalla stanza che era stata di sua madre. La madre era morta quindici giorni prima.

Con calma Sonia si sedette sul letto, accese la luce e ascoltò con attenzione. La tosse continuava. Il suono era inconfondibile perché nessuno tossisce cosí, a meno che non abbia un tumore che chiude le vie respiratorie. È un suono secco; esce da tessuti strappati dallo sforzo, cerca di interrompersi ma riprende.

Dopo aver aspettato un tempo considerevole, come aveva fatto le altre notti, e aver constatato che la tosse non finiva, si decise ad alzarsi dicendosi: devi accertarti con i tuoi occhi. Si infilò la vestaglia e con passi sicuri arrivò fino alla stanza che era stata della madre. Accese la luce e fissò il letto: il copriletto era teso sul materasso, i cuscini coperti, tutto a posto.

Entrò con studiata lentezza e girò lo sguardo sulle pareti e sugli oggetti. Vedi? si diceva. Per un ragionevole numero di minuti e un ultimo controllo di sé aspettò fissando il cuscino: la tosse poteva tornare e se veniva da quella stanza come pareva lei avrebbe risolto il mistero. Non era cosí: appena metteva piede nella stanza, anzi da quando percorreva il corridoio, la tosse cessava.

Mamma, pensò Sonia aspettando, lo so che tu sei ancora qui.

Spense le luci a una a una, tornò a sdraiarsi nel suo letto e aspettò nell'ipotesi che la tosse si facesse sentire ancora. Non accadeva però un tale fenomeno.

Questa illusione fonica durò per una settimana, subito dopo il ritorno dalla città di provincia dove la signora Marianna era nata ed era stata sepolta. Si presentò sempre nello stesso modo e scomparve. Sonia non aveva paura: era un fenomeno che imitava la realtà delle notti precedenti alla morte della madre e di cui non si stupiva gran che poiché il senso del vero e del falso l'aveva abbandonata.

Cominciò che la madre entrò in clinica per gli accertamenti. La sua compagna di stanza, la prima delle tante che avrebbe avuto, presentava delle notevoli protuberanze sulla testa, delle quali doveva operarsi, chiamate lipomi. La ricoverata era spesso in uno stato di superiore felicità che lei stessa spiegò alla signora Marianna e a Sonia come conseguenza dei colloqui notturni con esseri che venivano da altri mondi: buoni e saggi, superiori a noi, con una lunga barba bionda e occhi azzurri, pieni di luce che irradiavano dal corpo, somiglianti a Gesú Cristo. Si erano rivolti a lei perché era stata prescelta al fine di stabilire i contatti con la terra. Le era stato affidato il compito di convincere gli uomini dell'insensatezza delle guerre. Gli extraterrestri apparivano di notte, quando la testa le doleva e non poteva dormire. I suoi mali passavano e il buio diventava luminoso.

Il marito, mentre lei parlava con esaltata euforia, piangeva senza ritegno. Sonia suppose che già prendesse forti dosi di morfina e che i lipomi nascondessero qualche cosa di grave.

Sonia trovò naturale stare insieme alla gente che soffriva piuttosto che in mezzo ai sani che approfittavano della sua debolezza ed erano diventati crudeli e aggressivi. Il loro contatto apriva dentro di lei ulcere e lesioni.

Orina e feci non erano motivo di disturbo. Si abituò ai cannelli che partivano dalle ferite e facevano spurgare pus. Il sangue, i gemiti, i lamenti erano la norma delle giornate. La gente che frequentava presentava corpi alterati, espressioni di rassegnazione o di intenso dolore. I rumori dell'agonia, quando li intuiva sbirciando dalle porte socchiuse e riflessi nei volti gravi dei congiunti, le stringevano il cuore ma non la ferivano. Stava volentieri nei corridoi anche se passavano le barelle e non era uno spettacolo sconfortante il passo sghembo dei convalescenti. Il bar della clinica le era familiare; entrandoci provava un vero benessere e un gran piacere a sorseggiare il caffè e fumare una sigaretta. Tra le infermiere sapeva su chi contare. Dava molte mance e la madre di conseguenza era amata, inoltre era una paziente docile e buona, soffriva senza recare disturbo.

S'impratichí della clinica. Conosceva l'ubicazione delle sale operatorie, i laboratori di analisi, l'ala riservata alle visite ambulatoriali: oculistica, radiologia, odontoiatria, ginecologia, chirurgia, neurologia e via dicendo. Conosceva i sanitari e gli specialisti. S'intratteneva con alcuni di loro: chiacchieravano del piú e del meno, spesso allegramente. Il male diventò un sistema di vita. La clinica era confortevole e vasta, quasi quanto un ospedale.

A lungo andare i suoi nervi risentirono di ciò che viveva. Il neurologo che aveva in cura la signora Marianna la tenne su con un miscuglio di tranquillanti ed eccitanti che le dette forza per il tempo necessario. Quando ridusse il sonno, non si accorse del sacrificio; nemmeno quando si trovò ad agire quindici ore di seguito ci fece caso. Non dette importanza al fatto che, dietro a una tentazione di fronte alla quale era sempre arrendevole, si bloccava in fantasticherie che la paralizzavano per ore. Nessuno aveva il controllo di lei, della casa, del figlio e della signora Marianna se non lei stessa e lei trovava positiva e non aberrante la drogata immobilità che equivaleva a una flebo di poesia e di dolcezza, e i contenuti di cui l'immobilità si riempiva il giusto compenso alle giornate rapite dall'ansia e dal dovere.

Si trasferiva nel sogno a comando e si lasciava andare stendendosi sul letto e pensando a lui. Questo bastava. Era convinta di essersi innamorata. La stranezza consisteva nel fatto, però, che l'immagine delle fantasticherie non combaciava con la persona reale ma c'era tra i due uomini una sfasatura che le impediva di afferrare bene che cosa sentiva e rendeva entrambe le immagini, la vera e la fantasticata, irraggiungibili. Secondo lei questo avveniva perché un tale amore era impossibile ma anni dopo scoprí che i contenuti di questa fantasticheria si ripresentavano identici per altri soggetti prima e dopo. La scoperta toglieva credibilità alla convinzione che fosse stato un amore e suggeriva invece che si trattasse di un sistema compensatorio, fatto di immagini che ripresentavano, è probabile dalla prima adolescenza, il tema dell'incontro fra uomo e donna, vissuto come in un film o un racconto, quindi irreale. Il film cominciava quando la realtà era opprimente e le azioni non partivano da lei ma venivano formulate da meccanismi che richiedevano una partecipazione coatta. Erano i contenuti della libertà.

– Lo specialista sostiene che una corda vocale è paralizzata e che dovrebbe essere ricoverata per un'indagine nel cervello che renda possibile la diagnosi esatta del tumore. L'oculista conferma che l'occhio destro, come la corda vocale destra e in parte la lingua, sono paralizzati.

– Non ci interessa di che tipo di tumore si tratta. Non le toccheremo il cervello. Lasciamola morire in pace. Ci vuole un neurologo bravo –. Fece un nome. – Per fortuna è giovane e non ha ancora perso la testa –. Si alzò e la portò davanti alle radiografie di sua madre. – Vedi? – Additò gli sfilacciamenti nei polmoni, le macchie, i punti opachi. – In gergo si dice che è un tumore molto vitale. Anche un tumore è una forma di vita. È la nostra morte ma è vita! – La fissava con intenzione per spazzar via il compianto di sé che l'avrebbe solo rovinata. – C'è sempre qualcuno pronto a scoperchiare la gente senza ragione.

Dopo il colloquio con l'amico chirurgo che aveva preso in cura la signora Marianna, portò la madre dal giovane neurologo per l'elettroencefalogramma. L'amico chirurgo l'avrebbe in precedenza avvisato del decorso e di ciò che era successo, dieci giorni prima.


Non pianse mai in questi due anni di fatti e colpi di scena. In molti tentarono di abbatterla e di ferirla, molti però l'aiutarono: l'amico chirurgo, Daniele, il giovane neurologo. Apparvero e dopo la morte della madre sparirono. Sonia non li vide mai piú.


– Mi racconti tutto, – cominciò il giovane neurologo già precedentemente avvisato di quanto era successo dieci giorni prima, sedendosi alla scrivania e facendo accomodare Sonia e la signora Marianna. La signora Marianna con un sorriso civettuolo cominciò a raccontare la sua versione e intanto il neurologo la osservò.

Sonia vedeva benissimo come lui seguiva i movimenti degli occhi e come teneva conto della voce rauca e spezzata, dello sforzo che le procurava parlare. S'interrompeva per qualche colpo di tosse, chiedeva scusa, riprendeva con maggiore fatica. Sonia non l'aiutava perché capiva che i sintomi dovevano emergere per rendere piú chiara la diagnosi. D'altra parte la signora Marianna era soddisfatta che il nuovo medico fosse un uomo bello, giovane e amabile, ben vestito. Sonia continuava a ripetersi con commozione: hai visto mamma? Sei contenta? Sei piú tranquilla adesso? ti piace?

Nonostante il sorgente stato di euforia Sonia controllava

il medico con freddezza per ricavarne un giudizio. Ben presto il suo cuore si allargò perché mai aveva notato tanta concentrazione mescolata a cautela e dolcezza. Nell'uomo di fronte vedeva la passione per il proprio lavoro e per gli esseri umani come attraverso un vetro. Aveva il cuore in pace, era colma di benefico sopore. La pena e l'ira che provava quando palpavano e scrutavano la madre con mani e occhi impietosi si erano sciolte perché era arrivata in un porto sicuro. Mentre i fili venivano ritirati e la madre si alzava barcollando dalla fatica, sapeva che lui sarebbe stato alle loro spalle fino alla fine.

Dieci giorni prima la padrona della pensione aveva telefonato per dirle che la signora Marianna aveva perso il senso dell'equilibrio, non poteva piú uscire; un occhio non era piú lo stesso, vomitava, un terribile peso le bloccava il petto.

Tre mesi prima l'amico chirurgo aveva detto: – Per ora lasciamo che continui a vivere per conto suo, dato che le piace. Non possiamo sapere che sviluppi ci saranno. Quando accadrà si vedrà.

Entrò nell'appartamento dove l'aria era tenuta lontana dalle tende ricamate, dagli scuri semichiusi, e le vecchie mattonelle a losanghe erano nude e senza tappeti per toscana parsimonia, ben pulite mostravano con impudicizia la bruttezza di tempi meschini. Una forma scura, minuta, un'ombra barcollante oscillò nel corridoio, si acquattò al muro e brancolò quasi cadde verso l'altro muro, infine venne fuori nella penombra e Sonia vide la faccia sconciata di sua madre con l'occhio fermo e la pupilla storta in dentro, l'espressione attonita, volta a quello che aveva sopportato e a cui non riusciva a dare spiegazioni, come una buona bambina picchiata fino a morire. Non aveva fatto pensieri concreti per chiamare subito aiuto, tanta era stata l'intensità di ciò che era stata costretta a provare. Non riusciva piú a camminare diritta e ormai dall'occhio vedeva ombra.

Sonia la prese per mano e insieme andarono a sedersi nella sua stanza. Qui le medicine non c'erano piú. Sonia le trovò in una scatola di cartone sull'armadio e la signora Marianna le raccontò che si era arrabbiata con loro perché non riusciva piú a inghiottirle. Sonia preparò la valigia della madre, chiacchierando con calma e piano piano la signora Marianna si distese, si rassicurò. Disse: – Mi sento meglio –. Partirono insieme per Roma. La signora Marianna abbandonava Firenze per sempre.

Il neurologo dieci giorni dopo confermò la diagnosi dell'amico chirurgo, del radiologo, dell'oculista e dell'otorino. Si trattava di una metastasi al cervello. Tutto lo faceva supporre e tutto, come aveva detto il chirurgo, era facilmente prevedibile prima o dopo. Era passato un anno da quando si era scoperto il nuovo tumore alle glandole e il procedimento rientrava nella logica dei fatti. Si doveva andare avanti con molta pazienza.


Un tempo intenso; fu certissima mentre lo viveva di ricordarne per sempre le ore e i minuti. Invece una valanga li sotterrò. Affiora dalla terra, dal ventre della balena, simile alla calda stanzetta delle fiabe, l'interno casalingo dove si riunivano sotto il lume che si poteva alzare e abbassare sul tavolo rotondo, lei, la signora Marianna e il bambino. Nel giallo cono di luce antica c'è la mano fine e scarna della signora Marianna che butta la carta da gioco, le dita strette a mucchietto intorno alla biro del figlio che traccia le frasi e i numeri su righe e quadretti. A volte Daniele. Aveva pensato vivendo questo quadro: cosí è la felicità, stretti vicino al male e alla morte, noi, senza nessun altro.

Una sera Sonia irruppe nel soggiorno con il solito passo baldanzoso, asciugandosi il sudore che le colava dalla fronte. Aveva appena fatto una puntura a sua madre.

– Tra pochi minuti dovrebbe migliorare.

– Perché, – le chiese Daniele tranquillamente, – è contenta quando sua madre sta peggio?

Sonia tremò di orrore. Cosí diventa la sofferenza quando dura troppo! I sentimenti ci rovinano dentro e appaiono tutti insieme.

Balbettò: – Come può dire una cosa simile...
– Eppure è cosí, – ribatté Daniele.

Daniele la soccorreva di continuo e lo fece fino a quando la madre morí, benché si dovesse occupare solo del bambino e portarlo a passeggio, a lezione di nuoto, alla palestra. Diceva che la signora Marianna gli ricordava sua nonna e le voleva bene. Per ogni sorriso rivolto alla madre, Sonia gli avrebbe fatto un regalo, ma Daniele era spontaneo. C'era in lui un desiderio fortissimo di dare aiuto e protezione, anche o proprio perché aveva soltanto venticinque anni.

Spesso restava a cena ed entrava sotto il cono del lume, veniva a far parte della famiglia attratto dal cerchio magico. Nell'ultimo periodo indicò la strada giusta, comportandosi senza eccessi, porse a Sonia una mano forte nella quale Sonia sentí stretta la sua e poi sparí.

Viveva solo, con due criceti e un gattino.

Al culmine di questa intensificazione della mente e del cuore, Sonia acquistò una ricerca per la scuola media sull'energia atomica e tre libri su Einstein. Mirava a capire le leggi dell'universo. Le pareva che facendo questo sforzo sarebbe riuscita ad avere chiare le leggi della vita e della morte.

Chiudeva la stanza a chiave perché nessuno scoprisse di che cosa si occupava e sdraiata sul letto prendeva appunti con una calligrafia da scolara. Contro la volontà apparente, invece di capire il tempo e lo spazio vi scivolava dentro, la mente si sospendeva nel vuoto di un viaggio che compiva attraverso immagini ferme o in movimento a suo piacere.

Una notte entrò in clinica alle tre, portando la madre quasi fredda, senza forze per resistere al peso che le schiacciava il petto e il collo. Il neurologo arrivò subito e preparò una flebo. Da principio il corpo della signora Marianna rifiutava il liquido e poche gocce passavano dal tubicino trasparente e penetravano nella vena. Restarono ambedue a controllare l'espressione e il polso mentre il liquido scendeva sempre meno lento.

Dopo un'ora circa il neurologo lasciò la mano della madre, si girò verso Sonia e con il sorriso che gli era solito disse:
– Sua madre è formidabile. Vede? Ce l'ha fatta.

Osservarono il respiro regolare e il viso che si stendeva in un'espressione infantile. Il neurologo si avvicinò a Sonia, la prese per le spalle scrutandola in faccia.
– Badi che se si riduce cosí non ce la farà. Venga a fumare una sigaretta.

La precedette nel corridoio. Sonia fissò nello specchio del bagno una faccia appena uscita dalla tortura. Non uno dei lineamenti era piú il suo, stanchezza, disperazione e dolore li impastavano.

Fumarono una sigaretta nel salottino guardando senza commenti l'alba che spuntava. Il silenzio dei corridoi era pieno di ordine tranquillo, pulizia, luci basse, e ambedue consideravano la clinica come una casa. Il neurologo le raccontò che nella sua vita niente aveva valore al di fuori dei malati. Persino la moglie e i figli erano diventati esseri lontani, quasi inganni che voleva dimenticare. Lavorava dieci, dodici ore al giorno perché la passione lo spingeva con una forza incontrollabile. Questa forza gli avrebbe rovinato gli affetti, però adesso che aveva trentacinque anni non c'era posto per altro nel suo cuore e nella sua mente.
– Non può guidare in queste condizioni, – alla fine concluse. – L'accompagno.

Sonia non lo permise. Non permetteva che i sentimenti degli altri si facessero avanti quando ne sentiva la concreta positività. Preferiva portarsi a casa le immagini, la gioia già passata della sigaretta e del silenzio, delle parole scambiate, delle espressioni già diverse e trasferirle nel patrimonio raccolto nella grotta delle fantasticherie.


In bagno, davanti allo specchio, si fissava per riconoscersi e controllarsi. Appena vedeva la figlia fingeva di prendere il pettine. Si scrutava. Con l'occhio buono spalancato osservava l'altro morto. Ripeteva questa cerimonia allo specchio del corridoio, nella penombra. Rimaneva in piedi, immersa nella contemplazione, anche per tempi lunghi, senza stanchezza. Se sentiva un passo alle spalle, si toccava i capelli e si lisciava il vestito. Una volta Sonia la trovò con la bocca spalancata e la lingua fuori che cercava di valutare i guasti della paralisi. Era impressionante come la lingua, che siamo abituati a considerare perpendicolare al nostro naso, si storcesse verso destra in una laida smorfia. Ma la natura non distingue e nemmeno la pietà dovrebbe. Fatto sta che il viso della signora Marianna era terribile, il suo occhio oggettivamente pauroso con la pupilla dilatata e anomala.

Sonia capí in parte ciò che la madre soffriva, per quella parte che riuscí a provare dentro di sé. Il suo corpo sopravvisse a questa esperienza come uno stampo che doveva in futuro ricevere un contenuto: il dolore fisico che la madre aveva provato e lei no. Per questo, negli anni che seguirono alla morte di lei, si guardava la lingua allo specchio per vedere se era paralizzata e le sembrava di sí. Avvertiva con preoccupazione e sollievo le trafitte ai seni e i noduli perché annunciavano la sorte uguale alla madre e che il suo corpo vuoto aspettava. Capogiri, lancinanti trafitte alla testa le ricordavano l'ombra barcollante che le era venuta incontro nell'appartamento, l'occhio spalancato come quello di Dio, e aspettava a sua volta, convinta e rassegnata.

Un mese prima che la madre morisse, scrisse una pagina perché voleva capire ciò che sentiva. Come si fa spesso, trasferí il breve racconto in terza persona.

«Rimane per abitudine e riposo, seduta sul divano di fronte alla finestra del soggiorno che guarda sulla verde collina. Lo fa anche adesso che sono passati tre anni da quando è morto il padre e da due anni la madre vive con lei. Già da un certo tempo, quando si proiettano sullo sfondo buio le immagini del padre e del marito, esse sbiadiscono perché un'altra le assorbe, le ingoia in un trucco cinematografico, dal fondo piccola come una punta di spillo, arriva dal buio dello spazio, via via si precisa fino a diventare enorme, da cinemascope. È il viso della madre come è ora: gonfio dal cortisone, dove un occhio è già morto, l'altro si apre in uno sforzo violento: ha raddoppiato il volume e nella pupilla c'è una tenacia cattiva e trionfante. Il viso man mano che si avvicina si disfa in una nebbia e l'occhio ingigantisce, e si mescolano dentro imperio e richiesta d'aiuto. Il Padre e il Cristo si uniscono in un abisso buio. Attraverso la porta di quell'occhio Sonia entra nel dolore sconosciuto, come sconosciuto era il mondo del ventino che tanto l'attraeva da bambina e che Cino e Franco, i suoi eroi prediletti, avevano visitato. Il ventino sotto terra aveva fatto un lungo percorso, Sonia adesso lo ritrovava...»

La scatola vuota che conteneva le fantasticherie era divisa in spazi con discorsi, riflessioni, sequenze a sé stanti, foto.
Ripensava ai loro incontri:
No, non si sbagliava, c'era qualche cosa di piú tra loro, non era solo il dovere a spingerlo o la simpatia per la madre. Sí, poteva anche esserci molta simpatia per la madre, perché lei attirava ovunque simpatia, ma non bastava a spiegare tutti i comportamenti. Quindi lei non aveva sognato, non si era immaginata niente, era vero.
Perché si era girato di scatto il giorno prima fissandola mentre auscultava la madre?
Perché nel corridoio, mentre aspettavano che l'infermiera facesse i letti, aveva mormorato pianissimo «com'è bella...»?
Perché le raccontava di sé? Lo faceva con tutti o solo con lei?
Non erano segni?
Non erano segni. Dieci anni di differenza d'età equivalgono a una vita.
Dieci anni non esistono. Infatti...

È un sabato estivo. Il tempo è bellissimo. La macchina arriva sotto casa. Si ferma. Lui scende. Viene a prenderla. Sono ambedue vestiti di bianco, di azzurro e di blu. Lei sale in macchina: si sorridono felici e tranquilli. Il lavoro è finito, partono, lasciano gli altri alle spalle e non hanno l'impegno di amarsi per forza. Può solo accadere. Nel bagagliaio ci sono libri da leggere e da studiare. Un weekend. La sabbia è calda e dorata, il venticello fa il mare increspato. Stanno sdraiati al sole senza parlare. Il corpo si riscalda. Stanno vicini ma non si toccano tanto è tranquilla l'intimità. Lei corre da sola verso l'acqua, entra e il suo corpo è spruzzato di gocce rotonde, per metà ancora al sole. Dalla spiaggia, alzato sui gomiti, lui segue i suoi movimenti sorridendo perché gli piacciono e li ama. Si alza a sua volta, corre, entra nell'acqua, la stringe, la solleva...

Nello sfondo, oltre la riva, c'è l'albergo isolato e senza gente oppure una casa.

Oppure:

Stanno al sole, sdraiati. Lei alza un ginocchio con flemma perché la sabbia, il sole e il mare rendono i pensieri e i movimenti pacatissimi, slentati. Lui posa una mano sul suo ginocchio, si gira fino a toccarla con il corpo ma senza avvicinarsi di piú.

Sulla riva c'è sempre uno spettatore che arriva, li vede, passa. Un conoscente, un amico, un uomo alla cui stima lei tiene molto e che vuole punire dimostrando che è felice e amata. L'amico si dice: è possibile ciò che vedono i miei occhi? È proprio Sonia? Proprio Sonia che bacia e abbraccia un uomo? Proprio lei?

Comunque, sempre una spiaggia solitaria. Il mare. Il sole. L'orizzonte sconfinato. Il retroterra con un unico albergo o una casa.

È giorno, a Roma, Sonia entra in macchina. La macchina riparte, lui le sorride per metterla a suo agio. Non devono essere visti: o meglio è bene che non siano visti. Vanno verso un ristorante.

Nel ristorante stanno seduti a un piccolo tavolo uno di

fronte all'altra. C'è gente intorno. Lui le dice guardando il menú: «Sonia ho scoperto che sono innamorato di te».

Sonia balbetta qualche cosa. Per esempio «Ti prego...» Arriva il cameriere. Si interrompono, ordinano il pranzo, ma è una scena quasi comica perché non riescono a distogliere lo sguardo uno dall'altro e il cameriere è imbarazzato. Se ne va con l'ordinazione.

«È capitato anche a me», dice alla fine Sonia.

La gioia è gioco e voglia di ridere perché ambedue sanno che la situazione è ricavata da un film, quindi possono prendersi in giro; ridere, ridere...

È notte. La macchina si ferma. Sono arrivati e Sonia deve scendere. Lui si volta verso di lei. Lei si decide a guardarlo in faccia. Non parlano. Lui alza una mano e lentamente la passa dietro alla sua nuca. Sonia si avvicina. Anche lui si avvicina...

Quando riemergeva dalla grotta delle fantasticherie la stessa Sonia si chiedeva come mai le modalità dell'incontro fossero sempre uguali, schedate come passaggi obbligati e benché dolci fino allo spasimo, caste come in un carosello, e mai lei fantasticasse su un vero atto d'amore. Perché, oltre il bacio, cadeva il buio e la sequenza finiva?

Dove aveva preso, quanto lontano gli schemi fissi delle fantasticherie? Romanzi per signorine, operette, vecchie canzoni, ricordi della signora Marianna, film... gli anni persi dell'infanzia, desideri strozzati di allora o dell'adolescenza...


La osservava adorandola, come si ama il quadro d'autore caduto nelle nostre mani rapaci e di cui vediamo per una malattia corrodersi i colori e mantenere per miracolo la stupenda sinopia, e si sa che nessuno lo può apprezzare quanto noi. Con una stretta al cuore, osservava la madre e l'accoglieva quando camminava verso di lei per il corridoio, piena di controllo di sé per non barcollare, senza un segno apparente di dolore, immersa nell'impassibilità di fronte alla lotta contro il male e alla fatica. Amava anche i particolari che le appartenevano e che lei stessa aveva ricreato negli anni: il golf elegante che cadeva dalle spalle dimagrite, i capelli dai riflessi argento ben pettinati, il vestito di seta bianco e blu, la collana di perle che non scordava mai di mettere e le scarpe ben scelte, le calze trasparenti sulle gambe snelle senza una vena, dalla caviglia sottile. Spesso il suo sentimento era simile a quello di un amante che non sa amare, che è consapevole di avere a disposizione troppo poco e sciupa le ore in un nervosismo atroce senza esprimersi, anzi aggredendo l'oggetto del suo desiderio, l'essere amato.

Le scostava la sedia e la signora Marianna si sedeva vicino a lei, a tavola, impettita. Avvicinava minuscoli pezzi di carne tritata sulla forchetta quasi al rallentatore per non correre il rischio di soffocare; si riposava, riprendeva concentrando lo sguardo avanti e sorridendo con calma quando si accorgeva che Sonia la osservava. Mai una volta, anche se debolissima, anche il giorno precedente alla morte, piegò le spalle, che stavano inarcate come le avevano insegnato in collegio; mai una volta le cadde il cibo di bocca o si sbrodolò per il tremolio del polso. Quando capiva che la gola si chiudeva, il viso si deformava appena e gli occhi si giravano. «Ci siamo». Sonia l'aiutava ad alzarsi e insieme a piccoli passi andavano verso il letto dove si stendeva con cautela, sostenuta da tre cuscini. Durava poco. Massi rovinavano in una valanga sul suo stomaco e sulla gola, il respiro si trasformava in un soffio e un pugno apriva e chiudeva lo stomaco mentre il corpo senza carne e senza forze si scuoteva. Entro cinque minuti Sonia doveva fare una puntura.

La signora Marianna accettava qualunque rimedio senza fiatare, sapeva che non c'era altro mezzo per salvarsi.

Una sola volta l'ago cozzò contro l'osso. Sonia sentí fino ai denti e alle piante dei piedi un brivido di freddo.

Dopo due anni e mezzo di cure sopraggiunse il diabete.

– Bisogna che si abitui a fare le punture nel braccio, – disse il neurologo.

– No. Non posso.

— Lei può fare qualunque cosa invece, — ribatté con calma. — È un'infermiera bravissima. Venga vicino a me che le insegno.

Sonia si avvicinò e avvicinandosi le mani che le tremavano si distesero. Lui tirò fuori dalla borsa una siringa con un ago piú corto. Preparò la puntura. Ripeté il gesto due volte sul braccio della signora Marianna alla quale sorrideva per togliere la preoccupazione.

— Signora Marianna, ha paura che sua figlia le faccia male?

— No, — rispose la signora Marianna con un sorriso placido perché dal bel medico mostrava di accettare qualunque cosa.

— È coraggiosa però, — ribatté lui consapevole di sé.
— Guardi sua figlia com'è pallida. È pallida sua figlia invece di lei!

— Perché Sonia s'impressiona per niente, — disse con spirito la signora Marianna.

Il neurologo scoppiò a ridere e porse la siringa a Sonia. Sonia fece l'iniezione. Quando gli rese la siringa, aveva le labbra bianche.

— Visto che può fare le iniezioni nel braccio, che può fare tutto? Ha una brava figlia.

— Son fortunata, fortunatissima... e poi ho un bravo medico che mi vuol bene, anche bello!

Il neurologo le sorrise con dolcezza. Tutti e due sorridevano alla signora Marianna nello stesso modo e Sonia non si stancava di chiedersi in che modo si era potuto creare, e subito, questo flusso di simpatia, d'affetto, persino d'amore che passava da uno all'altro senza fermarsi e che li lasciava piú quieti e sereni a compiere fatiche e sopportare dolori. Sonia suppose persino che la sua ammirazione cadesse su di lui come un fluido che si trasformava in attenzione per la madre con la grazia, l'avvertenza e la cautela che avrebbe voluto avere lei stessa se non fosse stata cosí spesso invasa dai cattivi sentimenti e dall'ira. E l'abbandonata fiducia che la madre gli esprimeva arrivava a Sonia trasformata in quello sguardo ambiguo perché anche lontanissimo, che accompagnava le parole quasi sognate, «com'è bella...»

Però la madre non voleva questa intesa, non intendeva che il triangolo si unisse. La tosse aumentava e i segni d'impazienza erano clamorosi se l'escludevano. Sapeva dove andava la figlia, con la scusa di chiedere notizie in clinica e sapeva da dove veniva se tardava troppo nei corridoi periferici. Sonia la trovava a sedere sul letto.

«Dove sei stata fino a quest'ora?» Potendo avrebbe gridato. L'occhio ingrandito inquisiva, sorprendeva i peccati, le proibiva di mescolare con scandalo il male della propria madre all'amore; peggio: dimenticare i bisogni e i dolori della madre per rincorrere chissà quale colpevole momento di gioia.

Quando il neurologo scriveva le ricette e spiegava a Sonia il da farsi, la signora Marianna diventava inquieta: troppo tempo tra voi, sembrava dicesse, non sono io la malata? Era cosí infatti: troppo tempo, ma la figlia non ci avrebbe rinunciato per niente al mondo, perché era l'unico modo di bilanciare le sue giornate.

Dopo, tutti questi minuti li pagò uno a uno con la vergogna di sé. Per fortuna non cadde mai nella tentazione di chiamare il dottore piú del necessario al solo scopo di vederlo; non dovette punirsi di una tale ignobile debolezza ma si vergognò molto invece delle occhiate accorte allo specchio per osservare il suo viso, truccarsi e pettinarsi mentre la madre soffriva. I rimorsi, durante l'ultimo anno di vita della madre, nonostante le fatiche, diventarono piú furibondi.

Eppure trattò la madre come una regina, la protesse e la difese mentre si faceva sempre piú debole. Costrinse chiunque, o con l'astuzia o con i soldi o con l'amicizia, a volerle bene e renderle omaggio, anzi servirla. Cliniche di lusso, stanze con televisore, vestiti e vestaglie, specialisti, due infermiere che si alternavano vicino a lei: la signora Marianna, via via che si avvicinava alla morte diventò potente, concentrata in sé e nelle richieste di benevolenza. Sonia s'indebitò a tal punto che dopo cinque anni i debiti non erano ancora saldati. Si convinse che era la propria volontà a tenerla in vita e fino a che la volontà, come un cordone ombelicale, alimentava questo corpo e restava inflessibile, la madre sarebbe vissuta.

– Non deve essere cosí egoista! – disse una volta il neurologo con paterna severità. La signora Marianna girò la testa e guardò altrove. Riteneva preferibile non aver ascoltato una frase del genere e Sonia non le dette torto: un'intesa tra lei e il dottore non era nei patti. Quell'uomo apparteneva alla madre. Qualunque gesto che mirasse a distrarlo equivaleva a un delitto.

Il periodo della confortevole clinica finí perché l'amico chirurgo andò in America. Erano passati quasi tre anni da quando Sonia una notte si era svegliata sicura che la madre avesse di nuovo un tumore.

Il neurologo esercitava la sua professione solo per qualche giorno alla settimana perché aveva ottenuto un posto migliore nell'ospedale di un'altra città.

Sonia si chiedeva, guardando dalle finestre l'aria grigia invernale o la pioggia che filava svelta e scrosciante sui vetri, come avrebbe affrontato il momento peggiore.

La signora Marianna passava dalla sua stanza al soggiorno appoggiandosi al bastone. Si metteva seduta sul divano di fronte al panorama della collina che si vedeva dalla lunga finestra rettangolare. Prese l'abitudine di parlare all'improvviso, seguendo ad alta voce i pensieri. Sonia ascoltò i ricordi del tempo andato e la colpí molto il fatto che non conosceva la madre.

Raccontò di un lontanissimo amore; di un fidanzato che non l'aveva sposata perché inseguiva il rimorso per una donna che si era uccisa a causa sua.

Raccontò di quanto aveva sofferto e pianto, considerando finita la sua vita.

Venne fuori che la signora Marianna, in coppia con lo

zio Paris, da ragazzi avevano vinto il primo premio di pattinaggio artistico, organizzato sul laghetto gelato della loro città. Quindi venne fuori che la signora Marianna pattinava alla perfezione fin dai primi anni del secolo.

Venne fuori che aveva sempre amato il proprio padre piú di qualunque altro al mondo e quando era morto lei era uscita di senno per la disperazione.

Sonia guardava la madre come si guarda il guscio di noce che si trasforma in carrozza d'oro e come si guarda questa carrozza d'oro, attaccata a topolini che diventano cavalli bianchi.

Cavalli bianchi, cavalli bianchi...

Fissava la parete verde della collina, che forse non vedeva, e mormorava parole incomprensibili. Ma sempre piú spesso parlava del padre, del collegio e dell'infanzia come se fosse tornata la sua adorata bambina o lo fosse sempre stata e lui l'aspettasse.

Sonia era l'ombra testimone che rendeva possibili le epifanie della signora Marianna; un vaso in cui si travasavano preziosi sospiri o parole o immagini.

Raccontava che il conte Padre scriveva lettere meravigliose perché era un poeta. Recitava a memoria brani di queste lettere. Chissà quante volte li aveva ripetuti tra sé portando identico questo amore nella vita. Oppure solo adesso, che era arrivata al fondo del suo viaggio, le erano tornati in mente.

Con gli occhi alla collina esclamava:

«La tua stanza è pronta, il giardino ti aspetta. Vieni, mia amata poesia...»

Sentendo questo richiamo, Sonia fissava gli occhi della madre con i suoi pieni di lacrime ma questi occhi ormai non cercavano lei: uno era morto da tempo, l'altro era sbarrato sul sipario verde e penetrava in un mondo di fantasmi, di suoni arcani, di passioni che a Sonia non appartenevano.

«La tua stanza è pronta, il giardino ti aspetta. Vieni, mia amata poesia...»: la prendeva per mano, a passetti l'accompagnava nella sua stanza, l'aiutava a spogliarsi, ad adagiarsi, le rimboccava le coperte, le porgeva il campanello per la notte, le dava un bacio sulla fronte e diceva con un nodo alla gola: – Mamma, riposa bene –. La signora Marianna accennava di sí. Non le sorrideva perché era rapita dalla sua realtà e quando Sonia prima di allontanarsi la guardava ancora vedeva le labbra che mormoravano. Erano sempre le parole del padre che lei si ridiceva al posto del rosario e delle preghiere. «La tua stanza è pronta, il giardino ti aspetta. Vieni...»

«Mia amata poesia...»: Sonia spegneva la luce e chiudeva gli occhi per tentare di dormire.


A occhi aperti sogna il castello che è sorto tanti secoli fa e sta in mezzo alla vasta pianura. È il castello che apparteneva alla famiglia della madre e che la madre descrive spesso parlando tra sé. Sonia lo ha visitato qualche anno prima e adesso lo ha davanti. Cammina attraverso il varco, nel cortile; sugli spalti e lungo la galleria dei ritratti; nel buio della camera ottica. Lo ama nel sogno in ogni pietra tanto da convincersi che lo ha edificato con le mani e la fantasia, ha scelto la modificazione esterna delle mura e delle torri, interna delle stanze; ha cosí ben collocato la spinetta; le seicentesche nature morte della sala da pranzo, i piatti rari delle madie, la sequenza dei quadri nella galleria degli antenati e in quella delle dame.

Armature grifagne e lampeggianti, capelli ricci e inanellati di nobili signori, dame altere e dal viso eretto pieno di supponenza: cerca la piega delle labbra, la tornitura della guancia, l'arcata della fronte che le spettano, lei stessa è anche il popolo che la saluta perché come povero servo della gleba ha sofferto ingiusta persecuzione, è stata messa in ceppi, ha lavorato e sanguinato per anni e ora riprende possesso di sé.

Che bel castello madama del re! C'era una volta e c'è ancora; sorge come un possente quadrangolo in mezzo al fossato, i maschi rotondi affondano nell'acqua scura, sul davanti le antiche merlature ghibelline sono inghiottite da pietre quattrocentesche che alzano i muri vittoriosi. Si entra oggi dalla torre centrale, la piú elevata, dal terrapieno costruito al posto del ponte levatoio. Come nelle gaie fiabe di campagna, intorno al fossato si affacciano case e casette, tutte basse, tutte strette. Sotto i portici ombrosi i contadini siedono d'estate, gettano le carte sui tavoli dell'osteria, fissano il castello che appartiene a loro. Avvolti nelle mantelle di panno nero, curvi sotto la fatica presente e passata, scivolano lungo i portici d'inverno e come un sogno della loro infanzia e del loro lavoro vedono nella nebbia l'ombra massiccia del castello che adesso è del paese.

Nei loro lineamenti Sonia ritrova molte cose di sé: l'occhio gonfio sulla palpebra, la bocca diffidente, la fronte cocciuta, la piega molle del mento, il sorriso aperto. Si somigliano, quindi non la scacceranno e non l'uccideranno.

Brillano intanto nella pianura senza bellezza gocce di rugiada e di brina; tremano sui rari gelsi rimasti come fini disegni sul cielo basso. La Madonna caracolla in processione e alza le braccia maiolicate da bambola, adorata, e come una delle mie bambole è vestita riccamente. Proprio le mani di Sonia, è piú di cent'anni, hanno drappeggiato con amore sul suo corpo di bambola il vestito da sposa della bisavola, donato alla Madonna in voto e per gloria del felice matrimonio. Dal piccolo seno scende rigido sui piedini, trapunto d'oro; i gioielli per grazia ricevuta fanno corpetto intorno all'esile collo. Sonia prese tra le mani, con devozione, il bel vestito della sposa giovanetta quando, come aveva deciso per voto, lo poté dedicare alla Protettrice del suo castello. E questo avvenne allorché il Pontefice concesse la dispensa ed ella poté sposare lo zio di sangue, fratello del padre, e la benedizione di Dio e del popolo scese sul loro peccaminoso e appassionato amore. Maestoso e verginale, l'antico vestito da sposa coprí il corpo di bambola della Madonna che caracolla per le strade del paese.

Quali meraviglie fatate nei nostri sogni e nel lontano, distorto passato; quali intrecci di tempi presenti e andati, false immagini, futuri inconoscibili e già accaduti!

Nel grande dipinto della sala da ricevimento il sole squarcia i nuvoloni che si allargano a cupola, benedice di luce il castello; un mulo carico; contadini seduti; un cavallo si abbevera nel fossato; due donne passano con la cesta dei panni; s'intravede nell'ultima pioggia innevata dai raggi, la chiesa. Ciuffi d'edera, piante che si squassano al vento coprono un lato del castello e le persiane si aprono qua e là.

Sono i suoi abbandoni ad aver ordito il muschioso intrecciarsi delle volte nel bagno della Signora d'accordo con il pittore che tracciò le dolci spalle delle ninfe, che inventò il loro languido e atterrito abbraccio mentre i corpi lattiginosi e pieni d'aurora escono senza forze dall'acqua e i capelli bagnati velano il seno e l'anca rotonda parte dalla vita stretta, gonfia come un cuscino, come il tiepido centro di una terra che si sta spegnendo. Atteone gira verso di noi la fiera testa di cervo mentre la sua mano accenna un breve gesto di orrore. Diana, che è curva verso di lui, lo fissa ma è il suo corpo che parla spinto avanti dalla sua stessa luce, dal suo impresso desiderio. I putti si snodano sorretti dalla loro estenuata bellezza e come una tortura dello spirito balzano verso le curve delle volte sopra i cani snelli, fermi com'è ferma e purissima la materia che non ha aliti. La volta azzurra del cielo dipinto esce dalla balconata che s'intreccia sul mito; ed è un cielo che respira insieme ai nostri occhi.

Sonia nel buio degli spalti va verso il ventre del castello. Arriva alla stanza concepita dai mostri del suo terrore, dove cerca riparo dagli uomini a costo di essere murata viva. Entra nella stanza dell'oscura salvezza. Il buio è fondo come quello del mare e della grotta sotterranea; l'aria pare non circoli, niente arriva del mondo esterno, non ci sono neanche le pareti perché la stanza è circolare, ricavata dentro a un bastione: al centro del cilindro sotterraneo c'è uno schermo concavo di cristallo che emana luce e vita.

La luce del sole, e la vita che si svolge fuori dal castello tra gli uomini, arrivano per un passaggio di lenti e di prismi e riemergono proiettate dal fondo della terra sullo schermo concavo posato su un tavolo come la piú magica invenzione di mago Merlino. I contadini stanno seduti in piazza, la gente passa. Escono ed entrano in chiesa. Le persiane si aprono o si chiudono. Le liti sbottano. Si svuotano i portici e si riempiono. Si intrecciano gli amori, gli odi, persino i delitti. Niente sfugge. La vita appare cosí com'è, sempre vera perché lo specchio concavo è spia malefica e fedele. La realtà è identica a se stessa ma ridotta come il bosco nano dei giapponesi per la crudele avidità di mondo o per la solitudine malata di chi la concepí.

Sonia entra nella sala ottica circolare come in una stanza di tortura e un brivido le dice che qui soprattutto è presente, nel castellano che ordí il funebre gioco.

Per questo si precipita fuori disgustata di sé e piena di vergogna lascia di corsa il castello.

Quando Daniele portò la bombola di ossigeno che era andato a prendere in farmacia con il bambino, Sonia gli si fece incontro agitata.

— Non so come si fa, non lo so.

Le forze l'abbandonavano nei momenti peggiori.

— Impariamo insieme, – disse Daniele e si voltò verso il bambino. – Vieni.

— Non è il caso... – disse Sonia concitata accennando al figlio.

— La nonna ha bisogno dell'ossigeno per respirare. Gliel'ho già spiegato mentre andavamo in farmacia.

Daniele e il bambino si avviarono reggendo la bombola verso la stanza della nonna. Entrarono tutti e tre.

— Signora Marianna, – disse Daniele con voce forte spiccando le sillabe, – le abbiamo portato l'ossigeno che la farà respirare.

La signora Marianna si girò verso Daniele e abbozzò una parola con le labbra tirate. Mostrò di aver capito. Si dettero da fare vicino alla bombola.

– Tu, – disse Daniele al bambino, – guarda la lancetta della pressione. Io giro la rotella e la mamma pensa al respiratore.

Sonia inserí il respiratore a forcella nelle narici della madre e lo spinse su, tremando, per paura di farle male. La signora Marianna seguiva con occhi intenti ciò che facevano. Respirò subito con meno fatica. Il colore violetto delle labbra e delle guance si attenuò. Fissava il bambino che restituí lo sguardo alla nonna con attenzione e calma.

Presto gli occhi della signora Marianna si chiusero ed entrò in un benefico sopore.

Sonia uscí dalla stanza e osservò il figlio che a sua volta la osservava serio e tranquillo. Anzi, la prese per mano e le disse:

– Hai visto? L'abbiamo fatta addormentare.

Sonia gli strinse la mano. Seguirono il passo dinoccolato del ragazzo. Le accadeva sempre piú spesso di ricacciare, per qualsivoglia sciocchezza, lacrime di riconoscenza.


Erano passati i tempi della clinica rassicurante. Arrivarono in autoambulanza sotto lo squarcio della sirena: l'accettazione, il pronto soccorso, le barelle, gli infermieri, i dottori, i parenti dei malati, le scale, la corsia, le stanze, tutto si mise in fila, si capovolse, ricominciò, fluí insieme come in una scena di guerra, in un serrarsi umano di difesa, un ondeggiare da ritirata, un riposarsi da retrovie con la stracca che prende quando si è impolverati e puzzolenti di sudore, con i piedi gonfi e la sete o la fame. Code smemorate davanti al telefono oppure nelle ore di visita si fuma dondolando la testa al muro per riposare il cervello, a occhi chiusi, a mani intrecciate, a gambe larghe, tanto nessuno di chi passa vede o ci fa caso.

Nella confusione, quando ottenne a sua madre un posto in una delle poche stanze a due letti con la scusa che stava per morire, riuscí a far passare un'infermiera che scivolò dentro con il sacchetto delle medicine di casa. Sonia non conosceva nessuno e non riuscí a trovare né lo studio del primario né un medico di turno. Fece conciliabolo con l'infermiera e decisero di curarla di soppiatto. Era stato detto che avrebbero fatto nuove analisi e radiografie.

Dopo che di notte la signora Marianna quasi moriva, venne un neurologo e cominciò a visitarla senza rivolgere la parola a Sonia.

– La prego dottore, – bisbigliò Sonia, – vorrei parlarle. La diagnosi che è stata fatta...

– Mi dica, – la interruppe il medico.

– Qui è complicato parlare, fuori...

– Allora ne faccia a meno, – concluse il dottore. Si rivolse alla signora Marianna: – Che cosa è successo a quest'occhio?

La signora Marianna sussultò. Cadde in una specie di sogno, s'impaurí.

– Niente è successo, – disse con ansia. – Che cosa c'è? Che cosa c'è?

– La prego dottore, – supplicò Sonia, – se viene fuori le dico di che cosa si tratta...

Il medico non se ne dette per inteso. Si alzò, scrisse alcuni appunti sulla cartella clinica, se ne andò.

Alcuni giorni passarono, molte flebo. Di notte sopravviveva per l'ossigeno. La portarono in barella a farsi le radiografie. Sonia l'aspettava di ritorno a capo chino e non riusciva a capacitarsi perché non bastassero i documenti che aveva portato con sé, l'aspetto della madre, il fatto che ogni notte sembrava l'ultima. Ormai lei si comportava da ubriaca, senza discernimento.

Una mattina mentre fumava nel corridoio immersa in una specie di dormiveglia passò il primario circondato da medici, infermiere e suore ed entrò in corsia. Quando ne uscí ebbe la sensazione che il primario si staccasse dal corteo per aggredirla. Ne afferrò un'immagine incompleta: autorevole e irrigidito in una superiore bontà che faceva paura; un dispensatore sicuro di ciò che è vita e di ciò che è morte.

Un'infermiera disse: – È la figlia di quella che sta nel letto ottantaquattro.

Il primario alzò un braccio per farle intendere che aveva tutto chiaro. Abbordò Sonia con violenza:

– Perché ha ricoverato sua madre?

Sonia ondeggiò prima di rispondere.

– Stava morendo, ha una metastasi diffusa e durante le crisi soffoca...

– Chi le ha detto che sua madre ha un tumore?

Sonia sbarrò gli occhi.

– Sono tre anni che la curiamo...

Il primario alzò un braccio e la interruppe.

– Dalle radiografie fatte ieri non risulta. Sua madre ha i polmoni puliti, non c'è traccia di tumore, niente. Niente di niente.

Sonia ondeggiò di nuovo, aprí la bocca ma non uscí nessun suono.

– Sono costretto a dimetterla. Sua madre è malata solo di vecchiaia...

Sonia chiuse gli occhi e li riaprí quando il primario e il suo seguito non c'erano piú. Il corridoio era senza infermieri parenti o malati, vuoto. Si serrò le mani al cuore in un vecchio gesto ritrovato dall'infanzia e si appoggiò al muro.

Quando tornò dalla madre, la scrutò. Respirava meglio, l'occhio spento stava piú chiuso dell'altro.

Aveva sognato tutte le sue sofferenze? La madre aveva mentito anche a se stessa? Si muore per una suggestione reciproca? Per una finzione? Per nulla? Si può guarire in punto di morte per un miracolo organico?

Sentí pungere in sé mille spini. La notte seguente, la crisi si presentò drammatica. La signora Marianna non aveva mai sofferto cosí nella lotta per vivere.

Il giorno dopo il primario, che lo riseppe, disse a Sonia:

– So che la mamma è stata male, assai male...

– Allora che cos'è? Si sono sbagliati tutti? Un tumore può scomparire? Mi dica professore, la prego...

Il primario scosse la testa severa e addolcí l'espressione

perché si era convinto che Sonia non voleva abbandonare la madre.
– So solo che nei polmoni non c'è niente.
– Non c'è niente?
Tornò dalla madre e le fece coraggio, le comunicò che sarebbero tornate a casa.

Da quel momento, nonostante gli sforzi per pensare ad altro, cominciò a guardarla con sospetto come se l'avesse ingannata portandola insieme a lei sull'orlo della distruzione.

La fissava e dentro di sé si ripeteva: basta, adesso basta.

Con questo si convinse di aver tolto dalla madre la sua volontà e che di conseguenza dopo venti giorni la madre era morta perché aveva capito la sua decisione.

Non stava peggio. Si aggirava per la casa a piccoli passi, appoggiandosi al bastone. Non cercava piú lo sguardo della figlia, il suo braccio, ma solo la finestra di fronte alla quale si sedeva per ore immobile seguendo pensieri o ricordi o le luci o le ombre che passavano davanti al suo occhio. Attendeva di chiudere l'esistenza.

Intanto Sonia non poteva fare a meno di chiedersi «dove» fosse sua madre, «chi fosse», «chi fosse stata».

Aumentò il bisogno di sonno, una slargata stanchezza invase la giornata come una massiccia macchia.

Quella sera di marzo l'infermiera che entrò nella stanza disse subito:
– Ne ho visti tanti. Non passa la notte.
Sonia rispose:
– È stata molte volte cosí e ce l'ha sempre fatta.
– Sarà, – ripeté l'infermiera. – Per me non passa la notte.

Sonia fissò la madre che spostò impercettibilmente la testa e girò gli occhi verso di lei. Sonia sentí cadere davanti a sé un sipario di sonno.

– Vado a dormire mamma. Se c'è bisogno di me, l'infermiera mi chiama.

La signora Marianna continuò a fissarla. Respirava con una fatica senza precedenti. Sonia uscí. Si addormentò di botto e non fece a tempo nemmeno a rendere presente a se stessa quello che sapeva: era l'ultima notte di vita di sua madre e nessuna cosa al mondo avrebbe dovuto distoglierla da quel capezzale.

Alle sette del mattino l'infermiera la svegliò dal profondo torpore.

– Secondo me non passano altre due ore. Non ha piú forze.

Sonia guardò l'orologio e considerò che l'infermiera di giorno sarebbe arrivata alle otto e mezzo.

L'infermiera se ne andò e lei si sedette vicino a sua madre: aveva gli occhi spalancati e chiedeva di respirare. L'ossigeno non bastava piú. Le prese la mano: era livida e le unghie viola.

Si ricordò che il bambino dormiva ancora. Lo svegliò e gli disse di lavarsi e vestirsi, che lei doveva stare con la nonna. Il bambino si lavò e si vestí, si preparò nel corridoio con la cartella, il cappotto, il berretto. Suonarono il campanello e il bambino la baciò sulle guance, stringendole le braccia intorno al collo forte forte e uscí.

Sonia tornò dalla madre e guardò l'orologio. Erano le otto. Dovevano restare sole ancora per mezz'ora. Si accorse subito che nel giro di pochi minuti, forse uno, sarebbe morta. Infatti la signora Marianna chiuse gli occhi e cessò di respirare. La mano esitante di Sonia levò dalle narici il respiratore. Con una scossa violenta la madre, risvegliata e fulminata da un urlo muto chiuso dentro di sé e primo e ultimo della vita, quasi venendo dall'altro mondo, sollevò la testa, sbarrò gli occhi e aprí la bocca in uno spasimo di desiderio per l'aria che la figlia le rifiutava. Sonia tremando cercò di mettere di nuovo il respiratore ma fu un gesto inutile perché la madre era morta.

Fino al momento in cui la portarono via visse vicino a lei senza dolore e senza lacrime. Di notte era tranquilla, sola con la madre: si alzava, entrava nella camera ardente, girava intorno per vedere se tutto era a posto, si sedeva e la contemplava con amore.

Il giorno del funerale la trattennero in soggiorno mentre

sigillavano la bara. Girandosi all'improvviso vide passare la cassa portata di corsa, le parve, da due uomini. La inseguí nel corridoio, non la raggiunse; era già per le scale e spariva.

Piena di stupore, gettata in un vuoto privo di morti, balbettò: – Dove la portano? Dove? Dove? – dimostrando che era in parte uscita di senno, almeno per questi terribili giorni.


Vorrei raccontarti ancora fatti della signora Marianna, benché morta e distrutta da tempo nel corpo, là dove è stata calata, nella tomba umida di famiglia della piccola città; e forse anche di Sonia e di come Sonia si reputò l'unica responsabile della vita e della morte di sua madre e di come questo è poi l'inizio di altre storie appassionanti. Non riesco a staccarmi da queste pagine perché mi dispiace che anche tu come me chiuda il libro e ti stacchi dalle mie emozioni. Non te ne andare. Non pensare ad altro ancora per un po'. Le storie non finiscono. Sonia continuò a vivere e benché credesse di avvicinarsi alla morte con rapidità invece rimaneva e continuava. Devi sapere che l'orrore era penetrato cosí a fondo nel suo corpo che per anni le sembrò di portare in giro un marchio di fuoco. Adesso che la signora Marianna non c'è piú e anche gli altri protagonisti sono usciti dal racconto, mi sembra falso parlarti di Sonia: cosa conta? Che cosa dire di un'ombra reduce da una guerra sbagliata? E del buio che seguí nella sua vita che interesse puoi avere? Però è anche vero che dal buio fondo e silenzioso nel tempo dei tempi si dice che cominciassero a germinare amebe, batteri.

Pochi giorni fa ho fatto un sogno che mi sembra molto bello e mi pare adatto a concludere il racconto di tante avventure. Ti prego, ascoltalo.


Mi trovavo insieme a mio figlio, che è un ragazzo adolescente, nel quartiere popoloso e allegro di una città straniera. Il quartiere era fitto di negozi, case e casette di tutti gli stili e di tutte le epoche, ed era pieno di vestigia del passato amalgamate con le strutture del presente e vissute dagli abitanti con spensieratezza e grazia. Io ero felice di aver cosí ben scelto il quartiere e gli abitanti ma non capivo la loro lingua e non potevo comunicare perché non capivano la mia, né mio figlio, che pure era inteso e li intendeva, poteva aiutarmi. Da una strada ci trovammo tra prati, montagne e valli.

Alla nostra sinistra c'era una terra devastata dalla guerra; tralci di viti contorti, paletti di cemento e fortificazioni sventrati; terra cinerea perché prima incendiata e sommossa in buche da granate e bombe. Il cielo annuvolato stava basso su di noi. Ma alla nostra destra invece si apriva lo spettacolo piú grandioso visto nella mia vita. «Guarda», esclamai. «È la regina! È la regina!» Strinsi la mano di mio figlio per passare anche a lui la tremenda commozione.

Davanti al baratro di una valle che sprofondava dal prato verdissimo, stava seduta su una carrozzella a ruote una vecchia signora paralitica. Aveva i capelli grigi raccolti in una stretta crocchia, il vestito nero lungo fino ai piedi severo di taglio; la sua testa era diritta, i suoi occhi stanchissimi e profondi appuntati davanti a sé, tesi a meditare e capire. Era stata portata proprio in cima al prato, davanti al baratro della valle, dentro alla quale correvano nuvole che si tuffavano e si alzavano disfacendosi in fumo e mostrando cosí al di là dello sprofondo una montagna azzurrina e blu che si alzava innervata di rocce bianche e di pieghe corrusche in alto fino all'azzurro. La vecchia dama stava immobile, concentrata, e fissava il vuoto, pensava chissà a che, misteriosa poiché lei sola sembrava trarre giovamento e serenità dalla tranquilla sfida alla nebbia, al vuoto, alla solitudine, alla montagna. Era la meditazione e il riposo della Regina.

Dietro alla Regina, a debita distanza, due file di carrozzelle identiche alla sua erano schierate in modo che tutti potessero guardare nella stessa direzione; donne e uomini vecchissimi, immobili. I componenti della corte, i fedeli nobili del regno o i parenti della vecchia signora.

Dietro alle due file dei vegliardi due file di cavalleggeri a cavallo proteggevano la corale meditazione. Sui cavalli bianchi stavano impettiti tenendo ben ferma l'alabarda in cima alla quale sventolava una garrula bandierina, portavano con fierezza elmi luccicanti e divise bianche rosse tutte uguali. Come sono belli e forti e che felice connubio la loro giovinezza con i frementi cavalli che sarebbero stati lanciati al galoppo per qualunque aggressione ai vecchi e alla Regina!

Cadeva una pioggia ininterrotta; e il panorama di straordinaria ampiezza era invaso dal continuo filare d'acqua mesto ma non drammatico. La Regina sulla carrozzella e i vecchi dietro di lei restavano impavidi a testa alta e niente li distoglieva dalla contemplazione del baratro e della altissima azzurra montagna. Dietro alle loro spalle una lunga parete di roccia dorata, alta e perpendicolare al prato, dava l'impressione che da millenni la natura e la vita avessero formato questo quadro.

Nella parete calcarea, rosa e biscotto, il vento, la pioggia, le tempeste, il sole, il macerare dei secoli avevano scavato tre, quattro file di caverne allineate come finestre di un palazzo, ovoidali come se lo stesso pollice di Dio, giocando, avesse impresso sulla materia molle le curve, si fosse divertito a inventare, prima prima, il dolce e snervato arco rococò.

Ma ecco che in un attimo di mutazione davanti al mio sguardo la parete lavorata dal tempo si trasforma e la pietra diventa la facciata di un palazzo regale, e le caverne allineate finestre, e come in uno stupendo sogno d'amore per ciò che possono, insieme al tempo, fare gli uomini, s'intrecciano nodi scolpiti e la grandiosità della roccia diventa tutta umana: è il palazzo del regno dove, finita la meditazione e protetti dai cavalleggeri, i vecchi rientreranno.

*Stampato nel novembre 1997 per conto della Casa editrice Einaudi
presso Milanostampa s.p.a., Farigliano (Cuneo)*

C.L. 13477

# Einaudi Tascabili

Ultimi volumi pubblicati:

327 James, *Giro di vite* (Serie Scrittori tradotti da scrittori).
328 Borges, *Finzioni* (1935-1944) (Serie Scrittori tradotti da scrittori) (4ª ed.).
329 Radiguet, *Il diavolo in corpo* (Serie Scrittori tradotti da scrittori).
330 De Felice, *Mussolini il rivoluzionario 1883-1920*.
331 De Felice, *Mussolini il fascista*
   I. *La conquista del potere 1921-1925*.
332 De Felice, *Mussolini il fascista*
   II. *L'organizzazione dello stato fastista 1925-1929*.
333 Hawthorne, *La lettera scarlatta* (5ª ed.)
334 Orengo, *Dogana d'amore*.
335 Vassalli, *Il Cigno*.
336 Böll, *Vai troppo spesso a Heidelberg*.
337 Maiello, *Storia del calendario*.
338 Cesare, *La guerra gallica*.
339 McEwan, *Lettera a Berlino*.
340 Schneider, *Le voci del mondo* (3ª ed.).
341 De Felice, *Mussolini il duce*
   I. *Gli anni del consenso 1929-1936*.
342 De Felice, *Mussolini il fascista*
   II. *Lo Stato totalitario 1936-1940*.
343 Cervantes, *La gitanilla* (Serie bilingue).
344 Dostoevskij, *Notti bianche* (Serie bilingue).
345 N. Ginzburg, *Tutti i nostri ieri* (2ª ed.).
346 Breton, *Antologia dello humor nero*.
347 Maupassant, *Una vita* (Serie Scrittori tradotti da scrittori).
348 Pessoa, *Il marinaio* (Serie Scrittori tradotti da scrittori) (2ª ed.).
349 Stevenson, *Lo strano caso del Dr. Jekyll e del Sig. Hyde* (Serie Scrittori tradotti da scrittori).
350 London, *Il richiamo della foresta* (Serie Scrittori tradotti da scrittori).
351 Burgess, *Arancia meccanica* (4ª ed.).
352 Byatt, *Angeli e insetti*.
353 Wittkower, *Nati sotto Saturno* (2ª ed.).
354 Least Heat-Moon, *Prateria. Una mappa in profondità* (2ª ed.).
355 Soriano, *Artisti, pazzi e criminali* (2ª ed.).
356 Saramago, *L'anno della morte di Ricardo Reis* (2ª ed.).
357 Le Goff, *La nascita del Purgatorio*.
358 Del Giudice, *Lo stadio di Wimbledon* (2ª ed.).
359 Flaubert, *Bouvard e Pécuchet*.
360 Pinter, *Teatro* (Volume primo).
361 *Lettere al primo amore*.
362 Yehoshua, *Il signor Mani* (3ª ed.).
363 Goethe, *Le affinità elettive* (3ª ed.).
364 Maraini, *L'età del malessere* (4ª ed.).
365 Maugham, *Racconti dei Mari del Sud* (2ª ed.).
366 McCarthy, *Cavalli selvaggi* (3ª ed.).
367 Antonelli, Delogu, De Luca, *Fuori tutti* (Stile libero).
368 Kerouac, Dylan, Ginsberg, Burroughs, Ferlinghetti e altri, *Battuti & Beati. I Beat raccontati dai Beat* (Stile libero) (2ª ed.).
369 Norman X e Monique Z, *Norman e Monique. La storia segreta di un amore nato nel ciberspazio* (Stile libero).
370 Cerami, *Consigli a un giovane scrittore* (Stile libero) (6ª ed.).
371 Puig, *Il bacio della donna ragno*.
372 Purdy, *Rose e cenere*.
373 Benjamin, *Sull'hascisch* (2ª ed.).
374 Levi (Primo), *I racconti* (3ª ed.).
375 De Carlo, *Yucatan* (3ª ed.).
376 Gandhi, *Teoria e pratica della nonviolenza*.
377 Ellis, *Meno di zero* (3ª ed.).
378 Ben Jelloun, *Lo scrivano* (2ª ed.).

379 Hugo, *Notre-Dame de Paris* (4ª ed.).
380 Bardo Thödol, *Libro dei morti tibetano* (2ª ed.).
381 Mancinelli, *I tre cavalieri del Graal*. (2ª ed.).
382 Roberto Benigni, *E l'alluce fu* (Stile libero). (6ª ed.).
383 Gibson, Ferret, Cadigan, Di Filippo, Sterling, Swanwick, Rucker e altri, *Cuori elettrici. Antologia essenziale del cyberpunk* (Stile libero).
384 Cortázar, *Bestiario*.
385 Frame, *Un angelo alla mia tavola* (3ª ed.).
386 L. Romano, *Le parole tra noi leggere* (2ª ed.).
387 Fenoglio, *La paga del sabato*.
388 Maupassant, *Racconti di vita parigina*.
389 aa.vv., *Fantasmi di Terra, Aria, Fuoco e Acqua*. A cura di Malcolm Skey.
390 Queneau, *Pierrot amico mio*.
391 Magris, *Il mito absburgico* (2ª ed.).
392 Briggs, *Fiabe popolari inglesi*.
393 Bulgakov, *Il Maestro e Margherita* (2ª ed.).
394 A. Gobetti, *Diario partigiano*.
395 De Felice, *Mussolini l'alleato 1940-43*.
   I. *Dalla guerra «breve» alla guerra lunga*.
396 De Felice, *Mussolini l'alleato 1940-43*.
   II. *Crisi e agonia del regime*.
397 James, *Racconti italiani*.
398 Lane, *I mercanti di Venezia*.
399 McEwan, *Primo amore, ultimi riti. Fra le lenzuola e altri racconti*.
400 aa.vv., *Gioventú cannibale* (Stile libero) (3ª ed.).
401 Verga, *I Malavoglia*.
402 O'Connor, *I veri credenti* (Stile libero) (3ª ed.).
403 Mutis, *La Neve dell'Ammiraglio* (2ª ed.).
404 De Carlo, *Treno di panna* (2ª ed.).
405 Mutis, *Ilona arriva con la pioggia*.
406 Rigoni Stern, *Arboreto salvatico* (2ª ed.).
407 Poe, *I racconti*. Vol. I (Serie Scrittori tradotti da scrittori).
408 Poe, *I racconti*. Vol. II (Serie Scrittori tradotti da scrittori).
409 Poe, *I racconti*. Vol. III (Serie Scrittori tradotti da scrittori).
410 Pinter, *Teatro*. Vol. II.
411 Grahame, *Il vento nei salici*.
412 Ghosh, *Le linee d'ombra*.
413 Vojnovič, *Vita e straordinarie avventure del soldato Ivan Čonkin*.
414 Cerami, *La lepre*.
415 Cantarella, *I monaci di Cluny*.
416 Auster, *Moon Palace*.
417 Antelme, *La specie umana*.
418 Yehoshua, *Cinque stagioni*.
419 Mutis, *Un bel morir*.
420 Fenoglio, *La malora*.
421 Gawronski, *Guida al volontariato* (Stile libero).
422 Banks, *La legge di Bone*.
423 Kafka, *Punizioni* (Serie bilingue).
424 Melville, *Benito Cereno* (Serie bilingue).
425 P. Levi, *La tregua* (2ª ed.).
426 Revelli, *Il mondo dei vinti*.
427 aa.vv., *Saggezza stellare* (Stile libero).
428 McEwan, *Cortesie per gli ospiti*.
429 Grasso, *Il bastardo di Mautàna*.
430 Soriano, *Pensare con i piedi*.
431 Ben Jelloun, *Le pareti della solitudine*.
432 Albertino, *Benissimo!* (Stile libero).
433 *Il libro delle preghiere* (2ª ed.).
434 L. Romano, *Tetto murato*.
435 Saramago, *La zattera di pietra*.
436 N. Ginzburg, *La città e la casa*.
437 De Carlo, *Uccelli da gabbia e da voliera* (2ª ed.).
438 Cooper, *Frisk* (Stile libero) (3ª ed.).
439 Barnes, *Una storia del mondo in 10 capitoli e ½*.
440 Mo Yan, *Sorgo rosso*.
441 Catullo, *Le poesie*.
442 Rigoni Stern, *Le stagioni di Giacomo*.
443 Mancinelli, *I casi del capitano Flores. Il mistero della sedia a rotelle* (2ª ed.).

444 Ammaniti, *Branchie* (Stile libero) (2ª ed.).
445 Lodoli, *Diario di un millennio che fugge*.
446 McCarthy, *Oltre il confine*.
447 Gardiner, *La civiltà egizia* (2ª ed.).
448 Voltaire, *Zadig* (Serie bilingue).
449 Poe, *The Fall of the House of Usher and other Tales* (Serie bilingue).
450 Arena, De Caro, Troisi, *La smorfia* (Stile libero).
451 Rosselli, *Socialismo liberale*.
452 Byatt, *Tre storie fantastiche*.
453 Dostoevskij, *L'adolescente*.
454 Carver, *Il mestiere di scrivere* (Stile libero).
455 Ellis, *Le regole dell'attrazione*.
456 Loy, *La bicicletta*.
457 Lucarelli, *Almost Blue* (Stile libero) (2ª ed.).
458 Pavese, *Il diavolo sulle colline*.
459 Hume, *Dialoghi sulla religione naturale*.
460 *Le mille e una notte*. Edizione a cura di Francesco Gabrieli (4 volumi in cofanetto).
461 Arguedas, *I fiumi profondi*.
462 Queneau, *La domenica della vita*.
463 Leonzio, *Il volo magico*.
464 Pazienza, *Paz* (3ª ed.) (Stile libero).
465 Musil, *L'uomo senza qualità* (2 volumi).
466 Dick, *Cronache del dopobomba* (Vertigo).
467 Royle, *Smembramenti* (Vertigo).
468 Skipp-Spector, *In fondo al tunnel* (Vertigo).
469 McDonald, *Forbici vince carta vince pietra* (Vertigo).
470 Maupassant, *Racconti di vita militare*.
471 P. Levi, *La ricerca delle radici*.
472 Davidson, *La civiltà africana*.
473 Duras, *Il pomeriggio del signor Andesmas. Alle dieci e mezzo di sera, d'estate*.
474 Vargas Llosa, *La Casa Verde*.
475 Grass, *La Ratta*.
476 Yu Hua, *Torture* (Stile libero).
477 Vinci, *Dei bambini non si sa niente* (Stile libero).
478 Bobbio, *L'età dei diritti*.
479 Cortázar, *Storie di cronopios e di famas*.
480 Revelli, *Il disperso di Marburg*.
481 Faulkner, *L'urlo e il furore*.
482 McCoy, *Un bacio e addio* (Vertigo).
483 Cerami, *Fattacci* (Stile libero).